清馨民国风

清馨民国风

留学生活

梁启超 胡适等著
孙立明编

首都经济贸易大学出版社
Capital University of Economics and Business Press

图书在版编目(CIP)数据

清馨民国风:留学生活/梁启超,胡适等著,孙立明编. ——北京:首都经济贸易大学出版社,2014.3
ISBN 978-7-5638-2122-8

Ⅰ.①清… Ⅱ.①梁… ②胡… ③孙… Ⅲ.①散文集—中国—现代 Ⅳ.①I266

中国版本图书馆 CIP 数据核字(2013)第 158193 号

清馨民国风:留学生活
梁启超 胡适 等著 孙立明 编

责任编辑	卢 翎
封面设计	张弥迪
出版发行	首都经济贸易大学出版社
地 址	北京市朝阳区红庙(邮编 100026)
电 话	(010)65976483 65065761 65071505(传真)
网 址	http://www.sjmcb.com
E - mail	publish@cueb.edu.cn
经 销	全国新华书店
照 排	北京砚祥志远激光照排技术有限公司
印 刷	临沂圣贤印刷有限公司
开 本	880 毫米×1230 毫米 1/32
字 数	236 千字
印 张	9.25
版 次	2014 年 3 月第 1 版 2019 年 10 月第 2 次印刷
书 号	ISBN 978-7-5638-2122-8/I·16
定 价	28.00 元

图书印装若有质量问题,本社负责调换
版权所有 侵权必究

前 言

　　这本书中的几十篇文字,都曾刊载于民国时期的出版物。其中一些篇目,近二三十年中曾经从繁体字变为简体字,或多或少为今人所知;但更多的篇目,似乎一直以繁体字竖排的形式,掩隐在岁月的尘埃中,直到我们发现或找到它们,再把它们转换为简体字,以现在这套"清馨民国风"丛书为载体,呈献给当今的读者。

　　收入这套"清馨民国风"丛书的数百篇民国时期的文字,堪称历史影像,也可以说是情景回放。它们栩栩如生、有血有肉,是近200位民国学人的集中亮相,也是他们经历、思考与感悟的原味展示——围绕读书与修养、成长与见闻、做人与做事、生活与情趣,娓娓道来。透过这些文字,我们既可以领略众多民国学人迥然不同的个性风采,更可以感知那个时代教育、思想与文化生态的原貌。

　　策划、编选这样一套以民国原始素材为主体内容的丛书,耗费了我们大量的时间、精力和心血。而今本套丛书即将分批陆续付梓,我们欣喜地发现,她已经有型、有范儿、有味道了。

需要特别说明的是,根据著作权法的规定,本书收选的作品,有一部分仍处于版权保护期。由于原作品出版年代久远,且难以查找作者及其亲属的相关信息和联系方式,我们未能事先一一征得权利人同意。敬请这些作者亲属见书后及时与我社联系,以便我社寄奉稿酬、寄赠样书。

目 录

1	我怎样到外国去 / 胡适
17	负笈西行 / 蒋梦麟
34	抵美印象 / 林语堂
44	美国与美国人 / 林语堂
49	游学时代 / 陈鹤琴
80	游学生活 / 陈鹤琴
96	在美国的中国学生 / 陶菊隐
105	纽约中国学生生活 / 林疑今
112	美国的学校生活 / 何曼德
126	美国女校生活之一斑 / 陆尔昭
130	美国的女子 / 翁之敏
133	伦敦闲话 / 程沧波
144	剑桥的四种人 / 戴文赛
155	牛津剑桥赛船记 / 戴文赛

162	牛津学校生活 / 费巩	
166	英国女孩的"中国日" / 唐笙	
176	巴黎的书摊 / 戴望舒	
183	留法追忆 / 李金发	
189	留法老学生之自述 / 徐特立	
195	怀爱西卡卜村 / 冯至	
202	卐字旗下的柏林 / 顾孟余	
207	西洋人与中国戏 / 王光祈	
212	留学与博士 / 王光祈	
218	维也纳割尸记 / 余新恩	
222	大学肺痨疗养院 / 余新恩	
235	希特勒到维也纳 / 余新恩	
249	维也纳的童年生活 / 何曼德	
257	闲话留学生 / 何曼德	
261	在比利时住了七个月 / 凌其翰	
271	留学生中的流落生 / 凌其翰	
278	外国人问我的话 / 林无双	
281	附录：敬告留学生诸君 / 梁启超	

胡　适（1891—1962），原名嗣穈，学名洪骍，字希疆；后改名胡适，字适之，笔名天风、藏晖等。安徽绩溪人。因提倡文学革命而成为新文化运动的领袖之一。历任北京大学教授、北京大学文学院院长、中华民国驻美利坚合众国特命全权大使、北京大学校长等职。胡适兴趣广泛，著述丰富，在文学、哲学、史学、考据学、教育学、伦理学、红学等诸多领域都有深入的研究，被誉为现代思想文化界最稳健、最优秀、最高瞻远瞩的哲人智者。

我怎样到外国去

胡　适

一

戊申年（1908年）九月间，中国公学闹出了一次大风潮，结果是大多数学生退学出来，另组织一个中国新公学。这一次的风潮为的是一个宪法的问题。

中国公学在最初的时代，纯然是一个"共和国家"，评议部为"最高立法机关"，执行部的干事即由公选产生出来。不幸这种共和制度实行了九个月（丙午年二月至十一月），就修改了。修改的原因，约有几种：一是因为发起的留日学生逐渐减少，而新招来的学生逐渐加多，已不是当初发起时学生与办事人完全不分界限的情形了。二是因为社会和政府对于这种共和制度都很疑忌。三是因为公学既无校舍，又无基金，有请求官款补助的必要，所以不能不避免外界对于公学内部的疑忌。

为了这种种原因，公学的办事人就在丙午年（1906年）的冬天，请了郑孝胥、张謇、熊希龄等几十人做中国公学的董事，修改章程，于是学生主体的制度就变成了董事会主体的制度。董事会根据新章程，公举郑孝胥为监督。一年后，郑孝胥辞职，董事会又举夏敬观为监督。这两位都是有名的诗人，他们都不常到学校，所以我们也不大觉得监督制的可畏。

可是在董事会与监督之下，公学的干事就不能由同学公选了。评议部是校章所没有的。选举的干事改为学校聘任的教务长、庶务长、斋务长了。这几位办事人，外面要四出募捐，里面要担负维持学校的责任，自然感觉他们的地位有稳定的必要。况且前面已说过，校章的修改也不是完全没有理由的。但我们少年人可不能那样想。中国公学的校章上明明载着"非经全体三分之二承认，不得修改"，这是我们的宪法上载着的唯一的修正方法。三位干事私自修改校章是非法的，评议部的取消也是非法的。这里面也还有个人的问题，当家日子久了，总难免"猫狗皆嫌"，何况同学之中有许多本是干事诸君的旧日同辈的朋友呢？在校上课的同学自然在学业上日日有长进，而干事诸君办事久了，学问上没有进境，却当着教务长一类的学术任务，自然有时难免受旧同学的轻视。法的问题和这种人的问题混合在一块，风潮就不容易避免了。

代议制的评议部取消之后，全体同学就组织了一个"校友会"，其实就等于今日各校的学生会。校友会和三干事争了几个月,干事答应了校章可由全体学生修改。又费了几个月的时间,校友会把许多修正案整理成一个草案,又开了几次会,才议定了一本校章。一年多的争执,经过了多少度的磋商,新监督夏先生与干事诸君均不肯承认这新改的校章。

到了戊申年九月初三日,校友会开大会报告校章交涉的经过,会尚未散,监督忽出布告,完全否认学生有订改校章之权,这竟是完全取消干事承认全体修改校章的布告了。接着又出了两道布告,一道说"集会演说,学堂悬为厉禁。……校友会以后不准再行开会";一道说学生代表朱经、朱绂华"倡首煽众,私发传单,侮辱职员,要挟发布所自改印章程,屡诫不悛,纯用意气,实属有意破坏公学。照章应即斥退,限一日内搬移出校"。

初四日,全体学生签名停课,在操场上开大会。下午干事又出布告,开除学生罗君毅、周烈忠、文之孝等七人,并且说:"如仍附从停课,即当将停课学生全行解散,另行组织。"初五日,教员出来调停,想请董事会出来挽救,但董事会不肯开会。初七日,学生大会遂决议筹备万一学校解散后的办法。

初八日,董事陈三立先生出来调停,但全校人心已到了很激昂的程度,不容易挽回了。初九日,校中布告:"今定于星期日暂停膳食。所有被胁诸生可先行退出校外,暂住数日。准于今日午后一时起,在寰球中国学生会发给旅膳费。俟本公学将此案办结后,再行布告来校上课。"

这样的压迫手段激起了校中绝大多数同学的公愤。他们决定退学,遂推举干事筹备另创新校的事。退学的那一天,秋雨淋漓,大家冒雨搬到爱而近路①庆祥里新租的校舍里。厨房虽然寻来了一家,饭厅上桌凳都不够,碗碟也不够。大家都知道这是我们自己创立的学校,所以不但不叫苦,还要各自掏腰包,捐出钱来做学校的开办费。有些学生把绸衣、金表都拿去当了钱来捐给学堂做开办费。

十天之内,新学校筹备完成了,居然聘教员,排功课,正式开课了。校名定为"中国新公学",学生有一百六十七十人。在这风潮之中,最初的一年因为我是新学生,又因为我告了长时期的病假,所以没有参与同学和干事的争执;到了风潮正激烈的时期,我被举为大会书记,许多记录和宣言都是我做的;虽然不在被开除之列,也在退学之中。朱经、李琴鹤、罗君毅被举做干事。有许多旧教员都肯来担任教课。学校虽然得着社会上一部分人的同情,捐款究竟很少,经费很感觉困难。李琴鹤君担任教务干事,有一天他邀我到他房里谈话,他要我担任低级各班的英文授课,每星期教课三十点钟,月薪八十元;但他声明,自家同学做教员,薪俸是不能全领的,总得欠着一部分。

我这时候还不满十七岁,虽然换了三个学堂,始终没有得着一张毕业证书。我若继续上课,明年可以毕业了,但我那时确有不能继续求学的情形。我家本没有钱,父亲死后,只剩几

---

①今上海安庆路。——编者注。

千两的存款,存在同乡店家生息,一家人全靠这一点出息过日子。后来存款的店家倒账了,分摊起来,我家分得一点小店业。我的二哥是个有干才的人,他往来汉口、上海两处,把这点小店业变来变去,又靠他的同学、朋友把他们的积蓄寄存在他的店里,所以他能在几年之中合伙撑起一个规模较大的瑞兴泰茶叶店。但近几年之中,他的性情变了,一个拘谨的人变成了放浪的人;他的费用变大了,精力又不能贯注到店事,店中所托的人又不很可靠,所以店业一年不如一年。后来我家的亏空太大了,上海的店业不能不让给债权人。当戊申年的下半年,我家只剩汉口一所无利可图的酒栈(两仪栈)了。这几个月以来,我没有钱住宿舍,就寄居在《竞业旬报》社里(也在庆祥里)。从七月起,我担任《竞业旬报》的编辑,每出一期报,社中送我十块钱的编辑费。住宿和饭食都归社中担负。我家中还有母亲,眼前就得要我寄钱赡养了。母亲也知道家中破产就在眼前,所以寄信来要我今年回家去把婚事办了。我斩钉截铁地阻止了这件事,名义上是说求学要紧,其实是我知道家中没有余钱给我办婚事,我也没有钱养家。

正在这个时候,李琴鹤君来劝我在新公学做教员。我想了一会,就答应了。从此以后,我每天教六点钟的英文,还要改作文卷子。十七八岁的少年人,精力正强,所以还能够勉强支持下去,直教到第二年(1909年)冬天中国新公学解散时为止。

以学问论,我那时怎配教英文?但我是个肯负责任的人,肯下苦功去预备功课,所以这一年之中还不曾有受窘的时候。我教的两班后来居然出了几个有名的人物:饶毓泰(树人)、杨铨(杏佛)、严庄(敬斋),都做过我的英文学生。后来我还在校外收了几个英文学生,其中有一个就是张奚若(原名耘)。可惜他们后来都不是专习英国文学,不然,我可真"抖"了!

《竞业旬报》停刊之后,我搬进新公学去住。这一年的教书生活虽然很苦,于我自己却有很大的益处。我在中国公学两年,受姚康侯和王云五两先生的影响很大。他们都最注重文法上的分析,所以我那时虽不大能说英国话,却喜欢分析文法的结构,尤其喜欢拿中国文法来做比较。现在做了英文教师,我更不能不把字字句句的文法弄得清楚。所以这一年之中,我虽没有多读英国文学书,却在文法方面得着很好的练习。

中国新公学在最困苦的情形之下支持了一年多,这段历史是很悲壮的。那时候的学堂多不讲究图书、仪器等设备,只求做到教员好、功课紧、管理严,就算好学堂了。新公学的同学因为要争一口气,所以成绩很好,管理也不算坏,但经费实在太穷。教员只能拿一部分的薪俸,干事处常常受收房捐和收巡捕捐的人的恶气,往往因为学校不能付房捐与巡捕捐,同学们大家凑出钱来,借给干事处。有一次干事朱经农君(即朱经)感觉学校经费困难已到了绝地,他忧愁过度,神经错乱,出门乱走,走到了徐家汇的一条小河边,跳下河去,幸遇人救起,不曾丧命。

这时候，中国公学的吴淞新校舍已开始建筑了，但学生很少。内地来的学生到了上海，知道了两个中国公学的争持，大都表同情于新公学，所以新公学的学生总比老公学多。例如张奚若等一些陕西学生，到了上海，赶不上招考时期，他们宁可在新公学附近租屋补习，却不肯去老公学报名，所以"中国新公学"的招牌一天不去，"中国公学"是一天不得安稳发展的。老公学的职员万不料我们能支持这么久。他们也知道我们派出去各省募捐的代表，如朱绂华、朱经农、薛传斌等，都有有力的介绍，也许有大规模的官款补助的可能。新公学募捐若成功，这个对峙的局面更不容易打消了。

老公学的三干事之中，张邦杰先生（俊生）当风潮起时在外省募款未归，他回校后极力主张调停，收回退学的学生。不幸张先生因建筑吴淞校舍，积劳成病，不及见两校的合并就死了。新公学董事长李平书先生因新校经济不易维持，也赞成调停合并。调停的条件大致是：凡新公学的学生愿意回去的，都可回去；新公学的功课成绩全部承认；新公学所有亏欠的债务，一律由老公学担负清偿。新公学一年之中亏欠已在一万元以上，捐款究竟只是一种不能救急的希望；职员都是少年人，牺牲了自己的学业来办学堂，究竟不能持久。所以到了己酉年（1909年）十月，新公学接受了调停的条件，决议解散，愿回旧校者，自由回去。我有题新校合影的五律二首，七律一首，可以纪念我们在那时候的感情，所以我抄在这里：

十月题新校合影时公学将解散

无奈秋风起,艰难又一年。颠危俱有责,成败岂由天?
黯黯愁兹别,悠悠祝汝贤。不堪回首处,沧海已桑田。
此地一为别,依依无限情。凄凉看日落,萧瑟听风鸣。
应有天涯感,无忘城下盟!相携入图画,万虑苦相萦。

十月再题新校教员合影

也知胡越同舟谊,无奈惊涛动地来。
江上飞鸟犹绕树,尊前残烛已成灰。
昙花幻相空余恨,鸿爪遗痕亦可哀。
莫笑劳劳作刍狗,且论臭味到岑苔。

这都算不得诗,但"应有天涯感,无忘城下盟"两句确是当时的心理。合并之后,有许多同学都不肯回老公学去,也是为此。这一年的经验,为一个理想而奋斗,为一个团体而牺牲,为共同生命而合作,这些都在我们一百六十多人的精神上留下磨不去的影子。二十年来,无人写这一段历史,所以我写这几千字,给我的一班老同学留一点"鸿爪遗痕"。

少年人的理想主义受打击之后,反动往往是很激烈的。在戊申年、己酉年(1908年、1909年)两年之中,我的家事败坏到不可收拾的地步。己酉年,大哥和二哥回家,主张分析家产;我写信回家,说我现在已能自立了,不要家中的产业。其实家中本没有什么产业可分,分开时,兄弟们每人不过得着几亩田、半所屋而已。那一年之中,我母亲最心爱的一个妹子和一个弟弟先后死了,她自己也病倒了。我在新公学解散之后,得了两三百元的欠薪,前途茫茫,毫无把握,哪敢回家去?只好寄居在上海,想寻一件可以吃饭养家的事。在那个忧愁烦闷的时候,又遇着一班浪漫的朋友,我就跟着他们堕落了。

二

中国新公学有一个德国教员,名叫何德梅(Ottomeir),他的父亲是德国人,母亲是中国人,他能说广东话、上海话、官话。什么中国人的玩意儿,他全会。我从新公学出来,就搬在他隔壁的一所房子里住。这两所房子是通的,他住东屋,我和几个四川朋友住西屋。和我同住的人,有林君墨(恕)、但怒刚(懋辛)诸位先生;离我们不远,住着唐桂梁(蟒)先生,是唐才常的儿子,这些人都是日本留学生,都有革命党的关系。在那个时候,各地的革命都失败了,党人死的不少,这些人都很不高兴,都很牢骚。何德梅常邀这班人打麻将,我不久也学会了。我们打牌不赌钱,谁赢谁请吃雅叙园。我们这一班人都能喝酒,每人面前摆一大壶,自斟自饮。从打牌到喝酒,从喝酒又到叫局,从叫局到吃花酒,不到两个月,我都学会了。

幸而我们都没有钱,所以都只能玩一点穷开心的玩意儿:赌博到吃馆子为止,逛窑子到吃"镶边"的花酒或打一场合股份的牌为止。有时候,我们也同去看戏。林君墨和唐桂梁发起学唱戏，请了一位小喜禄来教我们唱戏，同学之中有欧阳予倩，后来成了中国戏剧界的名人。我最不行，一句也学不会，不上两天我就不学了。此外，我还有一班小朋友，同乡有许怡荪、程乐亭、章希吕诸人，旧同学有郑仲诚、张蜀川、郑铁如诸人。怡荪见我随着一班朋友发牢骚、学堕落，他常常规劝我。但他在吴淞复旦公学上课，是不常来的，而这一班玩的朋友是天天见面的，所以我那几个月之中真是在昏天黑地里胡混。有时候，整夜打牌；有时候，连日大醉。

有一个晚上，闹出乱子来了。那一晚我们在一家"堂子"里吃酒，喝得不少了，出来又到一家去"打茶围"。那晚上雨下得很大，下了几点钟还不止。君墨、桂梁留我打牌，我因为明天要教书（那时我在华童公学教小学生的国文），所以独自雇人力车走了。他们看我能谈话，能在一叠"局票"上写诗词，都以为我没有喝醉，也就让我一个人走了。

其实我那时已大醉了，谈话、写字都只是我的"下意识"的作用，我全不记忆。出门上车以后，我就睡着了。

直到第二天天明时，我才醒来，眼睛还没有睁开，就觉得自己不是睡在床上，是睡在硬的地板上！我疑心昨夜喝醉了，睡在家中的楼板上，就喊了一声"老彭！"——老彭是我雇的一个湖南仆人——喊了两声，没有人答应，我已经坐起来了，眼也睁开了。

奇怪得很！我睡在一间黑暗的小房里，只有前面有亮光，望出去好像没有门。我仔细一看，口外不远还好像有一排铁栅栏。我定神一听，听见栏杆外有皮鞋走路的声响。一会儿，"狄托狄托"地走过来了，原来是一个中国巡捕走过去。

我有点明白了，这大概是巡捕房，只不知道我怎样到了这儿来的。我想起来问一声，这时候才觉得我一只脚上没有鞋子，又觉得我身上的衣服都是湿透了的。我摸来摸去，摸不着那一只皮鞋，只好光着一只袜子站起来，扶着墙壁走出去，隔着栅栏招呼那巡捕，问他这是什么地方。

他说："这是巡捕房。"

"我怎么会进来的？"

他说："你昨夜喝醉了酒，打伤了巡捕，半夜后进来的。"

"什么时候我可以出去？"

"天刚亮一会，早呢！八点钟有人来，你就知道了。"

我在亮光之下，才看见我的旧皮袍不但是全湿透了，衣服上还有许多污泥。我又觉得脸上有点疼，用手一摸，才知道脸上也有污泥，并且有破皮的疤痕。难道我真同人打了架吗？

这是一个春天的早晨，一会儿就是八点钟了，果然有人来叫我出去。

在一张写字桌边，一个巡捕头坐着，一个浑身泥污的巡捕立着回话。那巡捕头问：

"就是这个人？"

"就是他。"

"你说下去。"

那浑身泥污的巡捕说：

"昨夜快十二点钟时候，我在海宁路上班，雨下得正大。忽然（他指着我）他走来了，手里拿着一只皮鞋敲着墙头，'狄托狄托'地响。我拿巡捕灯一照，他开口就骂。"

"骂什么？"

"他骂'外国奴才！'我看他喝醉了，怕他闯祸，要带他到巡捕房里来。他就用皮鞋打我，我手里有灯，抓不住他，被他打了好几下。后来我抱住他，抢了他的鞋子，他就和我打起来了。两个人抱住不放，滚在地上。下了一夜大雨，马路上都是水，两个人在泥水里打滚。我的灯也打碎了，身上脸上都被他打了。他脸上的伤是在石头上擦破了皮。我吹叫子，唤住了一部空马车，两个马夫帮我捉住他，关在马车里，才能把他送进来。我的衣服是烘干了，但是衣服上的泥都不敢弄掉，这都是在马路当中滚的。"

我看他脸上果然有伤痕，但也像是擦破了皮，不像是皮鞋打的。他解开上身，也看不出什么伤痕。

巡捕头问我，我告诉了我的真姓名和职业，他听说我是在华童公学教书的，自然不愿得罪我。他说，还得上堂问一问，大概要罚几块钱。

他把桌子上放着的一只皮鞋和一条腰带还给我。我穿上了鞋子，才想起我本来穿有一件缎子马褂。我问他要马褂，他问那泥污的巡捕，他回说："昨夜他就没有马褂。"

我心里明白了。

我住在海宁路的南林里，那一带在大雨的半夜里是很冷静的。我上了车就睡着了。车夫到了南林里附近，一定是问我到南林里第几弄。我大概睡得很熟，不能回答了。车夫叫我不醒，也许推我不醒，他就起了坏心思，把我身上的钱摸去了，又把我的马褂剥去了。帽子也许是他拿去了的，也许是丢了的。他大概还要剥我的皮袍，不想这时候我的"下意识"醒过来了，就和他抵抗。那一带是没有巡捕的，车夫大概是拉了车子跑了，我大概追他不上，自己也走了。皮鞋是跳舞鞋式的，没有鞋带，所以容易掉下来；也许是我跳下车来的时候就掉下来了，也许我拾起了一只鞋子来追赶那车夫。车夫走远了，我赤着一只脚在雨地里自然追不上。我慢慢地依着"下意识"走回去。醉人往往爱装面子，所以我丢了东西反唱起歌来了——也许唱歌是那个巡捕的胡说，因为我的意识生活是不会唱歌的。

这是我自己用想象来补充的一段，是没有法子证实的了。但我想到在车上熟睡的一段，不禁有点不寒而栗，身上的水湿和脸上的微伤哪能比那时刻的生命危险呢？

巡捕头许我写一封短信叫人送到我的家中。那时候郑铁如（现在的香港中国银行行长）住在我家中，我信上托他带点钱来准备做罚款。

上午开堂问事的时候，几分钟就完了，我被罚了五元，做那个巡捕的养伤费和赔灯费。

我到了家中，解开皮袍，里面的棉袄也湿透了，一解开来，里面热气蒸腾——湿衣裹在身上睡了一夜，全蒸热了！我照镜子，见脸上的伤都只是皮肤上的微伤，不要紧的。可是一夜的湿气倒是可怕。

同住的有一位四川医生，姓徐，医道颇好，我请他用猛药给我解除湿气。他下了很重的泻药，泄了几天，可是后来我手指上和手腕上还发出了四处的肿毒。

那天我在镜子里看见我脸上的伤痕和浑身的泥湿，我忍不住叹一口气，想起"天生我材必有用"的诗句，心里百分懊悔，觉得对不住我的慈母——我那在家乡时时刻刻悬念着我、期望着我的慈母！我没有掉一滴眼泪，但是我已经过了一次精神上的大转机。

我当日在床上就写信去辞了华童公学的职务，因为我觉得我的行为玷辱了那个学校的名誉，况且我已决心不做那教书的事了。

那一年（庚戌年，1910 年）是考试留美赔款官费的第二年。听说考试取了备取的还有留在清华学校的希望，我决定关起门来预备去应考试。

许怡荪来看我，也力劝我摆脱一切去考留美官费。我所虑的有几点：一是要筹养母之费，二是要还一点小债务，三是要筹两个月的费用和北上的旅费。怡荪答应替我去设法。后来除他自己之外，帮助我的有程乐亭的父亲松堂先生和我的族叔祖节甫先生。

我闭户读了两个月的书，就和二哥绍之一同北上。到了北京，蒙二哥的好朋友杨景苏先生（志洵）的厚待，介绍我住在新在建筑中的女子师范学校（后来的女师大）校舍里，所以费用极省。在北京一个月，我不曾看过一次戏。

杨先生指点我读旧书，要我从《十三经注疏》用功起。我读汉儒的经学，是从这个时候起的。

留美考试分两场，第一场考国文、英文，及格者才许考第二场的各种科学。国文试题为"不以规矩不能成方圆说"，我想这个题目不容易发挥，又因我平日喜欢看杂书，就作了一篇乱谈考据的短文，开卷就说：

矩之作也，不可考矣。规之作也，其在周之末世乎？

下文我说《周髀算经》做圆之法足证其时尚不知道用规做圆；又孔子说"不逾矩"，而不并举规矩，至墨子、孟子始以规矩并用，足证规之晚出。这完全是一时异想天开的考据，不料那时看卷子的先生也有考据癖，大赏识这篇短文，批了一百分。英文考了六十分，头场平均八十分，取了第十名。第二场考的各种科学，如西洋史，如动物学，如物理学，都是我临时抱佛脚预备起来的，所以考得很不得意。幸亏头场的分数占了大便宜，所以第二场我还考了个第五十五名。取送出洋的共七十名，我很挨近榜尾了。

南下的旅费是杨景苏先生借的。到了上海，节甫叔祖许我每年遇必要时可以垫钱寄给我的母亲供家用。怡荪也答应帮忙。没有这些好人的帮助，我是不能北去，也不能放心出国的。

　　我在学校里用胡洪骍的名字；这回北上应考，我怕考不取为朋友、学生所笑，所以临时改用胡适的名字。从此以后，我就叫胡适了。

廿一，九，廿七夜①
（《四十自述》）

---

　　①本书中选文末凡用中文数字表示的年份（均为作者本人所写），系指中国历法年月日，如此处即指民国廿一年（1932）九月廿七日。后文以此类推。——编者注。

蒋梦麟（1886—1964），近现代著名教育家。1908年赴美留学，1912年从加州大学毕业，到哥伦比亚大学继续研修教育，1917年获博士学位后回国。1919年主编《新教育》月刊，同年任北京大学教育系教授兼总务长。1927年任国民政府教育部长。1930年任北京大学校长。1938年任西南联大校务委员会常委。1941年兼任红十字会中国总会会长。著有《西潮》《孟邻文存》《新潮》等。

负笈西行

蒋梦麟

我拿出一部分钱，买了衣帽杂物和一张往旧金山的头等船票，其余的钱就以两块墨西哥鹰洋对一元美金的比例兑取美钞。上船前，找了一家理发店剪去辫子。理发匠举起利剪，抓住我的辫子时，我简直有上断头台的感觉，全身汗毛直竖。"咔嚓"两声，辫子剪断了，我的脑袋也像是随着剪声落了地。理发匠用纸把辫子包好还给我。上船后，我把这包辫子丢入大海，让它随波逐浪而去。

我拿到医生证明书和护照之后，到上海的美国总领事馆请求签证，按照移民条例第六节规定，申请以学生身份赴美。签证后买好船票，搭乘美国邮船公司的轮船往旧金山。那时是1908年8月底。同船有十来位中国同学。邮船起碇，慢慢驶离祖国海岸，我的早年生活也就此告一段落。在上船前，我曾经练了好几个星期的秋千,所以在二十四天的航程中,一直没有晕船。

这只邮船比我前一年赴神户时所搭的那艘日本轮船远为宽大豪华。船上最使我惊奇的事是跳舞。我生长在男女授受不亲的社会里,初次看到男女相偎相依、婆娑起舞的情形,觉得非常不顺眼。旁观了几次之后,我才慢慢开始欣赏跳舞的优美。

船到旧金山,一位港口医生上船来检查健康,对中国学生的眼睛检查得特别仔细,唯恐有人患沙眼。

我上岸时第一个印象是移民局官员和警察所反映的国家权力。美国这个共和政体的国家,她的人民似乎比君主专制的中国人民更少个人自由,这简直弄得我莫名其妙。我们在中国时,天高皇帝远,一向很少感受国家权力的拘束。

我们在旧金山逗留了几个钟头,还到唐人街转了一趟。我和另一位也预备进加州大学的同学,由加大中国同学会主席领路到了卜技利①。晚饭在夏德克路的天光餐馆吃,每人付两角五分钱,吃的有汤、红烧牛肉、一块苹果饼和一杯咖啡。我租了班克洛夫路的柯尔太太的一间房子。柯尔太太已有相当年纪,但是很健谈,对中国学生很关切。她吩咐我出门以前必定要关灯;洗东西以后必定要关好自来水龙头;花生壳绝不能丢到抽水马桶里;银钱绝不能随便丢在桌子上;出门时不必锁门,如果我愿意锁门,就把钥匙留下藏在地毯下面。她说:"如果你需要什么,你只管告诉我

---

① 今译伯克利(Berkeley),美国加利福尼亚州阿拉梅达县内的一座城市,加利福尼亚大学(简称加州大学)伯克利分校所在地。——编者注。

就是了。我很了解客居异国的心情。你就拿我的家当自己的家好了,不必客气。"随后她向我道了晚安才走。

到卜技利时,加大秋季班已经开学,因此我只好等到春季再说。我请了加大的一位女同学给我补习英文,学费每小时五毛钱。这段时间内,我把全部精力花在英文上。每天早晨必读《旧金山纪事报》,另外还订了一份《展望》(*The Outlook*)周刊,作为精读的资料。《韦氏大学字典》一直不离手,碰到稍有疑问的字就打开字典来查;四个月下来,居然词汇大增,读报纸、杂志也不觉得吃力了。

初到美国时,就英文而论,我简直是半盲、半聋、半哑。如果我希望能在学校里跟得上功课,这些障碍必须先行克服。头一重障碍,经过四个月的不断努力,总算大致克服了,完全克服它也不过是时间问题而已。第二重障碍要靠多听人家谈话和教授讲课才能慢慢克服。教授讲课还算比较容易懂,因为教授们的演讲,思想有系统,语调比较慢,发音也清晰。普通谈话的范围比较广泛,包括一连串互不衔接而且五花八门的观念,要抓住谈话的线索颇不容易。到剧院去听话剧对白,其难易则介于演讲与谈话之间。

最困难的是克服开不得口的难关。一个主要的原因是我在中国时一开始就走错了路。错误的习惯已经根深蒂固,必须花很长的时间才能矫正过来。其次是我根本不懂语音学的方法,单凭模仿,不一定能得到准确的发音。因为口中发出的声音与耳朵听到的声音之间,以及耳朵与口舌之间,究竟还有很大的差别。耳朵不一定能够抓住正确的音调,口舌也不一定能够遵照耳朵的指示发出正确的声音。此外,加利福尼亚这个地方对中国人并不太亲热,难得使人不生身处异地、万事小心的感觉。我更特别敏感,不敢贸然与美国人厮混,别人想接近我时,我也很怕羞。许多可贵的社会关系都因此断绝了。语言只有多与人接触才能进步,我既然这样故步自封,这方面的进步自然慢之又慢。后来我进了加大①,这种口语上的缺陷严重地影响了我在课内课外参加讨论的机会。有人问我问题时,我常常是脸一红,头一低,不知如何回答。教授们总算特别客气,从来不勉强我回答任何问题。也许他们了解我处境的窘困,也许他们知道我是外国人,所以特别加以原谅。无论如何,他们知道,我虽然噤若寒蝉,对功课仍旧很用心,因为我的考试成绩多半列在乙等以上。

日月如梭,不久圣诞节就到了。圣诞前夕,我独自在一家餐馆里吃晚餐。菜比初到旧金山那一天好得多,花的钱,不必说,也非那次可比。饭后上街闲游,碰到没有拉起窗帘的人家,我就从窗户眺望他们欢欣团聚的情形。每户人家差不多都有满饰小电灯或蜡烛的圣诞树。

大除夕,我和几位中国同学从卜技利渡海到旧金山。从渡轮上可以远远地看到对岸的钟楼装饰着几千盏电灯。上岸后,发现旧金山到处人山人海。码头上候船室里的自动钢琴震耳欲

---

①即加州大学。——编者注。

声。这些钢琴只要投下一枚镍币就能自动弹奏。我随着人潮慢慢地在大街上闲逛,耳朵里满是小喇叭和小鼗鼓的噪音。玩喇叭和鼗鼓的人特别喜欢凑着漂亮的太太小姐们的耳朵开玩笑,这些太太小姐们虽然耳朵吃了苦头,但仍然觉得这些玩笑是一种恭维,因此总是和颜悦色地报以一笑。空中到处飘扬着五彩纸条,有的甚至缠到人们的颈上。碎花纸像彩色的雪花飞落在人们的头上。我转到唐人街,发现成群结队的人在欣赏东方色彩的橱窗装饰。"噼噼啪啪"的鞭炮声,使人觉得像在中国过新年。

午夜钟声一响,大家一面提高嗓门大喊:"新年快乐!"一面乱揿汽车喇叭或者大摇响铃。五光十色的纸条片更是漫天飞舞。这是我在美国所过的第一个新年。美国人的和善和天真好玩使我留下深刻的印象。在他们的欢笑嬉游中可以看出美国的确是个年轻的民族。

那晚回家时已经很迟,身体虽然疲倦,精神却很轻松,上床后一直睡到第二天日上三竿起身。早饭后,我在卜技利的住宅区打了个转。住宅多半沿着徐缓的山坡建筑,四周则围绕着花畦和草地。玫瑰花在加州温和的冬天里到处盛开,卜技利四季如春,通常长空蔚蓝不见朵云,很像云南的昆明、台湾的台南,而温度较低。

新年之后,我兴奋地等待着加大第二个学期在二月间开学。心中满怀希望,我对语言的学习也加倍努力。快开学时,我以上海南洋公学的学分申请入学,结果获准进入农学院,以中文学分抵补了拉丁文的学分。

　　我过去的准备工作偏重文科方面，结果转到农科，我的动机应该在这里解释一下。我转农科并非像有些青年学生听天由命那样地随便，而是经过深思熟虑才慎重决定的。我想，中国既然以农立国，那么只有改进农业，才能使最大多数的中国人得到幸福和温饱。同时我幼时在以耕作为主的乡村里生长，对花草树木和鸟兽虫鱼本来就有浓厚的兴趣。为国家，为私人，农业都似乎是最合适的学科。此外我还有一个次要的考虑，我在孩提时代身体一向羸弱，我想如果能在田野里多接触新鲜空气，对我身体一定大有裨益。

　　第一学期选的功课是植物学、动物学、生理卫生、英文、德文和体育。除了体育是每周六小时以外，其余每科都是三小时。我按照指示到大学路一家书店买教科书。我想买植物学教科书时，说了半天店员还是听不懂，后来我只好用手指指书架上那本书，他才恍然大悟。原来植物学这个名词的英文字（Botany）重音应放在第一音节，我却把重音念在第二音节上去了。经过店员重复一遍这个字的读音以后，我才发现自己的错误。买了书以后心里很高兴，既买到书，同时又学会一个英文字的正确发音，真是一举两得。后来教授要我们到植物园去研究某种草木，我因为不知道植物园（Botanical Garden）在哪里，只好向管清洁的校工打听。念到植物园的"植物"这个英文字时，我自作聪明把重音念在第一音节上，我心里想，"植物学"这个英文字的重音既然在第一音节上，举一反三，"植物园"中

"植物"一字的重音自然也应该在第一音节上了。结果弄得那位工友瞠目不知所答。我只好重复了一遍,工友揣摩了一会儿之后才恍然大悟。原来是我举一反三的办法出了毛病,"植物(的)"这个字的重音却应该在第二音节上。

可惜当时我还没有学会任何美国的俚语村言,否则恐怕"他×的"一类粗话早已脱口而出了。英文重音的捉摸不定曾经使许多学英文的人伤透脑筋。固然重音也有规则可循,但是每条规则总有许多例外,以致例外的反而成了规则。因此每个字都得个别处理,要花很大工夫才能慢慢学会每个字的正确发音。

植物学和动物学引起我很大的兴趣。植物学教授在讲解显微镜用法时曾说过笑话:"你们不要以为从显微镜里可以看到大如巨象的苍蝇。事实上,你们恐怕连半只苍蝇腿都看不到呢!"

我在中国读书时,课余之暇常常喜欢研究鸟兽虫鱼的生活情形,尤其在私塾时代,一天到晚死背枯燥乏味的古书,这种肤浅的自然研究正可调节一下单调的生活,因而也就慢慢培养了观察自然的兴趣。早年的即兴观察和目前对动植物学的兴趣有一个共同的出发点——好奇,最大的差别在于使用的工具。显微镜是眼睛的引申,可以使人看到肉眼无法辨别的细微物体。使用显微镜的结果,使人发现多如繁星的细菌。望远镜是眼睛的另一种引申,利用望远镜可以观察无穷无数的繁星。我渴望到黎克天文台①去见识见识世界上最大的一架望远镜,但是始终因故不克遂愿。后来花了二毛五分钱,从街头的一架望远镜去眺望行星,发现银色的土星带着耀目的星环,在蔚蓝的天空中冉冉移动,与学校里天体挂图上所看到的一模一样。当时的经验真是又惊又喜。

在农学院读了半年,一位朋友劝我放弃农科之类的实用科学,另选一门社会科学。他认为农科固然重要,但是还有别的学科对中国更重要。他说,除非我们能参酌西方国家的近代发展来解决政治问题和社会问题,否则农业问题也就无法解决。其次,如果不改修社会科学,我的眼光可能就局限于实用科学的小圈子,无法了解农业以外的重大问题。

我曾经研究过中国史,也研究过西洋史的概略,对各时代各国国力消长的情形有相当的了解,因此对于这位朋友的忠告颇能领略。他的话使我一再考虑,因为我已再度面临三岔路口,迟早总得有个决定。我曾经提到,碰到足以影响一生的重要关头,我从不轻率做任何决定。

一天清早,我正预备到农场看挤牛奶的情形,路上碰到一群蹦蹦跳跳的小孩子去上学。我忽然想起:我在这里研究如何培育动物和植物,为什么不研究研究如何作育人才呢?农场不去了,一直跑上卜技利的山头,坐在一棵古橡树下,凝望着旭日照耀下

---

①今译利克天文台(Lick Observatory),位于加利福尼亚州圣荷西市东部汉密尔顿山山顶。——编者注。

的旧金山和金门港口的美景。脑子里思潮起伏，细数着中国历代兴衰的前因后果。忽然之间，眼前恍惚有一群天真烂漫的小孩，像凌波仙子①一样从海湾的波涛中涌出，要求我给他们读书的学校，于是我毅然决定转到社会科学学院，选教育为主科。

从山头跑回学校时已近响午，我直跑到注册组去找苏顿先生，请求从农学院转到社会科学学院。经过一番诘难和辩解，转院总算成功了。从1909年秋天起，我开始选修逻辑学、伦理学、心理学和英国史，我的大学生涯也从此步入正途。

岁月平静而愉快地过去，时间之沙积聚的结果，我的知识也在大学的学术气氛下逐渐增长。

从逻辑学里我学到思维是有一定的方法的。换一句话说，我们必须根据逻辑方法来思考。观察对于归纳推理非常重要，因此我希望训练自己的观察能力。我开始观察校园之内，以及大学附近所接触到的许许多多事物。母牛为什么要装铃？尤加利树②的叶子为什么垂直地挂着？加州的罂粟花为什么都是黄的？

有一天早晨，我沿着卜技利的山坡散步时，发现一条水管正在汩汩流水。水从哪里来的呢？沿着水管找，终于找到了水源，我的心中也充满了童稚的喜悦。这时我已到了相当高的山头，我很想知道山岭那一边究竟有些什么。翻过一山又一山，

---

①凌波仙子，又名水仙。——编者注。
②尤加利树，即桉树（Eucalyptus）。——编者注。

发现这些小山简直多不胜数。越爬越高，而且离住处也越来越远。最后只好放弃初衷，沿着一条小路回家。归途上发现许多农家，还有许多清澈的小溪和幽静的树林。

这种漫无选择的观察，结果自然只有失望。最后我终于发现，观察必须有固定的对象和确切的目的，不能听凭兴之所至乱观乱察。天文学家观察星球，植物学家则观察草木的生长。后来我又发现另外一种称为实验的受控制的观察，科学发现就是由实验而来的。

念伦理学时，我学到道德原则与行为规律的区别。道德原则可以告诉我们，为什么若干公认的规律切合某阶段文化的需要；行为规律只要求大家遵守，不必追究规律背后的原则问题，也不必追究这些规律与现代社会的关系。

在中国，人们的生活是受公认的行为规律所规范的。追究这些行为规律背后的道德原则时，我的脑海里马上起了汹涌的波澜。一向被认为最终真理的旧有道德基础，像遭遇地震一样开始摇摇欲坠。同时，赫利·奥佛斯屈里特（Harry Overstreet）[①]教授也给了我很大的启示。传统的教授通常只知道信仰公认的真理，同时希望他的学生们如此做。奥佛斯屈里特教授的思想却特别敏锐，因此促使我探测道德原则的基石上的每一裂缝。我们上伦理学课，总有一场热烈的讨论。我平常不敢参加这些讨论，一方面由于我英语会话能力不够，另一方面是由于自卑

[①] 今译哈里·奥弗斯特里特。——编者注。

感而来的怕羞心理。因为1909年前后是中国现代史上最黑暗的时期,而且我们对中国的前途也很少自信。虽然不参加讨论,听得却很用心,很像一只聪明伶俐的小狗竖起耳朵听它主人说话,意思是懂了,嘴巴却不能讲。

我们必须读的参考书包括柏拉图、亚里士多德、《约翰福音》和奥里留士①等。念了柏拉图和亚里士多德之后,我对希腊人穷根究底的头脑留有深刻的印象。我觉得《四书》富于道德的色彩,希腊哲学家却洋溢着敏锐的智慧。这印象使我后来研究希腊史,并且做了一次古代希腊思想和中国古代思想的比较研究。研究希腊哲学家的结果,同时使我了解希腊思想在现代欧洲文明中所占的重要地位,以及希腊文被认为自由教育不可缺少的一部分的原因。

读了《约翰福音》之后,我开始了解耶稣所宣扬的爱的意义。如果撇开基督教的教条和教会不谈,这种"爱敌如己"的哲学,实在是最高的理想。如果一个人真能爱敌如己,那么世界上也就不会再有敌人了。

"你们能够做到爱你们的敌人吗?"教授向全班发问,没有人回答。

"我不能够。"那只一直尖起耳朵谛听的狗吠了。

"不能够?"教授微笑着反问。

---

①即奥勒留·奥古斯丁(350—430),早期西方基督教神学家、哲学家。——编者注。

我引述了孔子所说的"以直报怨,以德报德"作答。教授听了以后插嘴说:"这也很有道理啊,是不是?"同学们没有人回答。下课后一位年轻的美国男同学过来拍拍我的肩膀说:"爱敌如己!吹牛,是不是?"

奥里留士的言论很像宋朝哲学家。他沉思默想的结果,发现理智是一切行为的准则。如果把他的著述译为中文,并把他与朱儒相提并论,很可能使人真伪莫辨。

对于欧美的东西,我总喜欢用中国的尺度来衡量。这就是从已知到未知的办法。根据过去的经验,利用过去的经验获得新经验也就是获得新知识的正途。譬如说,如果一个小孩从来没有见过飞机,我们可以解释给他听,飞机像一只飞鸟,也像一只长着翅膀的船,他就会了解飞机是怎么回事。如果一个小孩根本没有见过鸟或船,使他了解飞机可就不容易了。一个中国学生如果要了解西方文明,也只能根据他对本国文化的了解;他对本国文化的了解愈深,对西方文化的了解愈易。根据这种推理,我觉得自己在国内求学时,常常为读经史子集而深夜不眠,这种苦功总算没有白费。我现在之所以能够吸收、消化西洋思想,完全是这些苦功的结果。我想,我今后的工作就是找出中国究竟缺少些什么,然后向西方吸收所需要的东西。心里有了这些观念以后,我渐渐增加了自信,减少了羞怯,同时前途也显得更为光明。

我对学问的兴趣很广泛,选读的功课包括上古史、英国史、哲学史、政治学,甚至译为英文的俄国文学。托尔斯泰的作品更是爱不释手，尤其是《安娜·卡列尼娜》和《战争与和平》。我参加过许多著名学者和政治家的公开演讲会，听过桑太耶那、泰戈尔、大卫、斯坦、约登、威尔逊（当时是普林斯顿大学校长）以及其他学者的演讲。对科学、文学、艺术、政治和哲学我全有兴趣。也听过塔虎脱和罗斯福的演说。罗斯福在加大希腊剧场演说时曾经说过："我攫取了巴拿马运河，国会要辩论，让它辩论就是了。"他演说时的强调语气和典型姿势，至今犹历历可忆。

中国的传统教育似乎很褊狭，但是在这种教育的范围之内也包罗万象，有如百科全书；这种表面褊狭的教育，事实上恰是广泛知识的基础。我对知识的兴趣很广泛，可能就是传统思想训练的结果。中国古书包括各方面的知识，例如历史、哲学、文学、政治、经济、政府制度、军事、外交等，事实上绝不褊狭。古书之外，学生们还接受农业、灌溉、天文、数学等实用科学的知识。可见中国的传统学者绝非褊狭的专家，相反地，他们具备学问的广泛基础。除此之外，虚心追求真理是儒家学者的一贯目标，不过，他们的知识只限于书本上的学问，这也许是他们欠缺的地方。在某一意义上说，书本知识可能是褊狭的。

幼时曾经读过一本押韵的书，书名《幼学琼林》，里面包括的问题非常广泛，从天文地理到草木虫鱼无所不包，中间还夹杂着城市、商业、耕作、游记、发明、哲学、政治等题材。押韵的书容易背诵，到现在为止，我仍旧能够背出那本书的大部分。

卜技利的小山上有长满青苔的橡树和芳香扑鼻的尤加利树，田野里到处是黄色的罂粟花，私人花园里的红玫瑰在温煦的加州太阳下盛放着。这里正是美国西部黄金世界，本地子弟的理想园地。我万幸得享母校的爱护和培育，使我这个来自东方古国的游子得以发育成长，衷心铭感，无以言宣。

加州气候冬暖夏凉，四季如春，我在这里的四年生活确是轻松愉快。加州少雨，因此户外活动很少受影响。冬天虽然有阵雨，也只是使山上的青草变得更绿，或者使花园中的玫瑰花洗涤得更娇艳。除了冬天的阵雨之外，几乎没有任何恶劣的气候影响希腊剧场的演出，剧场四周围绕着茂密的尤加利树。莎翁名剧、希腊悲剧、星期演奏会和公开演讲会都在露天举行。离剧场不远是运动场，校际比赛和田径赛就在那里举行。青年运动员都竭其全力为他们的母校争取荣誉。美育、体育和智育齐头并进。这就是古希腊格言所称"健全的心寓于健全的身"——这就是古希腊格言的实践。

在校园的中心矗立着一座钟楼，睥睨着周围的建筑。通到大学路的大门口有一重大门，叫"赛色门"，门上有许多栩栩如生的浮雕裸像。这些裸像引起许多女学生的家长抗议。我的伦理学教授说："让女学生们多看一些男人的裸体像，可以纠正她们忸怩作态的习惯。"老图书馆（后来拆除改建为陀氏图书馆）的阅览室里就有维纳斯以及其他希腊女神裸体的塑像。但是男学生的家长从未有过批评。我初次看到这些希腊裸体人像时，心里也有点疑惑，为什么学校当局竟把这些"猥亵"的东西摆在智慧的源泉。后来，我猜想他们大概是要灌输"完美的思想寓于完美的身体"的观念。在希腊人看起来，美丽、健康和智慧是三位一体而不可分割的。

橡树丛中那次《仲夏夜之梦》的演出，真是美的极致。青春、爱情、美丽、欢愉全在这次可喜的演出中活生生地表现出来了。

学校附近有许多以希腊字母做代表的兄弟会和姊妹会。听说兄弟会和姊妹会的会员们欢聚一堂，生活非常愉快。我一直没有机会去做客。后来有人约我到某兄弟会去做客，但是附带一个条件——我必须投票选举这个兄弟会的会员出任班主席和其他职员。事先，他们曾经把全班同学列一名单，碰到可能选举他们的对头，他们就说这个"要不得"，同时在名字上打上叉。

我到那个兄弟会时，备受殷勤招待，令人没齿难忘。第二天举行投票，为了确保中国人一诺千金的名誉，我自然照单圈选不误，同时我也很高兴能在这次竞选中结交了好几位朋友。

选举之后不久，学校里有一次营火会。究竟庆祝什么却记不清楚了。融融的火光照耀着这班青年的快乐面庞。男男女女齐声高歌。每一支歌结束时，必定有一阵呐喊。木柴的爆裂声、女孩子吃吃的笑声和男孩子的呼喊声，至今犹在耳际萦绕。我忽然在火光烛照下邂逅一位曾经受我一票之赐的同学。使我大出意外的是，这位同学竟对我视若路人，过去的那份亲热劲儿不知哪里去了！人情冷暖，大概就是如此吧！他对我的热情，我已经以"神圣的一票"来报答，有债还债，现在这笔账已经结清，谁也不欠谁的。从此以后，我再也不拿选举交换招待，同时在学校选举中没有再投票。

在"北楼"的地下室里,有一间学生经营的"合作社",合作社的门口挂着一块牌子,上面写着:"我们相信上帝,其余人等,一律现钱交易。"合作社里最兴隆的生意是五分钱一个的热狗,味道不错。

学校里最难忘的人是哲学馆的一位老工友,我的先生、同学们也许已经忘记他,但我始终忘不了。他个子高而瘦削,行动循规蹈矩。灰色的长眉毛几乎盖到眼睛,很像一只北京巴儿狗,眼睛深陷在眼眶里。从眉毛下面,人们可以发现他的眼睛闪烁着友善而热情的光辉。我和这位老工友一见如故,下课以后,或者星期天有空,我常常到地下室去拜访他,他从加州大学还是一个小规模的学校时开始,就一直住在那地下室里。

他当过兵,曾在内战期间在联邦军队麾下参加许多战役。他生活在回忆中,喜欢讲童年和内战的故事。我从他那里获悉早年美国的情形。这些情形离现在将近百年,许多情形与当时中国差不多,某些方面甚至还更糟。他告诉我,他幼年时美国流通好几种货币:英镑,法郎,还有荷兰盾。现代卫生设备在他看起来一文不值。有一次他指着一卷草纸对我说:"现代的人虽然有这些卫生东西,还不是年纪轻轻就死了。我们当时可没有什么卫生设备,也没有你们所谓的现代医药。你看我,我年纪这么大,身体多健康!"他直起腰板,挺起胸脯,像一位立正的士兵,让我欣赏他的精神、体魄。

西点军校在他看起来也是笑话:"你以为他们能打仗呀?那才笑话!他们全靠几套制服撑场面,游行时他们穿得倒真整齐。

但是说到打仗——差远了！我可以教教他们。有一次作战时，我单枪匹马就把一队叛军杀得精光，如果他们想学习如何打仗，还是让他们来找我吧！"

虽然内战已经结束那么多年，他对参加南部同盟的人却始终恨之入骨。他说，有一次战役结束之后，他发现一位敌人受伤躺在地上，他正预备去救助。"你晓得这家伙怎么着？他一枪就向我射过来！"他瞪着两只眼睛狠狠地望着我，好像我就是那个不知好歹的家伙似的。我说："那你怎么办？""我一枪就把这畜生当场解决了。"他回答说。

这位军人出身的老工友，对我而论，是加州大学不可分的一部分，他自己也如此看法，因为他曾经亲见加大的发育成长。

(《西潮》)

林语堂(1895—1976),现代著名作家、翻译家、语言学家。福建龙溪人。1916年在上海圣约翰大学获得学士学位,1920年获哈佛大学文学硕士学位,1923年获德国莱比锡大学语言学博士学位。曾任北京大学英文学系语言学教授、厦门大学文学系主任兼国学院秘书、联合国教科文组织艺术文学组组长、国际笔会副会长等职。其用英文所著《吾国与吾民》《生活的艺术》《京华烟云》等被译为多国文字。

抵美印象

林语堂

离沪来美,已四十日,至今未做一事。盖我旅行时便不能想,想时便不能旅行。尝闻作家著书,须做长途旅行,借以开阔眼界,启发灵感,好像非把书写成不可,这点我看殊属可笑。故乡岂无人形动物可供观察研究?而且,一切人类在骨子里岂非一样?美国女人补破袜子,与中国女人有何不同?美国女人也岂非喜欢讨价还价,争些便宜?一切事物如此不同,却又如此相同。今晨饭后出外散步,见前面有一妇人,袜上有一破洞,心中为之大慰,突有身居故国之感。

你要我写点抵美印象。我看见过什么呢?我在船上见一老胖妇,身穿游泳衣,出现于吸烟室,我看见太平洋上海水万顷。

我因见海水洋溢，是以火奴鲁鲁①人士以太平洋之将来见询时，答以太平洋将来仍有这么多水，水中仍有这么多鱼。我们谁有资格坐霸太平洋呢？太平洋中的鱼岂不多于全部上帝选民？鱼类岂不也是上帝的儿女？你看，上帝赐鱼类以三分之二的地面，只给人类三分之一。

水中鱼类，大约与人间一样，也有争权夺霸、妄自尊大这类蠢事。以为自己比别人高明，想要教化别人。水中大约与水面上一样，也有种种破坏行为。水里与水外一样，也有大鱼吃小鱼这种非法举动。水中也有与人间一样的顽固思想和种族偏见：金鱼笑剑鱼长鼻，剑鱼骂金鱼为虚荣与多情种子，蟹笑鱼走动的怪样子。大鱼大约也想管别人：鱼类的独裁者也和欧洲那些独裁者一样爱好虚荣，一样自满，一样自得其乐；徒劳无功的鱼外交家，坐在太平洋海底开国际会议，和日内瓦那些绅士一样，不能得到一个结果。我只能想出一点不同，就是在鱼类中，贫穷挨饿这类的事，一定比人间少。

我写此信时，是在本薛凡尼亚州②一位美国朋友的乡间住宅中。此地乡间景物起伏，真美极了，虽陌生而新异，可是真美丽。你看，我甚而非调整我的审美观念不可了。一切都真青翠、和平、美丽；这里有榆树与枫树，还有别种绿叶成荫的大树，

---

①火奴鲁鲁（Honolulu），美国夏威夷州首府和港口城市，又称檀香山。——编者注。
②今译宾夕法尼亚州（Pennsylvania），美国东部一州，立国十三州之一。——编者注。

你信不信，也有杨柳呢！可是这些都如此陌生，如此美丽，叫人不能发生什么联想。我不知不觉在找能叫我忆起故国与童年的事物了。我现在才明白英国人为何手不离伞。比方说，我真怀念石头，风景没有石头，便不能算风景。这里有美丽的树林，可是树林把石头遮掉了；树林大石，两者不可兼得，至少在这里是如此的。那美丽的 Delaware 河①给我以亲切之感。当你驰过那些平直的汽车路时，瞥见一两棵杨柳树，那么孤独，杂在异乡的景物中，你的心便会突然一跳。这些杨柳长在那儿，没人理睬，可是它们还兀自在微风中轻摆柳腰，迎人微笑。杨柳在微风中跳其温静曼妙之舞，它不跳爵士舞，我想，这便是杨柳在美国的致命伤了。罗丹说："迟缓是美丽的。"可是罗丹是法国人，而中国人与法国人的精神又是这么相近。那么，我们只得让那些杨柳去哭泣了，像孤独忧闷的孤儿一样，可是它们还在迎人跳舞，似乎不知忧闷一样。

那么，我如今算是身在美国了。美国在苏联人士眼中，既是万恶地狱，又是天堂福地。所谓万恶地狱者，是说资本主义的万恶地狱；所谓天堂福地者，是说机械文明的天堂福地。我知今日苏联人士所崇拜者除列宁外其次便是热水龙头。我想苏联人士如能集万人于红场，举行集团淋浴，由斯大林开水龙头，便是他们的天堂。可惜我系华人，对于集团淋浴，殊不能感兴

---

①即特拉华河，该河源出纽约州的卡茨基尔山，向南流经宾夕法尼亚州、新泽西州、特拉华州，最后流入大西洋。——编者注。

趣，我虽欣羡资本主义与机械文明，可是对于两者，都不盲从。

美国丰衣足食，生活安全，美国有和平，我已讲过，美国亦有青翠美丽之原野，有乳牛，有富于田园诗意之养鸡场，有榆树，有枫树，甚至也有杨柳。换言之，美国有使人生快乐的物质基础。不错，美国有生产过剩，也有失业，不过生产过剩与失业根本上并无错误。将来总有一天，大家都要生产过剩，大家都要局部失业。你不能阻止机械文明之进步，机械文明便是生产过剩之进步与闲暇时间的增加，大家都要减少工作时间，增加嬉戏闲暇了。机械终究必把一切工人造成可恨的有闲阶级，早上工作，下午玩耍。资本主义与共产主义国家两者既同欲增进机械文明，既同有职业与闲暇之分配问题，则资本主义文明与共产主义文明终必碰头。闲暇问题必永为各种文明之中心问题。所以机械文明本身并无错误，美国就是机械文明的领导者。

我已说过，美国有使人生活快乐的物质基础。美国人丰衣足食，国内有升平气象，人民生活亦甚安全，美国又有可爱的槭树与榆树。我想你我都要同声问道："还有什么呢？"美国人快乐乎，何物使之快乐耶？美国人是何等样人？因为决定人生价值的，毕竟不是他所有的东西，而是他的为人。

当然，提起快乐问题，实在太不公道。问"美国人快乐乎？"或问"物质繁荣使之快乐乎？"犹如拳赛之时击人下部。世界恐怕无一文明，能受这种试验。你如欲以快乐为文明之唯一标准，则巴里（Bali）人之文明将高于中、美文明矣。此虽是有智识者所表现的一种好姿态，然自人情上看来，则并非如此。为人总须近情。吾人需要科学，吾人需要升降机、自动梯、硬木地板、真空拭尘机，好的美术馆、博物院及星象院，可是除了那些鄙俗而博爱的百万富翁外，还有谁要捐钱给你的美术馆、博物院和星象院呢？美国所有的研究院与古物陈列所，代表灵与肉、科学与鄙俗的财富间之妥协。科学家所以还能活着工作，全靠资本家喂养，后来如果一旦发迹，成为社会名人，便与地产家的寡妇结婚。吾人既居此惨苦人世，便只好尽力挣扎下去。在我看来，美国既非资本主义之万恶地狱，亦非机械文明之天堂福地，美国只是一个尚过得去的人类社会，有好机会可以叫懂事的人发展到相当快乐的地步，使普通人能享受更大的物质文明而已。你要叫我做粗鲁的唯物主义者，也随你便。我并不是印度圣人，头上让蚂蚁造巢，向机械挥拳。无论什么时候，我都愿喝一杯冷番茄汁，而不愿喝一木碗从路旁池中取来的水。

不，你不能叫我作粗鲁的唯物主义者，我只是想自己享福，也想观察美国人怎样享福。我尝说，最能使你享福的文化，便是最好的文化。可是请别误会。你到帝国大厦去参观，当升降机把你送上云端时，你是享到福了；你到无线电城去参观，当你降到地底去时，你也算享到福了。不过我所指的并不是这个。这些是小孩和普通一班美国人，一班无线电听众、电影观众、航空热者及开快车者的兴奋玩意儿。开快车者从每小时八十里的速率所得的兴奋，正和小孩在 Coney Island① 游艺场看小火车时所得到的兴奋一样。开快车者与小孩在精神上这么相像，真是可惜。普通一班美国人也跟小孩一样，要有新玩具才行，不论无线电城或麻将牌都好，他们又和小孩一样，极容易玩厌。普通一班美国人非寻开心不可，这种开心离欢乐一分，离真快乐两分。我看普通一班美国人不知怎样享福。如果把他的汽车拿去，把他关在家里，又把无线电关掉，他便要和笼中猴子一样不快活了。

　　Thoreau② 和 Emerson③ 爱好自然的灵魂啊！美国文明是大家都承认为不完美的，不过哪一种文明不是如此呢？美国人士的精神殊欠沉静，不然便是他们不敢表示沉静，这也是事势使然，无法避免。美国生活的动态，垦荒的传统，每年从中欧迁入的移民，都叫他们的生活不能沉静。美国怎么来得及同化那些移民，叫国内文明不至于失去本色呢？我看美国仿佛是一帖还在民族大炉中提炼的八卦丹。也许百年之后，才能炼成澄澈透明的八卦丹。你总得给人家一点时间。我们信口批评文化与文明生活，似乎是在小食店叫点心吃，一分钟便可烧好一样。其实不能如此。你不妨尽管说中国文明较近人情，较有闲暇，较能切贴人生，在某些时期也较有个人自由，可是你也不能不承认普

---

①康尼岛，地处美国纽约布洛克伦区南端。作为美国最早的大型娱乐城，在20世纪上半叶经历了其巅峰时期。——编者注。
②亨利·戴维·梭罗（Henry David Thoreau），美国作家、哲学家，代表作为《瓦尔登湖》等。——编者注。
③拉尔夫·沃尔多·爱默生（Ralph Waldo Emerson），美国思想家、文学家、诗人。——编者注。

通一班美国人在日常生活上、日常工作上、社会观念上，对儿童与动物的爱护，屹然独立的精神，与待人接物的礼貌方面，都有其极好的品性，使我敬仰。这样讲来，似乎有点自灭威风，可是普通一班美国公共汽车售票员、开电梯的、同车旅客、警察、店员，比现代都市中的华人来得有礼貌。上海街车中售票员的举动，要是给孔夫子看见，一定高举双臂，气得发抖。

此外便要说到美国的民主精神。我是指自尊心与个人自由说的，这两点是民主精神的最后目的。比方就拿出版自由来说，*The New York Herald – Tribune* 和从前 *The Nation* 周刊议评胡佛一样，尽可恣意抨击罗斯福。齐格非歌舞团甚至编演一剧，用以讽刺政府机关，呼之为"中央浪费委员会"（此戏讥讽政府之浪费，谓"中央浪费委员会"计划造桥，惜河太窄，桥太短，而所费太少，有委员曰，欲长不难。或诘之，答曰，勿架桥渡河，沿岸造去便是），我以为这是好现象。我相信，同时也希望，美国自由之传统非常根深蒂固，使美国将来不至于变成法西斯主义者。如果美国人民没失去嗜爱个人自由之天性，这自然是不至于的。我知道美国人士在这方面还需要一点自信。可是，我相信民主精神乃属美国人民之天性，也相信创造世事发展之路向，必有赖乎天性。不错，出版自由在统治者看来，确是讨厌的东西，但法西斯党徒与信仰民主主义者间之分别，就在法西斯党徒视出版自由为讨厌的东西，因此加以压制，而信仰民主主义者亦视出版自由为讨厌的东西，却感谢上帝使他们有这么一种光荣的讨厌东西。出版界、国会，其实一切民主机关，都是（或原意是要做）统治者的讨厌东西。我尝说：统治者与被统治者之关系，犹如骑师与马；所谓民主精神，就是被骑之马有权与骑师讲话，有时亦可质问他的行为及动机。法西斯的统治是个蛮横的骑师，喜欢根据自己的痴想去逞能，以为理应努力把马鞭策，迫其走上胜利之路。他必得蛮横，否则他便不成其为法西斯主义者了。法西斯主义的心理基础，就是蔑视被统治的人民，这是蔑视的态度，是欲盖弥彰的。我深喜美国的马不爱任人鞭策。

其实我对美国的民主政治并没过分地尊敬：因为民主政治，或由一班平民来执政，在我看来，始终有点好笑。我不久就可看见选举总统的情形了，这是美国人民每四年必发一次的狂热，其定期与疟疾一样准确。我要看看到底谁最会向民众撒谎，共和党呢，还是民主党。如果最会撒谎者是共和党人，他们便选出共和党总统；如果最会撒谎者是民主党人，他们便选出民主党总统。此处我只指政党机关而言，非指总统候选者个人，因为总统候选人仅是个老实君子，奔走全国，为党撒谎，如此而已。

我们都是圆颅方趾的人，我们还能冀求什么呢？其实我所说的民主精神，是指罗吉斯（Will Rogers）① 那一种。因为我觉得罗吉斯是最典型的美国人，他痛恶礼服和白色领结，以及一切势利行径，他终日快活，任情幽默。罗吉斯那种民主精神，

---

① 今译威廉·罗杰斯，美国幽默作家，同时也是有名的电影演员、联合报纸专栏作家和电台评论员。——编者注。

确是值得有的。单以自然生物实验来说，使一百个 Andrew Mellons①（美国历任财政部长，一个金钱主义者）受苦，去产生一个罗吉斯，亦不能算是浪费。假使美国人有眼光，他们应该感谢造物主。

我看此间人士，对于中国事务，愈来愈感兴趣。中国虽则始终不许西洋人士去了解她，甚至不许游历家观光中国，可是外人对她还是感到兴趣。如果中国由宣传得到一点好处，这种结果也不能归功于中国政府。老大的中国啊，她跟旧式贵族一样，很看不起宣传工作。另一方面，日本却每年耗百万金做宣传费，我甚至听说她还要用五十万金，使美国人相信她是个文明国家，并使人相信他们亦知怎样品茗！虽则日本如此为自己做宣传，为中国做反宣传，可是我觉得一般美国智识阶级还是同情中国，厌恶日本。这样，日本人自必用非常认真，用极不幽默的态度，跑来问你道："嗨！这是何故呢？这是何故呢？"这种日本人倒也天真可爱。我愿把这件事解释给他们听。比方兄弟两人吵嘴，年幼的那个跑到妈妈那里去，说哥哥侮辱他，并且先动手打人，而那位哥哥却只管愣在那里，不作一声；贤明的妈妈自然疑心那弟弟是狡猾的小坏蛋，因而叱骂他了。那小坏蛋便目瞪口呆，一边走一边喃喃地说："嗨！这是何故呢？这是何故呢？"如果我是日本人，我必奉劝日本外交家不要再玩那套修辞与强辩的把戏，先去学点

---

①即安德鲁·梅隆，美国金融家、慈善家，连任哈定、柯立芝、胡佛三届政府的财政部长。——编者注。

幽默。比方今日《纽约时报》载：日本发言人声称，他们将派遣九艘兵舰前往中国，"去肃清反日情绪"。那位发言人真是把自己当傻瓜，也把全部日本海军当傻瓜。派遣兵舰去肃清一种情绪，尤其是反日情绪，未免太呆。以兵舰去扑灭火灾、革命、蝗虫，甚至去扑灭一只苍蝇，均无不可；可是派兵舰去肃清一种情绪，恐怕连懂幽默的美国人听见，也觉得有点吃不消。日本驻美大使斋藤如果看到此文，我希望他注意这点，叫他们的发言人不要再说此类发噱的话。此辈满自以为如果九艘兵舰不够，四十九艘总可肃清中国人民心中的反日情绪了。这种求婚乞爱的方法，可真奇怪了！愿上帝赐日本人一点幽默感。

林语堂（1895—1976），现代著名作家、翻译家、语言学家。福建龙溪人。1916年在上海圣约翰大学获得学士学位，1920年获哈佛大学文学硕士学位，1923年获德国莱比锡大学语言学博士学位。曾任北京大学英文学系语言学教授、厦门大学文学系主任兼国学院秘书、联合国教科文组织艺术文学组组长、国际笔会副会长等职。其用英文所著《吾国与吾民》《生活的艺术》《京华烟云》等被译为多国文字。

美国与美国人

林语堂

我们在中国听到许多关于美国和美国人的故事。这些故事普遍跟法国人或英国人所听到的一样。在美国这个国度里，男人吃夹腊肠的面包，女人嚼留兰香糖，小孩舔冰淇淋。可是这些传说给人的印象，并不是有些美国人做这种事情，而是男人没有一个不吃夹腊肠的面包，女人没有一个不永远动着下巴，小孩没有一个不舔冰淇淋。

我们彼此谈论着说："这不是一个奇怪的世界吗？"我们又听见人家说，美国有一百零二层的摩天楼；有汽车像蚯蚓那样在地底行驶着；有火车在空中铁道上飞驰着；有新式的餐馆，只要放进一个镍币，便有一只烤肥鸡自动地跳上你的餐桌；有一种楼梯，不必劳你举步，把你送上楼去；警察全是身长六尺的；女人几乎一丝不挂在街上走；等等。这种情形是不可置信的，却是事实，因为我们有许多人都可以亲眼在银幕上看到。啊，美国！

不但如此，我们还听说在美国大家都是准时守约的，听说一个美国人约定九点钟，就准在九点钟到场；大家都在街上横冲直撞，没有一个人空费一分钟时间；整个生活方式是像救火会那样组织起来的，每个人都像火车那样，照时间表准时行驶。我们又听说好莱坞的人都是富翁，过着快乐而满足的生活；在美国，大家都是基督教徒，美国革命的女儿都是美国民主主义的伟大保护人；天天有黑人受美国人私刑，芝加哥的街头巷尾都躺着或死或伤的匪徒；在这自由的国度里，大家都在跳舞作乐；在这平等的国度里，大家都可以轻拍着别人的肩头。……

我到美国来的时候，就用惊奇的眼光来观察美国人；可是我是个近情的人，所以我所冀望的既不太大，又不太小。这是值得庆幸的事情。由科学方面说来，我相信一切都可能；由人情方面说来，我相信有许多事是不可能的。关于科学方面的一切，我发现事实都没受过分的夸张；可是关于人类行为方面的一切，我相信美国人跟中国人相差无几。

我是准备遇着最坏和最好的事情的。我觉得很快活，因为我看见美国女人跟中国女人一样，还在关心她们丈夫的胃口，虽则她们不曾听见过孔夫子的名字。

我走进一间美国药房，开始在那边观察美国人。美国药房是最适合于做这种研究的。美国药房里有四"C"：有雪茄

（Cigar）可以卖给男人，有朱古力糖（Chocolate）① 可以卖给女人，有糖果（Candy）可以卖给小孩，也有咳嗽药丸（Cough Drops）可以卖给老人。我看见男人在买雪茄，女人在买朱古力糖，小孩在买糖果，老人在买咳嗽药丸。我发现那些女人与小孩也许比男人和老人更快活，而且的确是比别国的女人和小孩更快乐的。

因为美国是女人和小孩的领土。美国叫作新大陆，而欧、亚两洲则叫作旧大陆。当你讲到新世界时，你的意思是说美国女人是新的，美国小孩也是新的——跟欧、亚两洲的女人和小孩大不相同。女人和小孩使美国成为新世界。

美国赐女人以发展的机会。旧世界的男人，尤其是亚洲的男人，听见女人有发展的机会，往往大吃一惊。那个自命为保护者的男人本能地问道："那怎么好呢？"假使你给女人有发展的机会，例如，假使你让一个少女在这茫茫大世界里无拘无束地生活着，那怎么好呢？

女人得到发展的机会之后，并没发生什么变故，这使我有点惊异。她显然是能够管顾自己的。于是我开始惊叹道：我们旧世界的男人干嘛自寻烦恼去管顾女人呢？

经过了长时间的推敲之后，我现在情愿大胆地承认，女人跟男人一样，也是人类——如果你给她们同样的经验和环境，她们也有男人一样的才干，一样能判断事情，一样能做错事情；

---

①今译巧克力。——编者注。

如果你也给她们同样的商业训练，她们也跟男人一样能做敏捷的工作，一样有冷静的头脑；如果你不把她们关在家里，她们也跟男人一样有社会眼光；最后，她们也一样能治天下、乱天下，因为假使女人有机会统治天下，她们大约不会比今日统治欧洲的男子把世界弄得更糟的。

我因为读过早期妇女运动者的言论，所以有一时期相信解放的新妇女不愿结婚；现在我觉得一般女人是够聪明，不至于相信这种胡说的。假如有许多女人不结婚，那不是因为她们不知道什么是好的。她们处世的常识太丰富了。女人如果没有男人的爱，是不能快乐的。

我要用一句老生常谈赠给美国女人：使尽方法、不择手段地去追求男人吧。让我们接受有意识的简单真理吧。出去追求男人，去结婚生子，去养鸡种菜吧。

现在我们要谈美国民主主义的基石——普通男子了。美国有一种属浪漫派的民主主义，一种给男女的地位渲染着的民主主义。女人的地位渲染着浪漫主义，也给浪漫主义的色彩所渲染着，这种浪漫主义是伟大的、博爱的、一视同仁的、情感洋溢的；在另一方面，普通男人的地位渲染着民主主义，也给民主主义的色彩所渲染着。

我们如果要明了普通男人的地位，第一步须先了解美国民主主义的本质。美国民主主义根本是以"最多的货物卖给最大多数的人"（The greatest goods sold to the greatest number）这个理想为基础的，代表最大多数的普通男人便是这样成为社会重要分子的。

我也许错了，但我相信美国人心目中的民主主义是"最多的货物"（greatest goods），而不仅是那种看不见的"最大利益"（greatest good）。我们在美国才听得到"出卖思想"（sell an idea）和"买艺术家"（buy an artist）这类词语。

普通男子是美国民主主义的基石，因为代表最大多数的是他，而不是绅士；因为最多的货物是卖给他的，因为无线电节目和电影是为他而存在的——如果制造家不把大批的货物卖出去，如果电影不是要给千千万万的平民看，那么美国民主主义是什么呢？

所以，我们在美国的民主主义里才有生命，才有丰富的生命，因为我们有大量的汽车、大量的杂志和大量的无线电收音机。于是，普通的男子发达起来了，有快乐的生活了；他愈普通平凡，他的生活也愈快乐。

因为在美国这个国度里，普通的男人、女人和小孩才有机会发现自己和自己的才能。美国人因为对一切新的东西都很好意地接受了，结果把什么东西都放在美国民主主义的大锅里——新妇女、新儿童、新医药、新风尚、新衣服、新游戏、新学校、新机器、新沙发床、新爵士音乐——把这一切东西搅在一起，煨在一道。我的思想是倾向于试验的，所以我极想知道在五十年后，这个大锅将产生一些什么东西出来。

陈鹤琴（1892—1982），著名儿童教育家、儿童心理学家。1914年从清华学堂毕业，考取庚款留美。1917年获霍普金斯大学文学学士学位；1918年获哥伦比亚大学教育硕士学位，并转入心理系攻读博士学位。"五四运动"爆发当年，中断博士论文研究回国。初任南京高等师范学校教授，东南大学成立后任教授、教务主任。抗战胜利后曾任上海市教育局督导处主任督学。著有《陈鹤琴教育文集》《陈鹤琴全集》等。

游学时代

陈鹤琴

一、 一个美丽的国家

我二十四岁那一年七月在上海预备赴美游学了。

那时美国，这一个美丽的国家，在我心目中，确是人间天堂呢！听说人民非常勇敢的。三百年前美国是一片荒凉大陆，除了土人、红人、毒蛇、猛兽之外，就没有人了。自从1492年哥伦布发现了这个大陆之后，英国新教徒、法国新教徒就一批一批地逃到新大陆，披荆棘，建立新城市，吸收自由空气。不久华盛顿揭自由旗，脱离英国，宣告独立，建立联邦共和。林肯主张自由平等，解放黑奴。什么开矿筑路、立学校、建工厂、辟市场，一切应兴事业，都是蓬蓬勃勃，如雨后春笋，开始建设了。不久什么煤油出"大王"，钢铁出"大王"，汽车出"大王"，银行出"大王"，什么都出"大王"，甚至于连皮鞋也出"大王"了。

听说人民生活程度①是很高的，普通工人每天总有三四块钱的工资。吃的大餐，穿的西装，住的洋房，比我们中国有钱的人着实要舒服得多呢！

又听说人民的知识也是很高的，差不多没有一个不读书、不识字的。文化的水准，非常之高。什么博物馆、动物园、植物园、美术馆、图书馆、体育场，没有一个城市是没有的。

又听说世界最大、最高、最多的东西都在美国。最大的大学要算纽约的哥伦比亚了，学生在三万以上呢。最高的房子那时要算伍尔获司大厦（Woolworth Building）②，有五十七层之高。世界最著名的瀑布要算奈矮格拉（Niagara Falls）③了。图书收藏最丰富的，要算华盛顿国家图书馆了。交通最便利，铁路最多，公路最长，恐怕也要算美国了。

听说要发财到美国去，要读书也到美国去，要看奇闻壮观到美国去，要吸自由空气也到美国去。那时我一听见这样的一个新兴的自由国家，不觉神驰心往了。所以那年毕业清华预备上美国的时候，我的心中快乐，真是非笔墨所能形容呢！

---

①现通说"生活水平"，此后出现之处不再一一加注。——编者注。
②即伍尔沃斯大厦，为早期摩天楼代表作，1913年落成时是当时世界最高的建筑物。——编者注。
③即尼亚加拉瀑布，美国最知名的风景之一，位于纽约州水牛城附近的美国与加拿大边境。——编者注。

二、 学习吃饭礼貌

在上海怎么预备呢？环球学生会朱少屏先生替我们办护照、定舱位，还筹备欢送会欢送我们。在什么花园开会的，我不记得了，我记得唐绍仪先生致欢送辞，谆谆地勉励我们。

周诒春校长办事非常认真。他恐怕我们年轻没有经验，对于吃饭礼貌毫无规矩，就在四川路青年会教我们怎样吃饭。他不但讲给我们听，还要吃给我们看。我们在学校上讲堂听讲书、做实验，现在在饭堂里上"吃饭"课，学习吃饭礼貌了。我们在青年会住了一个月，周校长差不多上了一个月吃饭课，我们竟变成"吃饭学生"，周校长倒变成"吃饭先生"了。这种吃饭知识，着实有用呢！我以后到了美国，在随便什么地方吃饭，都不觉得外行，而美国人看见我有这种礼貌，着实觉得惊奇呢！

现在我来说给你们听吧！

周校长究竟怎样教我们吃饭的，下面的课文只能说是"大意如此"。周校长是否这样讲的，那我不敢担保了。

第一课　坐席

周校长说，中国人让左，外国人让右。女主人的右手座位是首席，男主人的右手座位是次席，女主人的左手座位是第三席，男主人的左手座位是第四席，其余类推。美国人坐起来，总是男女隔坐的，女主人的左右座位一般是男宾坐的，男主人的左右座位一般是女宾坐的。这样男女宾主就可以一对一对地座谈了。但是入席时，从客厅走到饭厅，女的总是先进去。男子只可随后跟进。若要"捷足先登",那就要吃主人的白眼了。

同席的来宾若是很多,座位名次多是预先规定的,男女来宾可以按照名签就座。若是同席的不多,一般总是由女主人指定座位,请来宾一个一个坐的。

但是"就座"不要坐得太快。就座也有一定的礼貌。女主人坐下,来宾方才可坐,女主人还没有就座,来宾绝对不可坐的。女主人怎样就座的?这里也有一点规矩,你不能忽略的。首席的来宾一看见大家站立好了,女主人正预备就座,应当立刻走到女主人的旁边,把女主人的椅子轻轻地拉开来,对她说"某夫人请坐",再看她将要坐下去的时候,就把椅子轻轻地往里面移一移。其余男宾一看见女主人就座,也照样请左手的女宾坐下。

第二课　坐的姿势

"立有立的姿势,坐有坐的姿势",中国人本来很讲礼貌的,现在太随便了。外国人坐的时候,有一定的姿势。客厅里的椅子都是很舒服的,椅背是往外倾斜的。饭厅里的椅子不是那样舒服的,椅背又高又直,你坐下来,一定要把椅子移进去,把你的胸挺直,把你的背紧紧地靠着椅背,这样你的背就不驼了,坐的姿势就对了。我常常看见中国人驼着背,低着头,吃外国饭。这种驼背的姿势实在不适宜于吃外国饭。

第三课　喝汤

喝汤有三点要注意的,第一点,头不要往下垂。你要把汤用汤匙舀起来,放在口里。第二点,不要作声。中国人喝起汤来，常常发出"嗞嗞"的声音，这是很不好听的。第三点，汤快要喝完的时候，你若要把汤余舀起来，不要把汤盘往里面侧，若是往里面侧，一个不当心，你会把汤倒在衣服里呢。你应当把盘往外侧。你能顾到这三点，喝汤就有资格了。

第四课 吃面包

"吃面包"是最容易做的了。其实面包也不容易吃的，有的人非常粗鲁，把面包一大块放进嘴里，一口气吞下去。这种吃相，多么难看。你应当先把面包放在盘子里，用刀裂成四小块，再涂点牛油，放在左手，一点一点地吃下去。吃好一小块，再吃点菜，吃了菜再吃面包，不要尽管把面包像吃饭似的一块一块吞下去呢！

第五课 用刀叉

乡下人吃大餐，拿起刀来放进嘴里，一个不当心，舌头割得鲜血淋淋。这好像是个笑话。其实刀儿放在嘴里的我看得很多。吃大餐是不容易的，刀叉是很难用的。第一，刀儿绝对不要放进嘴里去。第二，刀儿要右手捏的。第三，食物也要用叉叉了放进嘴里。这里有一个问题发生了，是用右手拿了叉把叉着了食物放进嘴里去呢？还是用左手呢？两种方法都可以，但是要吃得文雅一点，还是用右手好。怎样用呢？譬如吃牛排。先右手执刀，左手执叉。再左手执着叉把牛排撳牢，右手用刀把牛排割开一小块。然后右手把刀儿放下，左手把叉子交给右手，右手再用叉子把一块牛肉叉起来放进嘴里。吃完了，再用右手执刀，左手执叉，把牛排切开，照样放进嘴里吃下去。这是一种很文雅而有礼貌的吃法。

刀叉不是一律的。吃鱼的刀叉一般是银子做的，比普通的刀叉要厚些、短些、钝些。不知道的人常常用鱼刀、鱼叉切鸡割肉呢！

第六课　谈笑

孔夫子说吃饭的时候，不要说话。外国人同孔夫子恰巧相反，他们以为吃饭是一种社交活动，非说话谈笑不可，所以席间总有人说笑话、讲故事的。但有两点你要注意的。你说笑话或讲故事的时候，不要把刀叉捏在手里。有一次我看见一个人捏着刀叉讲笑话。正讲得起劲的时候，他把刀叉乱动，几乎把旁人刺痛了。

第二点你要注意的，就是不要讲悲伤的事情。这个道理是容易明白的。说笑话、讲故事原来是为帮助消化，增进快乐，你现在讲到不快的事情，不是使饭都吃不下了吗？

"吃饭礼貌"课，就此讲完。我们百余个正待装赴美的学生，无意之中学到这种人生一日三餐不离的重要礼貌，得到了这样一张举世罕有的"吃饭文凭"，哪一个不兴高采烈、眉飞色舞呢！

三、　外国人并不个个都是好的

我们在上海上"吃饭"课，种牛痘，检查体格，治理行装，赴各处欢送会，忙个不停，8月15日乘招商局的自置邮船"中国号"（S. S. China）出发渡重洋了。两天前发生一桩非常痛恨的事情，使我终生不能忘的，这是一件什么事？

我虽然在北平读了三年书，在上海读了半年书，对于城市生活，可说完全不知道的。那天——8月13日——下午，我在一条狭窄的马路上行走，走的是哪一条马路，现在我不记得了。我只记得这条马路没有行人道，所以那时我就在马路上行走，忽然后面来了一辆黄包车，我正预备走到右边去让它，不料前面却飞也似的也来了一辆黄包车。我看看不能走到右边去了，就停止在路中不走，以让前后的两辆车子。哪知道一停，停出问题来了，那坐在前面来的车子上的是一个碧眼红须儿，他看见我有点"乡瓜儿"样子，就拿出拳头，对准我的胸膛砰地打了一拳，我给他打得莫明其妙，当时我气极了！就想回他一拳。但脑筋一转，仔细一想，我若回打他，势必至于吃大亏。他是一个凶蛮的外国人，我是一个又矮又小的中国人，打起来一定要吃眼前亏。若是打到"巡捕房"里去，中国人总是错的，哪里拼得过。也许这样一来，倒被拘留几天，船期耽误，反而更加倒霉了。所以就忍气吞声，回到青年会，走进寝室，关上房门，倒在床上，痛痛快快哭了一场。

那时候，我想道："一个中国人在中国地方，尚且受外国人的侮辱，将来我到外国地方去，一定要受到更大的侮辱。"想到此地，哭得更加伤心了。其实后来我在美国有五年之久，足迹遍十余州，不要说没有一个美国人敢来打我一拳，就是连一根头发也没有人敢来动一动呢！但是那次侮辱给我一个很大的教训。从前，我想外国人都是好的。我在蕙兰看见的甘惠德校长是一个多么爱中国的美国人,我在圣约翰看见的卜芳济校长也是一个多么爱中国的教育家。我在清华看见的一般美国教师,也都是很有礼貌,很爱中国的,今在路上遇见了这样一个凶暴的外国人,使我深深地认识了,外国人并不个个都是好的!

四、 乘中国自置邮船

8月15日我们都兴高采烈,乘了中国自己置备的邮船出发了。在中国招商局码头送行的,人山人海,拥挤不堪。第一次汽笛刚吹过,船上送客的纷纷下船。在船上的乘客拿了许多红绿纸圈,拼命地向码头上抛。在码头上送客的,也买了许多红绿纸圈向船上抛。船上的乘客拿着码头上送客的纸条。码头上的送客拿着船上乘客的纸条。几百条红红绿绿的纸条把送客的、乘客的热烈情绪暂时连系着,交流着。汽笛又吹了,送客的、乘客把红绿纸条儿拉得更紧一些,更牢一些,好像热烈的情绪像电似的在纸条上可以加速地交流着。

第三次汽笛大吹了,轮船开动了,慢慢儿离岸了。乘客和送客还是把纸条儿紧紧地拉住。船离开愈远,纸条放得愈长,电流似的热情交流得愈快。船终于离得更远了,纸条儿不够长了,断了!断了!"再会!再会!"一遍遍喊声,从船上、码头上发出来,有的纸条儿还捏在送客的手里,有的纸条儿还捏在乘客手里。两方口里虽连喊"再会!再会!"而手中的纸条儿还是紧紧地捏住,不肯放掉,好像这一根寄情的东西比什么都要宝贵呢!船愈离愈远了,乘客和送客都拿出雪白手巾来互相挥着,几百条雪白的手巾好像几百面小国旗在空中飞舞着,多么美丽!船愈离愈远了,人面模糊了,但是雪白的手巾还能看得见呢。那时的手巾已染湿了泪珠而没有像当初之活泼轻松了。那时送我行的有我的未婚妻雅妹、岳父、小哥、姐夫、同学钱财宝及十几位亲戚好友。

这次赴美游学的共有百余人,其中有新考取的十个女生,清华优秀幼年生十人,1913、1914年两班毕业生七十余人以及自费生数人。我们百余人,济济多士,把"中国号"的头等舱位几尽占满了。我们浩浩荡荡,乘长风破万里浪,雄渡太平洋了。

海上旅行原是一桩最愉快的事,早晨可以看旭日东升,傍晚可以看红日西沉。海涛像山似的白涌碧翻,飞鸟像箭似的冲浪排空。还有海鸥成群,翱翔上下,似有欢送我们的意思。

船中生活,也是非常快乐。一日六餐:三餐大菜,三餐茶点,我们百余人吃得胖胖的,有点像猪猡了。说起大菜来,真要笑死人呢!我们在上海的时候,周校长只教我们吃饭的礼貌,而没有教我们吃什么菜,所以我们一到船上不知道吃什么好。每餐的餐车总是印的满满的外国菜名,有时候,菜名来得古怪,我们一点都不认识。我们只好从菜单天字第一号吃起,一直吃到点心为止。我们先吃清汤。吃了清汤,再吃混汤。吃了鱼,又吃虾。吃了猪排,又吃牛排。吃了家鸡,又吃野鸡。吃了蛋糕,又吃冰淇淋。吃了茶,又吃咖啡。那年同船的还有好几个外国人呢。有一个在中国传道的美国人,名叫Newton Hayes,看见我们吃得这样高兴,着实替我们担忧呢。有的同学还说:"大菜难得吃的,我们既出了钱,应当吃个饱。"

船上不但吃得痛快,玩也玩得起劲。白天在船板上可以掷绳圈、抛圆板(Shuffle Board)。晚上弹琴唱歌,着实热闹。星期日早上请海市先生①给我们讲道。这样说来,我们的旅行生活又愉快又不虚度呢!

五、 学医呢学教育呢

我是原定到 Ohio 州②的一个浸礼会大学——亚勃林(Oberlin)③读教育学去的,预备在那里毕业之后,再进哥伦比亚师范学院专攻教育,但是在船上不到三天,我开始检讨我自己了。我问自己说:"我为什么要读教育?教育不是一种很空泛的东西吗?读了教育,还不是'坐冷板凳',看别人的脸孔去讨生活吗?"这样一问把我自己问倒了。

我继续自问:"教育既然不行,那么什么东西可以使我自食其力,不求于人呢?医学是最好的了。我若有了本事,就不必请教人,人倒非请教我不可。"左思右想,弄得我三四夜没有好好儿安睡。思考再三,决定去学医。把这个意思告诉了周校长,并请他替我换一个学校。他说:"你要学医,我也不反对。我来

---

①即前文所提的 Newton Hayes。——编者注。
②即俄亥俄州,位于美国中东部,因俄亥俄河而得名。——编者注。
③欧柏林学院或奥柏林学院,美国顶尖的私立文理学院之一,位于俄亥俄州。——编者注。

打一个电报给留美监督，请他替你接洽美国最著名的医科大学去。"这就是 Maryland 州的约翰·霍布京（Johns Hopkins）大学①了。

过了几天，我又重新检讨自己的兴趣志愿了。我仔细想道："教育虽然不能使我独立，难道医学是我所愿意学的东西吗？一个人做人总有一定的志向，定了志向，再定学什么。现在我要自己问一声：'究竟我的志向是什么？我的志向是为个人的生活吗？绝不！是为一家的生活吗？也绝不！我的志向是要为人类服务，为国家尽瘁。'"我又追问自己说：

"医生不是可以为人类服务为国家尽瘁吗？"

"是的，但是医生是医病的，我是要医人的。医生是与病人为伍的，我是喜欢儿童，儿童也是喜欢我的。我还是学教育，回去教他们好。"

这样左思右想又害了我几夜的失眠，我就决意去学教育。我又把这个意思告诉了周校长，请他准我回到亚勃林去。他说："电报已经打出，不能再改了。好在霍布京大学文理科也是非常著名的，你还是到那里去吧！"教育与医学一场恶战，至此告一结束，而我遂决意到霍布京去了。

六、 你是来接我的吗

我们一过日本，风浪似山一样高。船上百余同学除四五人

---

①即约翰·霍普金斯大学，是一所著名的研究型私立大学，位于美国马里兰州（Maryland）巴尔的摩市。——编者注。

之外都晕船了，个个都睡在床上，一动也不敢动了。那爱吃大菜的几位仁兄，也不敢到饭厅来了。我呢？是不怕风浪的，一日六餐还是不肯少吃的。

船到檀香山，华侨派代表来欢迎我们。我们因此得参观世界最著名的水族馆，馆里的鱼类不知有多少种，可惜时间太短，不能多留恋呢！

9月7日到旧金山，领事、华侨代表、青年会中西干事都来欢迎我们了。

宴会之后去参观施单福（Stanford）大学①。第二天全体师生就乘火车 Santa Fee Line 到支加哥②去了，路过盐湖城（Salt Lake City）就停了几个钟头，坐了汽车观光。这个城好似人间天堂，看起来是新建设的，什么东西都是新的，房屋又新又高，道路又阔又长，有自来水，有电灯，有大学，有教堂。一切近代设备应有尽有，还有一样建筑，别的地方所难以看见的，这就是马尔门教堂（Mormon Temple）③。里面的风琴非常之大，要算世界上第二个最大的了。承教堂牧师的厚意，我们还听到风琴的洪钟似的音乐呢！

听说这个城市七十年前还是一片沙漠。马尔门教徒受美国

---

①即斯坦福大学，美国的一所私立大学，被公认为世界上最杰出的大学之一。——编者注。

②即芝加哥，位于美国东北部伊利诺伊州，是美国第三大城市。——编者注。

③即摩门圣殿，世界最大的摩门教堂，位于美国犹他州盐湖城。——编者注。

东部人民的压迫，跑到西部求生路。1847年有四十七个马尔门教徒先发现这个地方。两年之后就有二万移民到此垦殖了。他们为什么受逼迫呢？他们所相信的马尔门教①，究竟与别的教有什么分别呢？马尔门是一种新教，他们的首领是司密斯（Joseph Smith）②。他们的信仰根据《圣经》与"《马尔门》书"③。他们相信这本《马尔门》书是美洲史前时代的历史。为什么他们受逼迫呢？他们相信"合群原则"（Principle of Gathering）。他们到什么地方，总是住在一起，做起事来也大家一起做，所以他们到一处地方，就受那处地方人的猜忌、妒忌、排挤、逼迫。我参观后，受了很大的感动，就是"事在人为"，沙漠能变天堂！

9月13日我们到支加哥。在那里大部分同学往纽约、新英格兰诸州去了。

我与少数同学往东南行。第二日夜半到了Pittsburg④。有的下车了，有的往别处去了，我一个人等在车站里换车到跑铁马（Baltimore）⑤去。那时候，觉得形单影只，举目无亲，大有念家思乡之感，且夜深人稀，若遇歹人，将何以应付？战战兢兢，

---

①今译摩门教，正式名称是耶稣基督后期圣徒教会（The Church of Jesus Christ of Latter-day Saint），是一所覆盖全球超过176个国家和地区的国际性基督教会。——编者注。

②今译约瑟·史密斯，摩门教的创建者。——编者注。

③今译摩门经，2007年由教会新版翻译为摩尔门经。——编者注。

④即匹兹堡，位于美国东海岸的宾夕法尼亚州。——编者注。

⑤今译巴尔的摩，美国大西洋沿岸重要的海港城市，也是美国马里兰州最大的城市。——编者注。

心境颇不自安。

是夜天气寒冷,遂披上雨衣以御寒。等到上午四时左右,火车来了,我提着小箱子上车去。一到车子里,还未坐下,一个粗鲁的工人对我看了一看,问道:"喂!查理(Charlie,普通称呼),外面下大雨吗?"我以为他真心问我,我就回答说:"不!"他听了哈哈大笑——以为我上他的当了。我见他大笑,就知道了,原来他笑我穿雨衣呢。其实我因为要省钱,秋大衣不做了,雨衣就当大衣穿了。

美国人很幽默,虽粗鲁工人,也善于取笑呢!

9月15日清晨,火车到跑铁马了。一到车站,四面一望,没有一个中国人来迎接我,心中就觉得很难过。不得已提了箱子,拿着雨衣(恐怕别人再笑我)从车站跟了行人鱼贯而出。一走到收票处,看见一个中国人就喊起来说:"你不是来接我的吗?"

他对我望了一望,怀疑似的问道:"你不是到跑铁马来念书的吗?"

我说:"是的,是的!"

他就带了我到青年会住了。美国大学开学是很迟的。霍布京要到10月15日才开学,现在不过9月15日,离开学还有一个月。这一个月长长日子,真是难过极了。"想家病"(Homesick)我是从来没有生过的,现在我居然生起"想家病"来了,你们想想看,我在那种环境怎样不想家呢?

跑铁马这个城有六十万人,在全美国,要算第六个大城了。

在这样大的城市里面,我走来走去,看不见一个认识的人,也没有一个人认识我的。

学校既然尚未开学。我要问问我的功课,也无从去问。究竟我可以插几年级,读什么书,什么先生教得好,功课要怎样预备,将来住在什么地方?一切的一切,都无从去商量。幸而那个来欢迎的中国人是一位霍布京医科学生。他姓胡名宣明,现今国内数一数二的公共卫生专家,这位胡先生待我非常好的。我当时一个人住在青年会很孤独很无聊的时候,他老是来看我的,并且带我到他的美国朋友家里去玩。到后来,我们二人成为最好的知己呢!

七、 都要知道一些

现在我先说求学的情形吧!我在美国读书可分为两个时期:一个时期是在霍布京研究普通学科,一个时期是在哥伦比亚专攻教育和心理学。在第一个时期,随便什么知识我像海绵似的都要吸收。在第二个时期,我只专心于教育或与教育有关的学科,比第一个时期要专心得多了。

那时候,我对于求学有一个原则,就是"凡百事物都要知道一些,有一些事物要彻底知道"(Try to know something of everything and everything of something)。所以原则第一段应用到第一个时期,第二段应用到第二个时期。

10月15日霍布京开学了。在开学前三天,我把在清华所读的功课和成绩送给教务处审查。审查的结果,有一部分功课可以承认，一部分功课认为太浅，不得作为大学功课，就把我插入大学二年级。两年后，同学朱君毅在清华读的是文科，到霍布京来就插入大学三年级，这不是朱君在清华读的功课比我读得多，或者读得好，这是因为霍布京当初不知道这个清华学校。我是第一个清华学生在那里读书的。我也是第一个中国学生在那里得学士学位的。胡宣明也是清华学生，不过他没有在清华读过书，他是考取了庚款留美考试直接到霍布京大学医科的。

我既然根据了"凡百事物都要知道一些"这个原则，就开始在霍布京求学了。德文、法文、英文是必须要读的。我在清华已经读过一年德文，一年半法文，三年英文。现在霍布京又要读了，一读读了两年，这样先后我读了三年德文，三年半法文。我觉得法文比德文容易。我也喜欢读法文。法文文字似乎比较美丽，而法文读音也似乎比较来得悦耳，所以那时我能看看法文文学书。1934—1935 年往欧洲游历时，我还能勉强用法文应付环境呢。在霍布京我还上过几位名教授的功课，什么 W. W. Willoughby 的政治学，Goodnow① （曾任中国政府的高等顾问）的市政学，Barnet 的经济学，Bucheer 的教育学，Dunlap 的心理学。但是我最感兴趣的要算地质和生物学了。我一读到地质学，好像发现了两个世界：一个现代的世界，一个古代的世界。从前看见了高山大江，只知道山之高，江之大，而不知道

---

① 即古德诺（Frank J. Goodnow），美国行政法学鼻祖，1914 年曾任中国北洋政府法律顾问，主要著作有《比较行政法》（1893 年）、《政治与行政》（1900 年）等。——编者注。

山是怎样构成，哪里知道现代的山顶就是古代的海底，现代的海底就是将来的山顶。江是怎样变成的。从前只看见平地、高原、沙漠、森林，而不知道它们怎样来的，现在知道地球是怎样形成的，地球是个什么东西了。

石头对于地质学家有一种特别的神秘魔力。我的地质学先生Swartz在他的实验室里面不知藏了多少石头。他常常带了我们去采各种的石头，我也采了许多石头回来，现在还是保存着呢！有时想想看，那一班研究地质学的先生、学生都是石头虫呢。别人死读书的，叫做"蛀书虫"。他们死读石头的，不是石头虫吗？

是的，石头是很重要的，石头对于研究地质学的，就是一部书，一部地球成形历史书。现在的石子、沙、结晶体、化石，就是古代历史的文字。我们的地球有万万年的历史，这些历史都用这些文字写在石头上的。一层一层的石头，好像是一页一页的书，每层地层写着一些地球的历史。

究竟这些石头里面有什么东西呢？在山谷里面的石头，最下一层是最古，顶高一层是最新。在顶层我们找到种类顶复杂的生命，再向下去古一些了，生命也简单些了；愈到下层，动植物愈简单。所以石头里面的东西多啦，小的有古代的花、草、树叶、贝壳、小虫、小鱼，大的有巨象、刀牙虎、穴熊、穴狮。近来在戈壁发现了恐龙的骨头，它的前腿比一个美国人还要长，三十个小孩子可以很舒服地坐在它的脖子上。这样大的动物你们看了，好玩不好玩？最近不是发现"北京人"（Peking Man）

的头颅吗？于研究文化历史，发生多大的影响呢！

这种有趣的地质学，我读了一年。那时我就想不读教育，想专攻地质了。但是一读到生物学，我的兴趣又变了。生物学也是非常有趣，我一读，读了两年。先读植物学、动物学，后来再读生物学，而生物学之中又读到天演论、人与生物学（Ecology）。

从前我在蕙兰读植物学，虽知道植物分类和采集了许多花草，做了很美丽的标本，现在在霍布京的情形不同了。教授的学识又博又深。教授的教法又新颖又实际。他不是空讲的，每次讲演总有许多标本给我们看。我们有一个小植物园，园内有花房，植了各种花草。我们不仅听有趣的讲演，还做有趣的实验。第一学期我们一班的学生不过十人，第二学期人数更加少了，所以教授同我们在一起的时间是很充分的。

在植物学班上，我得了许多知识。各种食虫的植物，从前只在书上看见的，现在真的看见了含羞草的叶子怎样会挂下去，怎样会挺起来的；梧桐的叶子为什么一到冬天就凋谢；树叶的种类这么多，有像针的，有像刺的，有大如蒲扇的，有细如头发的。

树根、树干、花这三部分也是非常有趣的。我们研究各种根、各种干、各种花，普通的根生长在水中或泥里，但西班牙青苔（Spanish Moss）的根生长在空中，热带出的兰花也是挂在空中生长的。花的美丽那是不要说了。

最有趣的就是有种植物也像青蛙生卵，卵变蝌蚪，蝌蚪变青蛙,这一套变形的把戏。我们在实验里研究凤尾草怎样变形更加有趣。

动物学也是非常有趣的。我们的教授安握鲁(Andrew)①教得真好。讲演是很少的,我们天天在实验室里工作。我记得他讲演总是在我们实验之后举行的。这是一种科学上的归纳法。他先教我们去实验,去研究,他不肯先告诉我们的。我们对于实验有什么不了解,当然可以去问他,但是他总是把结果严守秘密的,等到我们一起做好了,他才肯告诉我们,指出我们的错误,比较我们的结果。这种教法真是好极了!现今我国学校里的教员还不是拿着书本死教?还不是把活的科学用死的注入法讲死了吗?

我们每人有一架显微镜,随便什么时候都可以用的,我最喜欢看显微镜底下的生活,什么阿米巴,什么草履虫,什么钟形虫。水中形形色色的下等动物,一经显微,都可以看得见了。我们研究蚯蚓,把它详细解剖了一下。使我不能忘记的,就是它的生殖器,一条蚯蚓有雌雄两种生殖器,这是在动物中很少有的。

我们研究苍蝇的繁殖。安握鲁博士给我们每人几个水果苍蝇(Fruit Flies)。这种苍蝇是很小的,比普通家蝇总要小十倍,但是繁殖非常之快的。我们把这种小苍蝇养在玻璃管子里面。管子底里放了一点香蕉给苍蝇做食料,同时苍蝇生小虫,小虫

---

①今译安德鲁。——编者注。

也不会饿死了。我们天天要留心观察的，究竟小虫——蛆，有没有生出来，生出了多少？后来变了多少小苍蝇？这样我们知道苍蝇要多少日子生蛆，蛆要多少日子变苍蝇，还要算算一对苍蝇生了多少小苍蝇。这种实验多么有趣！

还有我们研究孵小鸡。一天的胚胎是怎样的；二天三天大的胚胎，四天五天大的胚胎是怎样的。我们把各天的胚胎做了玻璃片，放在显微镜底下去研究。

我们还研究青蛙的变形、青蛙的骨骼、青蛙的生活、青蛙的神经系，足足研究了半年工夫。到后来，研究天演学说，用各种动植物的事实来证明物竞天择，那是更有味儿了。

我们研究了生物学好像发现了显微镜底下的一个生物世界，认识了从前所看见而不知道的动物世界。可惜我在美国没有读天文学，所以到今天，宇宙的伟大，穹苍的奇妙，还不能欣赏呢！

霍布京的研究精神真是好极了。教授、学生一天到晚都浸润在研究精神之中做研究工作，而没有一点傲慢的神气、自满的心理，总是虚怀若谷，诚恳万分。

有一天我在实验的时候需要一点水，我走出门口看见一个衣服很破旧的人远远地走过来，我以为是某校役，正要喊他替我打水的时候，他已经走到我的面前了。仔细一看，不是某校役。我问了别的同学，才知道他就是世界上研究下等动物的著名权威——詹宁氏教授（Prof. Jennings）呢！

霍布京的校训是"真理使你自由"。自由有政治上的自由，有道德上的自由，有学问上的自由，有身体上的自由。一个人要有种种自由，就要先明白真理，得着真理。霍布京研究真理的那种精神，真使我五体投地。以后我回国做点研究工作，未始不是受霍布京之所赐呢！我觉得一个游学生到外国去游学最重要的，不是许许多多死知识，乃是研究的方法和研究的精神。世界上所要知道的知识实在太多了，怎样可以在短短的五六年的时间都学得到呢？若得到研究的方法和研究的精神，你就可以回国后自己去研究学术，去获得知识，去探求真理。方法是秘诀，方法是钥匙，得到了秘诀，得到了钥匙，你就可以任意去开知识的宝藏了。

我到了美国之后，求知的欲望非常高涨。什么东西都要研究，都要学学看。1916年夏天，我在猗洒街（Ithaca）①避暑，就进康纳耳（Cornell）大学②暑期学校读书。读什么书呢？说来奇怪。我读了三科：一科是"牛奶"，就是研究怎样做乳酪，怎样做奶油，怎样做乳浆，怎样分析牛奶，怎样检查牛奶。一科是"鸟学"，就是研究鸟的种类、鸟的习惯、鸟的生活。鸟学先生对于鸟学是很有心得的。每天天还未黎明，他要带领我们到附近树林里去观察鸟儿的。一科是普通心理学，由分析心理学专家Titchener的学生教我们的。

1917年夏，我在霍布京大学本部毕业了。是年暑假，我在

---

① 今译伊萨卡，或译绮色佳，位于美国纽约州中部，乃康奈尔大学所在地。——编者注。
② 即康奈尔大学，是著名的常青藤盟校成员。——编者注。

北方安姆黑司脱大学（Amherst College）① 读书。读的东西，也是很有趣的。我也读了三科：一科是园艺。我学了之后，知道树是怎样接的，花要怎样种的。对于我以后创办鼓楼幼稚园时布置校园着实有点用处呢！一科是养蜂学，养蜂是非常有趣的。后来我在南京住家时，也养了十来箱蜂，获得了不少的人生乐趣，增加了不少的生物知识。世界上还有多少人靠着养蜂发财呢！还有一科是汽车学。可惜我的机器知识太薄弱。先生虽教得很起劲，我还是茫然不知。

以上种种学科，都是依照我的求学的第一个原则学习的，从1917年下学期起，我就专心研究教育和心理了。

八、 研究教育和心理

哥伦比亚师范学院是世界上研究教育最著名的地方。教授学问之渊博，教育学科之丰富，学生人数之众多，世界上任何大学都找不出来的。

这里的学生大半是有经验的。有的做过中学校长的，有的做过督学的，有的做过小学教师的。女的虽是占多数，男的也不少。青年的虽有，大半都是中年，白发苍苍的也有不少。在克氏（Kilpatrick）② 教育哲学教授班上与我同学的，有一个六十

---

①今译阿默斯特学院，昵称安城学院，美国一所著名的私立文科学院，始建于1821年，位于美国马萨诸塞州的阿默斯特。——编者注。

②今译基文帕特里克（W. H. Kilpatrick, 1871—1965），美国实验主义教育学最主要的两位代表人物之一（另一是杜威）。——编者注。

余岁的祖父和一个二十来岁的孙子。在我国有"父子登科",在哥伦比亚有祖孙同学呢!父子登科还在异时,而祖孙同学却在同时。克氏是师范学院里最著名而最受学生欢迎的一位教授。在他的班上听讲的,总是拥挤不堪,每学期总有几百人。不但学生人数多,而且学生之杂为任何大学、任何学科所不及。他的班上学生有从本国来的,有从英国来的,有从法国来的,有从西班牙来的,有从墨西哥来的,有从非洲来的,有从亚洲来的。男女老少,各种人类,一应俱全。

克氏为什么有这样的魔力呢?他的思想有魔力,他的教法有魔力。他是主张言论自由、思想自由的。他不肯抹杀别人的思想,也不肯放弃自己的思想。他要集中各种见解、各种思想来解决疑问,来解释难题。所以他所用的教法是独出心裁而能刺激思想的方法。他不用注入式的讲演法,他用启发式的问答法。这种问答法很有点像希腊圣哲苏格腊底(Socrates)[①]的问答法。克氏先教学生自由分成几十个小组,这种小组生存时期以一学期为限。在未讨论问题之前,发给我们一张纸,上半张印了十来个问题,下半张印了十几种参考书。

各小组自己认定了问题,课后到图书馆去看参考书。看了参考书,先在小组会议里互相检讨,互相切磋。一到上课时,各组提出意见,意见各有不同,思想各有分别,辩论就开始了。

[①]今译苏格拉底,古希腊思想家、哲学家、教育家,与柏拉图和亚里士多德并称"古希腊三贤"。——编者注。

一个问题先由克氏提出之后，班上任何人都可起来表示意见，贡献意见，批评别人的意见，指摘别人的错误。等到各方的意见充分表达后，他老人家起来，把各种意见下一个总检讨。有错误的，他指出错误。有真理的，他指出真理。把一个问题解答得清清楚楚。这种教法是兴奋剂，个个学生都愿意绞脑回肠去研究问题，检讨问题，辩论问题。在他的教室里二三百个学生没有一个会打盹，没有一个会偷看小说，没有一个不竖起耳朵，提起精神去参加辩论、贡献意见呢！克氏的教室，实际就是议会。克氏班的上课，就是开辩论会。无怪克氏之魔力若是其大呢！

在克氏班上与我同学的有几位中国现今的教育家及几位在中国传道的教育家。张伯苓先生创办南开中学，做过清华教务长，再跑到哥伦比亚来读书。这种好学的精神着实可钦佩呢！已经做过什么河北省督学再到这里求学的李建勋博士常常同我坐在一起的。还有一位从中国来的美国女子 Isabelle Lewis（Mrs. A Main），她研究中国女子教育，得了一个博士学位，后来回到中国办女学，编辑教育杂志，现今在上海同我办理难民教育。这位美国女子爱中国恐怕比中国人还要热烈呢！我常常对她说："你有美国人的皮肤，中国人的心肠！"这个女子真正有耶稣的那种爱心。当时我能和她同学，现在能和她同工，这也是人生中一大快事呢！

九、 考察黑人教育

孟禄博士教我教育史，他用自己所编的教育史做教本，所以除了教本之外，他没有余暇再去搜集新的史料给我们做参考。他所组织的黑人教育考察团，实在给我们一种最新最有意义的教材。我参观了之后，发生很大的感想。这种感想，以后在我的事业上就发生很大的影响。

孟禄博士在1917年冬组织了一个考察团到南方去考察黑人教育，参加的共有三十余人。葛德基（E. H. Cressy）——现今全国基督教大学联合会总干事，郑晓沧——现今教育家，也是参加的。考察费是由孟禄博士向几位有钱而热心教育的美国人Dr. Jones，Mr. Peabody 捐集的。

在未说考察之前，我先要说说我对于黑人的印象。黑人在美国的地位是很低的，从前他们做奴隶，现在虽然自由了，而文化水准仍是很低，生活非常艰苦。在北方所看见的黑人，都是做下层苦力的工作，大概女的做厨子，男的做仆役。我的脑筋中对于黑人的印象不过如此而已。但是一到了南部 Virginia 州①的海拨登学院（Hampton Institute）②，我的态度就改变了。我看见学院的黑人学生跟白种学生、黄种学生没有十分两样。这个学校是矮姆司吃朗（Armstrong）③ 将军创办的。他爱黑人如同爱白人一样。他办了这个学校，专门是为教育黑人子弟。在这个学校里，穷苦的

---

① 即弗吉尼亚州，美国东部大西洋沿岸的一个州，立国十三州之一。——编者注。

② 即今汉普顿大学，建于1868年，是美国弗吉尼亚州一所历史上以招收黑人学生为主的大学。——编者注。

③ 今译阿姆斯特朗（Samuel Chapman Amstrong），美国教育家，南北战争期间美利坚联盟国将军，1868年在弗吉尼亚州创办了汉普顿学院。——编者注。

学生可做工换学费、膳费。我们在这个学校过了一夜，所做的饭菜都是家事科的女生做的。她们做给我们吃的玉蜀黍糕（Corn Muffin），到今天好像我还能闻得香味呢！

这些女生穿了雪白的围巾，戴了雪白的帽子，比我们在北方所见的下等黑人女子要清洁得多，美丽得多。教育可以改变人生的。

第二天我们离海拨登到塔司客其（Tuskegee）州①的塔司客其学院②去参观了。

一到这里，我的态度大变了。这个学院是一个黑人创办的。学院里的教师都是黑人。有一个化学家正研究出一种植物染料，他领我们到他的实验室，把他所研究出来的染料给我们看。吃中饭的时候一千多个学生排了队伍，用音乐队做领导，进了一个很大的饭厅，唱歌吃饭。我看了着实发生一种羡慕之心。到了晚上，学生唱他们民间的音乐给我们听。他们唱给我们听的是两首很著名的黑人歌，一首叫 Old Folks at Home，一首叫 My Old Kentucky Home。这两首歌都是描写黑人释放后想家的情绪。唱的时候一个学生领唱，几十个学生相和。两首歌都唱得非常动情。黑人唱黑人歌，这是我生平第一次听见呢！我还记得我们到这个学院的时候，看见许多学生正在建筑一所楼房。这所楼房做什么用的，我不记得了，当时该校校长告诉我们说：该

---

①即今美国阿拉巴马州塔斯基吉镇。——编者注。
②即塔斯基吉大学，位于美国阿拉巴马州塔斯基吉镇，建于1881年，是一所四年制本科综合性私立院校。——编者注。

校的全部校舍，都是由学生自己建筑的，学生会用脑也会用手。这也是孟禄博士领我们到这里来实地考察教育的目的之一。

我们参观了这两个学院之后，就到乡下去看乡村小学。乡村小学可说是"夫妇学校"。一星期五天上课，星期日学校变做教堂，教员变成牧师，平日游艺会、交谊会都在学校举行，所以学校是社会中心，与社会发生直接关系。在南方，这种夫妇学校是很普遍的，影响黑人的教育是很广泛的。我们要问这种办学的精神是从哪里来的，这些在乡下埋头苦干的男女青年是从哪里教育出来的，他们是从上面所说的两个学院培养出来的，那种办学精神是从矮姆司吃朗同塔司客其学院的创办人勃克·梯·华盛顿（Booker T. Washington）①黑奴伟人那两个人来的。矮姆司吃朗我已介绍过，现在我要介绍那位黑奴伟人了。

勃克小时候做过人家的奴隶的。他企慕乔治·华盛顿，也就取名为华盛顿。在十五六岁的时候，他在矿里做工，听见在佛尔其衣矮（Verginia）省②有一个专为教育黑人的学校。这个学校叫做海拨登。他一听见了这个消息，就立志想到那里去读书，他就开始储蓄。到了十九岁那一年，他决意到那里读书去了。他把他所储蓄的钱，买了一张火车票，但是钱不够，不能买到海拨登，他只得乘到那离海拨登还有一段路的地方。他下

---

①今译布克·T. 华盛顿，美国政治家、教育家和作家，塔斯基吉大学的创办者。——编者注。

②今译弗吉尼亚州，位于美国东部大西洋沿岸。——编者注。

来，一路做工一路走。一天，他居然走到了海拨登学院的门口，看见一位女教员，就告诉她来意，并且请求她帮忙。这位女教员看他很诚恳，就给他一个拖帚，一块抹布，他就抓住拖帚、捏牢抹布不肯放了。他认为他的机会到了，他就来拖地板，一遍不够，两遍，两遍不够，三遍，把一块原来肮脏的地板，拖得干干净净。他又把房间里的门户桌椅揩得精光烁亮。做好之后，那位教员出来一看，大为高兴，就留他半工半读，这是他最得意的入学考试。勃克非常用功，四年功夫就毕业了，毕业后就决意要像矮氏办一个黑人学校，完全由黑人自己教授。他善于演说，就到本国及英国去募捐。结果非常美满，可说"有志竟成"，一个像海拨登学院的学校成立了。现今这两个学校好像两座灯塔，在美国南方黑人世界大大地放着灿烂的光明。

勃克作了一本自传，叫做《黑奴成功传》（*Up from Slavery*）。这本书后来我看到的，给了我很大的感动和鼓励。一个到了十九岁开始读书的黑奴，能够努力奋斗，教导群众，为社会谋幸福，为民族增光荣。我们自命为优秀分子，曾受过高等教育，应如何奋发惕厉，为国努力呢？

十、 我是从来不失信的

我从南方考察教育回到纽约后，再在师范学院继续读书。第二年（1918年）夏天我读满三十个学分，得了一个教育硕士学位。那时候我想专考教育心理，就在那年冬天去应考博士学位的初级考试，不料没有通过。心理学教授桑戴克说我的心理学知识不够，还是读教育学好。我听了有点不服气，遂跑到大学心理系主任伍特获司（Woodworth）①的地方，请他许我转入心理系，做他的学生。他把我所读过的心理功课查了一下，就允许我了。我心里觉得很高兴，遂多选了心理学课程，并且开始准备博士研究论文。论文题目是他给我出的，就是"各民族智力之比较"。我就花了几个月的工夫，把智力测验材料选择妥当，预备1919年下学期到檀香山去研究那里七八种民族的智力。这种研究工作是很费时的，大概要用半年工夫才能把研究完成，再用半年工夫才可把测验的结果统计好。所以这样算来至少要有一年工夫。但是我的清华五年游学年限1919年上学期满期，要研究这个智力比较问题，非请清华母校予以展期一年不可。我遂于1919年1，2月间呈请展期。但呈请手续相当麻烦，要把呈请书、教授介绍书、成绩报告单，由驻美中国公使馆转致清华校长，由校长审查合格后，再行通知使馆，再由使馆通知我。这样几转，公文就慢了。

我等到5月底，还没有得到通知，我想是无望了。那时候郭秉文先生正到美国，为南京高等师范物色教员。他到纽约，看见了我，约我下学期回国教书。我要求他三年后设法送我回来。他答应了我，我也就答应了他。到了6月，看看展期无希

---

①今译伍德沃斯（1869—1962），20世纪颇有影响的美国杰出的实验心理学家。——编者注。

望,就呈请公使发给护照路费,准备回国。在未动身回国之先,我跑到跑铁马向我的教授、朋友、同学辞行。我的德文教师克马合尔(Kermeyer)博士劝我不要回国。他叫我再等一等,不要太急。我说:"三年之后,一定回来,再读博士学位。"他说:"你去了,就不容易回来了。你回国娶亲成家,就走不动了。"我自以为意志非常坚决,一切困难一定能够克服,遂不听克氏的劝告,竟然回国了。后来在东南大学教了三年书,郭先生失了约,不能送我回美,我很懊悔!现在算算,回国已经二十一个年头了,还是没有一点回美的希望。博士学位只好在梦中实现吧。青年血气方刚,只往前冲,一遇陷阱,噬脐莫及。这是我的一桩终身大憾事!

这桩事我还没有说完呢!让我来补说一下。那年7月我离开跑铁马辞别了师友之后,就买了船票乘火车到 Ohio 州的 Columbus 城①参加美以美百周纪念大会。到了那里,遇见了公使馆的秘书某君。他告诉我说:"你的请求展期一年已核准了。"我就说道:"那么我不回去了。"他又说:"路费已领到了,船票已买好了,还是回去吧!"我给他一说,也就算了。假使某君也有克氏博士那样的先见之明,我想他也会劝我不回国了。假使我不呆守信约,改变计划,也可以再回到哥校而得博士学位了。那时我自己想道:我已经允诺郭先生去教书,我若不去,他不是又要费时费力去找人吗?我不是对他要失信吗?我是从来不

---

①即俄亥俄州的哥伦布市。——编者注。

失信的，况且我刚刚出来做事，哪里可以不守信约呢？所以某君不劝我继续求学，我也不加坚持呢！

(《我的半生》)

陈鹤琴（1892—1982），著名儿童教育家、儿童心理学家。1914年从清华学堂毕业，考取庚款留美。1917年获霍普金斯大学文学学士学位；1918年获哥伦比亚大学教育硕士学位，转入心理系攻读博士学位。"五四运动"爆发当年，中断博士论文研究回国。初任南京高等师范学校教授，东南大学成立后任教授、教务主任。抗战胜利后曾任上海市教育局督导处主任督学。著有《陈鹤琴教育文集》《陈鹤琴全集》等。

游学生活

陈鹤琴

做中国人民大使，宣扬中国文化，增进中美两国人士的友谊。

一、 夏令生活

周校长常常警诫我们说："你们到美国去游学，不是去读死书的。你们要看看美国的社会，看看美国的家庭。你们要张开眼睛，到处留心。"周校长不但教我们去考察社会，去注意政治，去探讨美国立国之精神，还教我们做中国的"人民大使"，去宣扬中国优良文化，去增进中美两国人士的友谊。他说："在美国现今各大学读书的中国学生，每年平均总有三千人之多。假使这三千'人民大使'都能切切实实去执行他们所担负的重大使命，那中美两国文化的沟通、感情的融洽和邦交的增进，当一日千里了!"

这种箴言,这种嘱咐,我爱之如宝,牢记在心。

1914年我到跑铁马城①。不久听说在蓝岭(Blue Bridge)避暑处,要开美国东南部学生夏令会。那时霍布京②还没有开学。我就参加学生团前去赴会。这个学生团中只有我一个中国人,所以他们非常高兴,待我好像兄弟一样。美丽兰大学③牙科有一个中国学生,名叫郑全,也和我同去的。美国南方不常看见中国学生的,所以我们到了那里,他们都要看看我们,问我们中国这样长,那样短,我便乘此机会宣传中国的文化。但是夏令会会期不长,我记得好像只有三四天的工夫。他们告诉我说:这个夏令会是新近才举行的。在美国,学生夏令会举行得最早、最久而最好的,要算是北方的北野(Northfield)夏令会了。我听了非常兴奋,蓝岭夏令会一闭幕,我就一个人跑到北野。那里的风景秀丽如画,开会的地方是北野女中校舍。女中建筑在山中平地上,整洁美丽,无以复加,连厕所里的地板、墙壁都是用光洁的瓷砖砌成的。校舍前面有一块几十亩大的运动场,平平的地,碧绿的草,脚踏上去,不知道是草地还是毛毯。运动场的西边是山坑,望下去有四五丈深。山坑上面有几块大石,

---

①即巴尔的摩,美国大西洋沿岸重要的海港城市,也是美国马里兰州最大的城市。——编者注。

②即约翰·霍普金斯大学,是一所著名的研究型私立大学,位于美国马里兰州巴尔的摩市。——编者注。

③今译马里兰大学,全美最大的七个校园之一,也是美国著名的公立大学之一。——编者注。

我们每天下午五时在石头上开夕阳会。这种夕阳会我认为在夏令会各种活动中最有意义。你们可以想象一下。二三百男女青年学生,代表三四十个国家,十几种民族,像弥勒佛似的团坐在几块大石头上,眼看着血红的日头渐渐下沉,天边的云霞瞬息千变万化,口里还唱着幽雅的圣诗。在这种情景之下,夏令会的主席也就是夏令会的灵魂穆德(John R. Mott)博士开始讲耶稣大道,讲人生的意义,讲救人的工作,讲学生的使命。我们听了哪一个不受感动呢?我因为爱这个地方,又爱这种夕阳会,每年暑假都远远地从跑铁马赶到此地来赴会的。我在美国住了五年,年年暑假总到此一游。有一个暑假,我同几个同学住在离此不远的一个童子军营里避暑。有一个哥伦比亚同学名叫华罗(Walo),他是一个非洲独立国家的王子。我们二个人,一个黄种人,一个黑种人,住在一起,天天一起打网球。我们为要节省费用,就在营里做工,他会烧菜,在厨房里做厨子,我只会吃饭,所以只好搬菜、洗碗、做侍者。这样一来,我们可以白住白吃了。现在回忆起来,觉得意味还很浓厚呢!

说起这位非洲王子来,有两件事值得说的。华罗说一口非常流利的英语,打一手很好的网球,吹一个很响亮的乐器——喇叭(Cornet)。我们两个人天天下午一同打网球作乐,到了晚上他吹喇叭,我弹曼陀林。有一天,在交谊会上,我们两个人共奏一曲子,博得大众的鼓掌。今天我一弹到这首曲,就想到这位多才多艺的非洲朋友呢!

二、节令生活

美国人待我们中国人非常之好。我在跑铁马有三年之久，在这三年之中，所有节期，我总是在美国朋友家里快快乐乐地庆祝的。第一年的感谢节①，我是在 Deleware 州大学②校长家里过的。校长有个儿子名叫 George Mitchell，与我在霍布京同学。他邀我到他家里去玩。感谢节有三天假期，我就在他家里过了两夜。这是我第一次在美国人家里寄宿。

第一年的圣诞节过得最有意义。我的德文教员克氏请我到他家里去度圣诞节。他家里在乡下一座小山上。那天刚刚下大雪，田野、城市变成了一个银世界，非常美丽。我乘了电车，到了山脚下的车站就看见克氏同他的一个十岁的儿子、一个八岁的女儿在那里等我。我下了车，就同他们走上山去。山上的雪景真是可爱！屋上盖着白被，树上披着白衣，地上铺着白毯，一切的一切，都是雪白的。我们四个人，撑着洋伞，披着大衣，好像四只黑蚂蚁，在银世界里面一步一步地爬上山顶。到了门口，收了洋伞，脱了大衣，一走进去，就看见壁炉火光融融，墙上挂着碧绿的鸟不宿和血红的天竹枝。在钢琴旁边安置着一棵鲜艳夺目的圣诞树。我还未坐下，师母出来欢迎，师母向我

---

①今译感恩节，美国和加拿大共有的节日，每年 11 月的第四个星期四。——编者注。
②即特拉华州立大学，历史上是一所专门为黑人建立的大学，主校区位于特拉华州的多佛市。——编者著。

说:"你们中国人怎样招待客人的?客人一到,你们怎样做呢?"

我说:"客人一到,我们就泡一碗茶请他喝。"她说:"为什么请他喝茶呢?"我说:"他从远处走来,一定有点口渴,所以请他喝碗茶,解解渴。"我继续说道:"我们喝茶和你们不同。你们放牛奶白糖的。我们也不像你们把茶叶在茶壶里煮得很浓的。茶一煮得太浓了,就有点苦味。若是放了牛奶白糖,茶味、香气都消灭了。我们只拿一点茶叶,放在碗里,把沸水冲上去,用碗盖盖住。不久茶叶涨大了,茶汁泡出了,碗盖一开,香气扑鼻,味儿鲜美,着实可口呢。"她听了这样一番泡茶的大道理,以后我每次去拜访他们,她总是亲自跑到厨房里,泡一碗绿茶请我呢!我觉得这样麻烦她,实在有点不好意思。她对我说:"你不要客气,我要使你觉得好像在自己家里一样舒服呢!"美国人之招待中国人,真是无微不至了。那天,我们谈了一息,就吃中饭。在美国,圣诞节都要吃火鸡的。我第一次在此地吃这种野味。吃饭时,随便谈谈笑笑,他们问问我国的风土人情,我也学学他们的过节礼貌。

饭后坐了一息,我就想告别。克氏夫妇看见我要告辞,似乎表示很惊奇,以为有什么地方得罪了我!我以为他们只请我来吃中饭的,所以吃了中饭,就预备走了。克先生说:"今天下大雪,我们的两个小孩子要同你玩雪车去呢。"我说:"好极了。"兄妹二人就和我出去玩。我们每人带了一辆小雪车走到山顶,伏在草上向前一扑,车子就"胡"溜下去了。溜到山脚下把车子拖到山上,再伏在上面又"胡"溜下来。这是美国雪天儿童的玩意儿。那天下午我也做个儿童，破题儿第一遭大玩其雪车。玩到四点钟光景，我们三个人回到家里吃点心，吃了点心，师母弹琴，先生唱圣诞歌 Holy Night。他们原是德国人，所以用德文唱，据说这首歌原来是德国的诗人作的。我今天第一次听德国人唱德文圣诞歌。他们还唱一首马丁·路德作的德文歌。第一首歌是非常幽雅，第二首歌是非常雄壮。德国人之爱好音乐，我在此地见到了。可惜我不会唱歌，又不会唱戏，不然这个佳节还要过得快乐呢！是晚我回到宿舍时，已万家灯火了。

三、 我的美国朋友

从前在跑铁马做过一任市长的叫做虎珀尔（Hooper）。虎氏夫妇都很有学问，谈吐非常幽雅。他们有一次请我们中国学生去吃饭。我们一进门，他们就来招待我们，并且他们的三个女儿也出来招待，他们和我们一起吃饭。从前我在上海学的吃饭礼貌，现今用得着了。美国人吃饭，很讲礼貌的，况且今天在市长家里呢！我就把学过的一点礼貌统统用了出来，博得市长夫妇的大大赞赏，他说我们中国到底是礼仪之邦。幸而我在上海学了一点，不然要大丢其脸了。市长家里很讲礼貌的，当初市长和我们坐在客厅里，正在谈话的时候，市长夫人进来欢迎我们。市长一看见夫人进来，就立刻站起，表示敬意。我们看见市长站起来，也就一起站起来。那时我以为第一次看见主妇是要如此客气的，以后就不必如此了，哪里知道每次主妇进来，做男主人的都要站起来的。

在跑城我认得一著名牧师名叫麦克唐纳（McDonald）。在他的家里，我吃过好几次饭，他的夫人也很有学问。他们有一个小女儿，名叫 Pheobe，天真烂漫，好像小天使。这位牧师原来是苏格兰人，小时在煤矿里做小工。一天，运煤铁轨被仇人破坏，有一辆小火车乘了二三十个工人从工厂驶来。麦氏看见铁轨已被破坏，连忙去报告。跑到半路，看见小火车如飞驶来，心里非常着急，就大声喊叫，喊叫无效，遂倒卧在铁轨上以阻止火车。不料火车快要到麦氏身边时，司机才发觉有人卧在铁轨上，司机赶快停止前进。还算幸运，麦氏没有被轧死，仅一只右臂被车轮截断了。工人下车一问知道原委，就集资送他到学校里去读书，由小学而中学，由中学而大学，由大学而神学院，十余年工夫麦氏学业成就了。麦氏人格高尚，讲道很有力，他的教堂每礼拜天总是挤得满满的。我也常常到那里去听道的。

有一位朋友会（Quakers）的信徒林特雷（Lindley）是跑城青年会学生干事，我到跑城读书就与他结交，得着他的帮助不少。三月前林氏还写信给我，说起我在他的田园里采草莓吃的故事。草莓从前我没有看见过，也没有吃过。有一天我到他家里去玩，我看见田园里生着杨梅似的血红果子，他说很好吃的，我就采了许多，大吃而特吃。他是朋友会的信徒，这种信徒爱好和平反对战争，美国参加世界大战时，不知道有多少朋友会信徒下狱呢！林君为人非常可爱，他常带领我去做礼拜。朋友会的教堂非常简单，不点蜡烛，不用跪拜，没有耶稣像，更没有圣母像、天使像。教堂的气象倒很严肃幽静。我进去只看见许多信徒一个一个轻轻地走进来，静静地坐在椅子上，一点也不作声。坐了一息，有一个人站起来说："请唱第×首圣诗。"唱好，大家又坐下，仍旧不作一声。过了一息，又有一个人站起来做祷告，祷告做完，大家又坐下，一声也不响。过了一息，又有一人站起来，讲了几句就坐下。大家又静静地坐着。再过了一息，唱诗祷告，礼拜就此告终。

这种礼拜上帝的情形，是我第一次看见。他们没有一种固定的仪式，也没有一个固定的牧师。凡受圣灵感动的，都可以站起来说话。若没有受圣灵感动的，还是不说来得好。圣灵感动你唱歌，你就唱歌；圣灵感动你祈祷，你就祈祷。整个的礼拜中，一点没有虚伪的情形，一举一动，完全出于至诚。林君是这样一个诚实的信徒。我得着这种信徒做朋友，实在觉得运气呢！

霍布京的美国同学待我很亲热。有一个同班的，名字叫做海氏（Pearce Hayes），他是一个牧师的儿子，认识了一位窈窕妩媚的美女。他时常带我到她那里去玩的。有一天，她对我说："我要亲自做饭给你们吃！"其实这个"你们是你"，她不好意思在我的面前直说要请请她的男朋友呢。到了约定的晚上，我们一同去了。到了那里，一揿门铃，她穿了一件雪白的围裙，戴了一顶雪白的小帽，忽忽地跑出来，替我们开门，还说："对不起，饭还没有烧好呢！"她桃花似的红脸，本来是弹指可破的，现在给白裙白帽这一衬，显得分外鲜艳可爱了，无怪乎我看了，疑心她是天女下凡呢！

她招呼了我们坐下之后，就跑到厨房里去烧菜了，我们就连忙跟进去帮同她一起烧饭，烧了就拿出来吃。什么菜，我不记得了，不过我还记得那天吃的菜格外有滋味。晚饭后，她弹琴，我们唱歌。光阴太无情，过得太快，忽而钟鸣十下了，我们遂告辞回校。这种情景，到今天还隐隐约约在我的脑筋中呢！这对青年男女后来结了婚，到中国来传道。五年前告假回国，路过沪上，得再重逢，愉快异常！

我的人缘非常之好。跑城有三家人家待我像一家人，吃饭是用不着请的，随便什么时候去都受欢迎的。这三家人家都是经商的，都是虔诚的基督徒。

一家是一对新婚的青年夫妻，名叫桑特司（Saunders）。我怎样认识他们的，我不记得了。这对夫妻没有受过高等教育，但是很忠厚，很诚实，待我非常亲热。我在他们家里，不知吃了多少次饭呢！一个中产阶级的商人家庭，我也看见过了。

撒顿（Sutton）老先生是再有趣没有了。他是百货商店的老板，他有四个儿子，两个女儿。大儿子叫约翰，在百货商店做事；二儿子叫华尔德（Walter），比我高二班；三儿子叫保罗（Paul），和我同班；小儿子叫佛兰格林（Franklin），比我低一班。大女儿已出嫁了；二女儿叫玛丽亚，在跑城女大读书。他有三个儿子和我同学，所以待我很好。他常常对我说："Chen, this is your home. Whenever you feel homesick, just come here. （陈，这就是你的家。你一想家，就到这里来！）"所以我一觉得有点寂寞，就到他的家里去。他一看见我，总是从他自己袋里摸出一把巧格力①糖（就是用白锡纸包的）暗暗地放进我的袋里，放了之后笑嘻嘻地对我说道："现在你不会想家了！"巧格力果然灵验，我吃了，"想家病"就不知逃到哪里去了。晚饭后，我们几个男女学生就谈谈唱唱。我每次总是想家而去，尽兴而返，今日回忆犹如昨日呢！

还有一家我永不会忘记的，就是桃核尔（Doyle）。桃氏一对老夫妻只有三个女儿，没有儿子。两个女儿出嫁了，大女儿嫁给杨医生（Dr. Young），在北平协和医院当医师；二女儿嫁给一个生意人；小女儿在家侍奉双亲。这个小女儿很孝，因为不忍离开年老父母而放弃几次嫁人的机会，现已快老了，只有终生独身吧！世人常笑美国人不孝顺父母，看见此女也有惭愧呢！桃核尔先生好像是做保险生意的，为人沉默寡言，和蔼可亲。他们两老因为没有儿子，待我很亲热，好像自己的儿子一样，所以我叫两老"爸爸妈妈"，叫小女儿"姐姐"。她比我大，叫我"弟弟"。我常常和胡宣明博士到他们家里去玩，去吃饭。有时候我们在中国店里买点中国面、中国酱油，到他们家里去烧烧，请他们吃，他们觉得非常可口。有时候我去吃晚饭，看见他们还没有烧好，就帮同姐姐斩斩肉，洗洗菜。桌布总是我摊的，刀叉也是我摆的，饭巾也是我放的。吃了饭之后，我就帮同洗碗揩碗。我是他们的弟弟，着实得他们的欢心呢。哪知道一别廿余年，昔日的"小弟弟"已变为七个小孩子的父亲

---

①今名巧克力。——编者注。

了。韶光不留情,人生如过隙,追昔抚今,能不慨然!

四、 消释误会

我初到跑城时,住在宣明所介绍的"饭馆太太"(Mrs. Riceman)"家庭旅舍"里。这种旅舍在欧、美到处都有。里面可以寄膳,也可以住宿。初到时,每星期寄宿费美金二元,膳食费美金四元,一日三餐。因饭厅不大,分两批吃饭。每批一长桌,约十人寄膳。寄宿的都是霍布京的男女学生。宣明和我同桌。

有一次我给他戏弄得涕泗交流。我初到美国非常好奇,什么东西都要学,什么东西都要做。凡是放在桌上的食物,我总要尝尝看。中国学生十之八九,不喜欢吃"欺死"(Cheese),我倒食之如饴。有一天,宣明指着桌上的小瓶说:"老头儿(Old Man)(这是我们互相称呼的绰号),这个瓶里的东西很好吃,你可尝尝看!"我拿来一看,里面装着生姜似的杂碎,不管三七二十一,就用小匙舀了一匙出来放在盘上,再用叉叉起放进嘴里。不到两秒钟,小脑、眼睛、鼻孔都感觉猛烈的刺激。再过了两秒钟,眼泪、鼻涕如潮涌出来了!你道这是什么东西?原来是比辣椒还要辣的苦萝卜(Horseradish)[①]。

说起寄宿问题,我要略略告诉你们当时的情形。宣明比我早到三年。那时他要找一个寄宿的地方,我已经说过,欧、美

[①] 今译辣根。——编者注。

都有"家庭旅舍",但是最普遍的,还是"家庭寄居"。普通家庭常常分租一二间房间出来给学生住,有时还可供膳。宣明就想找这样的一个家庭住住,但是找来找去,总碰到一碗"闭门羹",说:"我们不招待中国人。"他们素来所看见的中国人,都是开饭馆、洗衣服的。他们在报纸上所读到的中国人,在电影中所看见的中国人,都是强盗、土匪,所以当时那跑城的一班普通美国人都怕中国人,不肯接受宣明到他们家里去住。有一个六十余岁朋友会信徒铅匹女士(Miss Kemp)①见他无处安身,就大动恻隐之心,收留他在她家里,她说:"让我来试试看。"宣明是一个非常诚恳的基督徒,也是一个富于国家观念的中国读书人,苦心孤诣与环境相奋斗,为国家争光荣。一方面刻苦攻读,研讨学术;一方面课余时间接交社会人士,转变他们的错误观念。后来我到跑城读书,住处就是由他替我找的,绝对不像从前之难了。当初到跑城的时候,普通美国人对于我们中国人有许多错误观念。他们想中国的男子总是头背后拖一根长辫子的,中国的女子总是缠小脚的,他们还道那些穿西装的漂亮黄种学生总是日本人。这种观念不要说普通美国人是有的,就是我们的洗衣侨胞,有时候难免没有。有一天,我拿了一包穿脏的衣服到一爿中国洗衣铺里去。我走到那里,把衣服放在橱上,一个侨胞不问皂白,拿起衣包掷在马路上,口里还骂着:"你,日本小鬼滚出去!"我说:"我是中国人,不是日本人。"

---

①今译肯普。——编者注。

他说："我不信。"我说："我来写给你看。"他给我一张纸，我就写了几句中国话，他才相信我是他的同胞，而且立刻待我很客气。临别时，他还笑嘻嘻地对我说："唐人姆（不会）讲唐话。"他以为广东话是唯一的中国语，你若是不会说广东话，那就算丢脸了。这是二十余年前的情形，现在我想一定改变了。

那时候一般普通美国人对于我们中国既然有上面所说的种种不良的印象及误会，我们在那里求学的中国学生，就觉得我们的使命之重大了。宣明先打头阵，我到那里，就开始积极进行，处处以身作则，以引起他们的注意，以改变他们的观念。那时有一中国女子，名叫石腓比，在跑城女大读书。她是一个典型的中国女子，又幽雅又艳丽，功课又好。美国女同学很羡慕她，都愿意和她交往。她对于宣传工作也尽了不少力量。不久中国学生渐渐多了，孙克基、朱君毅、石美玉、万兆芷、许女士都到跑城来了。我们就组织了一个跑城中国留美学生会，一方面互相切磋，促进友谊；一方面进行所谓"人民外交"，与美国人士相联络，以宣传我国固有之文化而转移该邦人士之错误观念。数年之后，成效大见，中国学生在跑城到处受欢迎了。胡宣明正要离开跑城的时候，年近古稀的那位铅匹女士，还泪珠涔涔感伤离别呢！

五、 两件有意义的工作

在美国我做了几件工作值得叙述。

第一件就是宣扬我国的文化。周校长在国内时，不是常常叮嘱我们,叫我们担负这种宣扬的责任吗?所以我就不自量力地努力宣传,除随时与美邦人士直接接触外,还到各地讲演,务使错误观念得以矫正,友谊、感情得以增进。不过第一次的尝试是一大失败。

我初到跑城,就有一位美术学校教师请我向他的一班学生讲孔子大道。我想"宣扬文化"正其时矣,就答应了他。我预备了几天工夫,就去执行我的使命了。到了学校,进了教室,一看有四十来个女学生正坐在里面,她们一看见我进去,就鼓掌欢迎。某教师就很客气地介绍我说:"陈先生刚从中国来。中国几千年受孔子学说的影响很大,今天你们可以听到中国人讲中国的大道,这不是很荣幸吗?况且你们今天第一次听见中国人的讲演,我知道你们一定很感激的。"这样介绍之后,我就开始大声演说。我说得很响,不要说三四十人听得"如雷贯耳",就是三四百人听了,也要有"发聋振聩"的影响了。不料这样大声疾呼,呼了一刻钟,我的声音就像云消雾散,不知哪里去了。但是那位美术教师请我讲一小时的,我怎样可以演说了一刻钟就停止呢,只得厚着脸皮喊着喉咙讲下去。当初我大声喊叫的时候,女学生个个都抬着头,张着眼睛,显出惊奇的样子,以为我是一个大演说家,后来我把喉咙喊哑了,她们都垂着头,有一点不好意思看我了。

讲演之后,我回到青年会,心里十分懊恨,就关上房门,倒在床上大哭了一场,是日晚饭也未吃。我为什么大哭呢?我哭我没有前途了,我想我今天对三四十个人讲演尚且如此,将来如何对三四百人讲演呢！如何对三四千人讲演呢！那时候我在清华时的一种勇气、好胜、自信、自尊的态度好像变成沮丧、失望、自弃、自卑的心理了。第二天一觉醒来，精神稍见恢复，我自慰说："从前希腊最著名的演说家提忙司尼司（Demosthenes）① 不是受过敌人的侮辱吗？他在议会与敌人争辩时期期然说不出话来，致招敌人的热嘲冷骂。他是患口吃的，心中虽有经纶，却不能表达，所以他决意要战胜困难。每天早晨他衔了石子，对海里汹汹狂涛演说。如此练习之后，他的口吃病好了，他再回到议会与敌人舌战，那时他的声音如洪钟狂鸣，他的姿势如万顷波涛。从前笑他骂他的，现在都敬他畏他了。"

我想到这件演说家的故事，无形中得到不少安慰。你们要知道这是我第一次用英文讲演。我在清华时虽曾经参加英文演说比赛，但是演说比赛与实际讲演是不同的。现在我想想那次失败实在也难怪的。我从前在国内所有的说话经验是"演说"，不是"讲演"。讲演与演说不同，我以演说声调、姿态去对三四十人讲演，哪有不失败之理！但多一次失败，多一次经验，多一次教训。失败是成功之母，一年之后，我的英文程度高了一点，我的讲演能力也强了一点，我遂于暇时星期日到各处讲演，宣传文化，便处处受人欢迎了。

第二件我要说的就是担任童子军的工作。中国华侨在美国总有几十万人，在纽约也有几万人，侨生也不少。1917 年，我

---

① 今译德摩斯梯尼，古希腊雄辩家、民主派政治家。——编者注。

到了纽约,看见一队中国童子军,非常兴奋。他们叫我做他们的队长,我就欣然担任了。副队长李士衡是广东人,他是从中国去的,他能说广东话,又懂得儿童心理,他教导儿童非常热心。我们这个队是在纽约美国童子军总部登记的,全军分两小队,一叫"老鹰",一叫"老虎"。我们每星期六晚上开会讨论,并举行讲演比赛。每逢假期到郊外旅行野餐。我记得有一年冬天,我们全体团员到野外树林里露宿了几天,觉得很有意思。现在童子军的团员都已长大了,李士衡在上海担任某烟草公司驻华经理,李扬安当年是老鹰队队长,毕业于美国本雪回尼亚大学①后,回国执行工程师事务。还有许氏孪生兄弟都在大学毕业,为社会服务了。这几位是我所知道的,其余大学毕业而留居美国还有不少呢!

(《我的半生》)

---

①今译宾夕法尼亚大学,美国第一所现代意义上的综合性大学,其创始人为本杰明·富兰克林。——编者注。

陶菊隐（1898—1989），民国时期著名记者和编辑，与张季鸾并称中国报界"双杰"。早年就读长沙明德中学，1912年14岁便在长沙《女权日报》当编辑；不久又任《湖南民报》编辑，撰写时事述评。1927年任《武汉民报》代理总编辑兼上海《新闻报》驻汉口记者，其间还为《申报》《大公报》撰写通讯。1928年任《新闻报》战地记者，随国民军报道"二次北伐"。1941年上海"孤岛"沦陷后，主要从事中国近现代史研究。

在美国的中国学生

陶菊隐

中国留学生在美国，以西部加利福尼亚省三藩市①为最多，其次为东部纽约，再次为中部密西根②；但女性又以密西根为最多，那地方有三十名免费名额，指定供给中国女生。女生渡美的大约都是二十岁以上四十岁以下，学业有相当成就，或曾在社会服务，很少见有年轻而来受初级教育的。

留学生经济来源一种是政府津贴，一种是半工半读，不属于这两类的自费生是很少的。世界不景气以前，假使留学生是广东四邑人（中山、台山、开平、霍山），就很容易在华侨所设

---

① 即旧金山（San Francisco），又称"圣弗朗西斯科"，美国加利福尼亚州海港、工商业城市。——编者注。
② 即密歇根（Michigan），美国的一个州，位于五大湖地区。——编者注。

餐馆中找工作。因为老板是广东人，乡土观念仍旧盘旋在他们脑筋中。还有西部阿拉斯加渔场及工场内实习也有投效的机会，并有家庭杂役，如洒扫、烹饪、照料房屋、收拾花园及其他比较轻微的工作。最合算的是雀牌老师：把碰和本领教会了外国徒弟，他们入局请你充当参谋，假使一战而捷，那就是老师的光荣，以后请教的人也就格外地多，幸运者每月收入可达美金三四百元。灵巧的外国人叉麻雀的本领是幼稚得可笑的，不过现在又似乎玩得腻了，中国苦学生又减少一条出路。

最高尚的工作有几种：一是英文流畅的可在各小城镇公共场所讲演，题目由会场指定，演讲完毕，给你一点旅费、酬劳费，但不能由你自己选择题目或者替祖国做宣传，如演讲东四省问题之类，他们是不出报酬或者还要严加限制的。二是华人教习美国人的中国文字。你要懂得教的法则：不断地夸赞你的学生，今天说比昨天进步多了，明天又诧异着你的学生进步得太快。那么，你的位置才可以继续下去。须知你不是为教授而教授，是为面包而教授呀。三是替华侨担任翻译，或替华侨所办报纸担任撰述。这一种是为同胞而服务，他们高兴给你多少代价，不必较量短长。

经济危潮席卷了以豪富自夸的美国，中国苦学生的生计一天天向牛角里钻去。美国也有半工半读的苦学生，还有成千成万失业工人，要你们黄色人种干嘛？"对别人宽恕，就是对自己残忍"，美国人实践了这句格言，不能再容许中国工人分他们的面包了，并且他们顶怕中国工人的理由有两种：一种是中国工人加倍努力。须知美国人虽沦为无产阶级，也还保持着他们的工作水准，不愿唱重头戏；中国工人有的是血汗气力，一百斤压在肩头上是不会皱眉的，使美国工人吃惊，愈惊而愈忌，愈忌而愈怒了。一种是中国工人富于储蓄性。就吃饭来说，中国人所花代价仅及美国平民所享受的三分之一，做一天能吃三天。这一段虽与华工有关，但半工半读的中国苦学生也在其列。

美国移民局曾拟定一条法律限制中国苦学生的工作，幸亏白发皤然的科伦比亚大学①校长站在世界大同和教育普及的立场侃然提出抗议，总算没有执行。

官费生以得煤油大王津贴而被派赴美者为最阔气，其次算清华学校所选派的（现在停止选派，但仍有尚未回国的学生）。除开学膳费、论文费、医药费以外，每名每月还有八十元零用费，在美国东部繁华都会中是容易花掉的，若在西部而又是贫寒出身的子弟，他们一点一滴地积蓄，等到学成归国，居然是一笔中人之产。他们几乎一半在读书，一半在赚钱，比了半工半读的苦学生，那是苦乐悬殊。

中国留学生散布美国者虽仅二三千人，其个性可别为若干种：一是抱着一种目的，按照预定计划做去（例如研究科学），在学业未完成以前苦心忍耐，暂不回国。二是有国家观念，有世界眼光，把国家当前的需要摆在心头，以期回国时应用。他

---

①今译哥伦比亚大学（Columbia University），一所位于美国纽约市的私立研究型大学，常春藤盟校之一。——编者注。

们并不死守课程或以学位为对象，同时不受浮华风气的影响，对祖国消息留意探取。三是在本国时就预想到一项博士帽子将要套在自己脑袋上，因此孜孜不倦以待幸运之降临。四是不一定取得学位，不一定想研究某种问题，只图美国教育设备之完善，如图书馆、实验室、教授谈话、无线电课程等项。他们很有些像从前"十年窗下"的书呆子，对外事不愿过问。他们为读书而读书，别无其他目的。五是醉心欧化，很肯用功，惜少国家观念，追求西洋文化，深悔自己不该做中国人，对于中国有价值的历史及民族性是一概抹杀的，有时几乎忘了自己是中国人，蔑视祖国一切，尤其对于英语不甚流畅的同胞同学俨然自居于一个特殊阶级，这种人以华侨子弟为最多。六是一切不管，实行享乐主义，功课是他们的对头，女友是他们的性命，跳舞和筑桥戏行行都精，宁在外国流浪终身，这种人以绅富子弟及染有恶劣嗜好者为多。

第四项所讲的无线电课程在美国几成为日用必需品。无线电广播音乐和时事在我国已实现了。美国最特殊的是所谓空中大学，即聘请著名大学教授轮流广播，其中材料有许多为普通大学所听不到的。

美国学校盛行一种兄弟会，会的缘起是学校当局为砥砺学行辅助训育所不及起见，在教授指导下，由学生自动组织兄弟会。学业须有相当程度才能填写志愿书，入会时先要发誓，有点像中国哥老会的门限，宣誓不算数，还要经过胆力、道德、信仰等试验，另外还要一个介绍人，作一篇论文，才给予会证。

有了兄弟会会证才是学生中的优秀分子。这种会名，男女分开，中美分开，除非国际兄弟会才不分国籍。天下事往往如此，起首规规矩矩，后来马马虎虎。现在的兄弟会几乎变成了猎艳团体，有时互相介绍爱人，但最要条件是凡会中一人看中了的女伴，会友不能夺取，假使夺取的话，全会就得视为公敌。又如甲会会友的爱人被乙会会友夺去，甲会会友应一致起来和乙会对抗，这又像蹈袭了"哥老会有祸同当有福同享"的会律。

华侨学生有所谓土生会，和兄弟会的意义相同，但团结力更为坚强。内地留学生和华侨子弟虽是同胞手足，但形成两个壁垒，这是因为习惯、风俗不同之所致。"土生"二字解释就是在美国生长的。他们的会友有点像桃园结义，不但玩意儿休戚与共，有时还互相介绍职业。至于内地学生所组织的兄弟会就远不及他们团结力之坚强，因为内地又分为若干省区，省与省间的习惯、风俗、方言各有不同，勉强团结起来仍不免痛痒不关。有人说，我国人"省"的团结力比"国"的团结力坚强得多，这种固陋见解何时才能打破？

现在谈点留美学生住居和饮食的情形。

最经济的方法解决住居问题是合伙承租公寓或私人住宅之一部，洒扫炊爨都由同居者分工合作，并不感觉执役的烦闷，但配置木器是一桩难题。比方承租部分至少有应接室、卧房、沐浴间三种，购买木器当然谈不到，租价也不合算，最好在荒货摊上搜集旧货，比较来得便宜。然而美国的苦力不像中国苦力这样不值钱，有的时候（你的房子当然在几层楼上）搬运费比旧货价格还要高,许多人搬家宁将旧器具丢掉,就是这个缘故。这种经济住居方法方便是方便极了,同时也有妨害,因为同居的必是好友,校外光阴大半消磨在谈话中,想要埋头读书常被同居者所阻挠或扰乱。

另一种方法就是单身租一间房子,和美国房东在一块儿。在美国西部及小城镇多半属于这一种,但房东脾气的好坏所关极大。不管怎样,凡是美国所谓上等人也都带点傲性,宁可空着多余的房屋不愿租给外国人,尤其是黄种人,因此出租余屋的美国人多半属于下层或贫穷一流,他们为了黄金,对于黄的皮肤也就不甚憎厌。你如果想博得肥胖的房东太太之一笑,另外还要她称赞你一声"可爱的东方孩子",只需处处给她小便宜,钢琴也许你奏了,无线电收音机也许你用了,并且滔滔不绝地讲些哄小孩子们的故事,使你得着练习英语的好机会。反过来说,假使遇到一毛不拔的房客,那么脸上罩着重霜的密昔司××使你望而生畏,如同她的丈夫畏惧她一般。她的嘴里终日咕噜着,不是说不应该把烟灰弹在地板上,就是说喝汤的时候为什么要喷喷有声,甚至请你乔迁大吉。这种住居方法有时也会发生恋爱和债务纠纷。

美国食物是在西洋各国中最不考究的。据说开辟美洲时,来者多半为单身汉,自己烧饭,自己洗濯衣服,兼差太多,所以食物极简单,后来就成了美国人的普通习惯。自美国跃为全世界商务重心后,人民过着机械般的生活,男女对烹饪不甚注意。常有一对夫妇终年不举火,在餐馆解决民食问题,耗费比较大一点,但他们还是认为合算,因为时间经济,不至耽误两口子的职业。中国学生对于美国口味是认为不美的,又嫌价钱太贵(寻常晚餐至少美金一元,午餐五角至七角五,最名贵的数十美金一客),十有九自己烧饭,对于省钱和配合胃口双方都可顾到。吃的东西半中半西,或许带点家乡风味(如川菜、粤菜之类)。要吃米饭也便当,但糙米价格比机械米贵得多,因为糙米所含滋养料较多。本来糙米是一件宝贝,偏偏国内的富家翁不屑下箸,要让穷朋友享受,岂非天意如此?

留学生烧饭,不知者以为很苦恼,其实在外国烧饭有电炉、煤气炉,不到二十分钟就熟。洗碗在国内是一件麻烦事,但美国每一间炊室预备冷热水池各一个,还有化学药品,手上带着橡皮套,不沾油腻,也算是极轻松的工作。

还有一事,在美国的中国男女学生是不是容易发生恋爱关系呢?留美女学生大半在国内大学毕业或在社会上办了几年的事,大半消逝了青春,又大半阅世已深,其所以抛弃社会和家庭而远渡重洋是为求学而求学,对于幼稚可笑的恋爱工作赶不上国内摩登少女们的热度。还有一层,留学生女少于男,多角恋爱因之以起;女生看惯了男子的那套手段,男子们"一死殉情"的笨话是不大容易动听的。但话又说回来了,因为男多于女,男生心目中把老的也当做少的了,把媸的也当做妍的了,所以在男女生当中有畸形结合,年轻的男子配年长的女郎,貌陋的姑娘伴貌美的夫婿。但有一个定例,吃亏的总不是女子。

至于醉心欧化、语言流畅的青年们多半就地取材,喜和美利坚女儿们厮混,也有和美女①结婚而带回本国的,也有和房东太太的大姑娘发生恋爱闹出了乱子的。

在美国的中国留学生从前组织留美学生总会,有刊物,有集会,精神总算不差;后来有人把持,因之由解体而至于消灭。去年在纽约的学生想把学生总会恢复起来,曾征求各地学生意见,但各地学生不感兴趣。这有三种理由:(一)功课太忙;(二)美国幅员广阔,虽说交通便利,仍不能常有接触机会;(三)恐怕再蹈前辙,受人利用,因此总会终于不能复活。可是各地单独的学生会,如纽约、密西根、加利福尼亚,各地的学生会至今依然存在。小城镇中的学生会采取会长制;纽约用委员制,因为纽约学生比较多些,他们有政治背景,有乡土观念,谁也不承认谁有领导权,所以不曾捧出一个会长来。

就是各地的学生会也没有多大的团结力,因为学生是流动体,多则四五年就要回国,后来者对于会务又不愿继承前人的遗规,比不得华侨有固着性,又有利害共同之点,精神上团结得多。还有一点,在美国的留学生不大肯做政治运动,比欧洲留学生大有逊色,然而研究学术的团体又不在少数,如工程师学会、国际法学会等,此外还有一种学术研究会,先由主持者出一问题,请有名教授发表意见,再由到会者依次发言,以取得有价值的结论为原则。教授中有曾到过中国的最热心参加,开会时多半假坐公共场所或大饭店,先期发帖,帖上所列名教

---

①此处"美女"是指"美国女子"。——编者注。

授愈多，到会的人愈踊跃。

　　社交两个字，中国人几乎完全当做含有娱乐性的男女交际。其实男女交际固然是社交，讨论或研究一种问题又何尝不是社交？前一种社交人人趋之若鹜，后一种人人视若畏途，在美国是很少见的。中国学生在美国的男女交际多半借用华侨住宅举行，房主人预先把地板擦得光洁可鉴，另外预备若干份咖啡、吐司，与会者每人纳资一元或二元，如有携带女友的，不用说，抢上一步，付双份的费用。此外，华侨学生在小城镇内所举行的联欢会以及园游、野宴、聚餐等项，内地籍的学生也可参加。娱乐占华侨学生生活中重要部分，他们的习惯真可谓融会中西了。

1933 年 12 月 8 日

林疑今（1913—1992），曾用名林国光，著名翻译家、作家，英美文学研究知名学者。福建龙溪人。1932年入上海圣约翰大学读书，其间开始翻译介绍美国现代文学，1935年毕业后曾在香港任教。1936年留学美国，在哥伦比亚大学攻读英美文学，获硕士学位。1941年回国后，任职于中央银行经济研究处。1947年起，先后在交通大学、沪江大学、复旦大学教授英文。译著有《永别了，武器》《西线平静无战事》等19种。

纽约中国学生生活

林疑今

纽约中国学生本来就多，分子复杂，什么样的人都有，因而有各种不同的生活。作者浅见寡闻，信笔写来，所记或有失真，还要请纽约前辈原谅。

"学生"这个名称本来难下定义，现在只好把埋头苦干的书虫与随便上一夜课的商人、政客归于一类。假如一定要分类的话，学生中还可分为华侨子弟与祖国学生，二者之间界限颇明，就算在国难期间勉强统一阵线，仍觉困难。话虽是这样说，华侨学生与祖国学生间的妒忌，或有慢慢消灭的可能。因为国外华侨遣送子弟返国读大中学者，数目激增，这些华侨子弟在圣约翰、燕京、岭南等处混了几年后，会说北平话（他们的北平话常常比江、浙学生好得多），会着旗袍长衫，冒充两广学生，谁也说不出其真假。又一普通的分类法是"官费生"与"私费生"。前者包括国派、省派及一切政府机关所遣送者，本来中国政治尚未上正轨，遣送学生难免无政治作用，分子因而亦颇复杂，所谓公开考试，有时也不过是个形式而已。官费生的数目实际比一般人所猜想的还要多，因为其经费来源不一，无法调查其确数。最近因外汇问题，许多经费来源不明的官费生渐受淘汰，此亦国家大难中的一幸事也。至于私费生，本来数目很多，现亦因外汇问题渐渐减少，就是真牌富家子弟，也不像从前那么阔气了。此外还有一种免费生，得美国慈善机关、学校等的帮助或津贴，例如燕京与哥伦比亚的"交换生"、罗氏基金会的免费额等。此种学生大有增加的倾向，因为中、日纠纷，美国教育界及慈善界颇同情中国学生。听说就是这一类的帮助金，亦有种种黑幕，受补助者有的官费并未断绝，故意装穷，请得补助金后可以寄钱回国。幸而这一类事并不多，美国人也并不个个都是傻瓜。

概括地讲，纽约中国学生可分为二种，一穷一阔，所谓穷阔，无非是以用钱多少为标准。私费生中当然有不少阔公子、贵官财阀的子女，从前用钱是很有名的，不过近因外汇统制，连阔少也只好过过普通学生生活，这么一来，桃红柳绿的艳事也就少了。官费生有因战事关系停止津贴，其状颇惨，但万不得已，仍可回国，何必流落海外，成为高等乞丐？纽约本是繁华地，要花一万八千，哪消几个小时，但是身边一没钱，不能多玩，也只好拼命向图书馆、实验室里钻，说不定现在这批苦学生中，将来可以出几个好人物。据一般外国学生观察，中国学生玩得太少，弄得个个身体三分似人，七分像鬼，由此亦可一见中国学生的努力了。最后还得提一提一些冒牌学生，或许"冒牌"这个名称有点不妥，因为其中有实在想念书而苦于没有机会的。所谓冒牌学生者，是指那些白天整日办公，晚上上一两夜课的人，有的甚至连一课都不上，仍自称为某校学生，其友人亦不便过分追究，回国后仍可自称为某校肄业生。大概此类学生对于学校名誉最为有害。

说到学校名誉，其实与求学无大关系，许多无名小学校，未始无一二好教授，不过国人最讲究空名，所以也就谈谈。先讲本文作者肄业的哥伦比亚，因为从前中国学生多，分子复杂，出了许多人才与光棍。近来有些前辈很不满意于留学生的遣送，总以为一代不如一代。其实国人也不应当全怪留学生，政府与社会都应当负相当的责任。举一个例，把地质学的人才弄进行政院，把医生弄成立法委员，把哲学家弄成大使，这些人学非所用，就是心地纯洁，努力救国，但力不从心奈何？哥伦比亚在国内名誉虽坏，但其研究院却可与哈佛并驾齐驱，单就附属于哥大的"教员学院"来说，在美国可算第一。所谓"教员学院"者，本是训练教员之地，其所重乃教学法，因而与研究院的研究略有不同。以往国人出身自哥伦比亚者，大多即肄业于此教员学院。据基督教青年会统计，去年哥大共有华人九十六名，其中三分之一即系肄业于教员学院；大学生、旁听生、夜课生又占三分之一，剩下来的才是研究院学生。此外暑假期间又来了一批人，大多因为肄业于内地乡下学校，得到哥大或哈佛来混一个名，回国才有面子。本来暑期学校程度较差，名教授多往避暑，纽约天气又热，哪个有心肠念书，况且来自乡下小镇，到纽约来不过是想玩玩而已。这批人一回中国，当然仍有资格参加哥大校友会。

纽约中国学生大多散居于哥大附近，有的住在大同公寓，有的住在宿舍，有的则向外人租一小房间。普通房钱每星期在五元左右，倘若有三四个人合租几间小房间，自己烧饭，生活费可以减低不少。住在"大同公寓"有种种好处，例如交际方便、空气新鲜、较少种族偏见等，特别是纽约大学的学生，多欢喜住于此地，因纽约大学校舍太坏，因哥大图书馆近在咫尺，有时还可以揩油听听名教授讲课。关于大同公寓的详细情形，容后另作一文，现在所要讲的是其不适合于学生生活。因来往人多，应酬多，少有机会读书。国人住在此地比任何外国人多，大家聚在一起，谈谈玩玩，日子很容易过，读书只是力求敷衍了事。并且住的有许多是挂牌学生，其实多是银行或政府机关办公员。分租人家房子，有便宜的，有贵一点的，随人所好，不过有的房东太太啰唆，有时同居噪闹，也有种种不方便。住在宿舍，大概是最适合于学生生活，与美国学生住在一起，可以交换意见，以广见识。普通中国人很看不起美国学生，其实美国学生认真用功的并非少数，他们说起来很厉害，读书时候也同样努力；至于活泼直爽，更非国内一般大学生所可及。国内一杂志转译美国下流刊物，专门记载美国学校黑幕，其实不管其黑到什么地步，还不及上海几个野鸡大学那样腐化。美国学生间性的放纵那是真的，不过他们性欲调和，精神十足，身体康健，读书用功，也是不可抹杀的事实。在大同公寓里未始不可跟外人交换意见，惜该地为交际场所，男女爱抚，十分公开，中国学生本来已有性的烦闷，受此猛烈刺激，更不能专心读书。

说到吃的地方，哥大附近馆子很多，从小饭店里的小吃到正式餐馆的大嚼，几乎遍街皆是，此外还有一种所谓"咖啡特雷亚"（Cafeteria）者，客人自己拿菜，倒也方便。最近在加拿大看见一张"信不信由你"的图画，画上有字说顾维钧夫人在纽约最欢喜到"自动咖啡特雷亚"去。所谓自动者，本系店名，该店特色是把大部分食品放在玻璃柜子里，一格一格隔开，每格一个盆子，写明价钱，客人只需把几个五分钱的角币掷进每格旁边的洞，则可取物而食。美国人工太贵，所以有此设计，经济方便，一举两得。哥大附近也有几家广东菜馆，十分优待同胞，备有客饭三毫半、五毫半，一汤一菜，饭不加钱。中国学生有的因为穷，有的吃不惯洋菜，大多在中国饭馆吃饭，天天如此，饭馆几乎成了俱乐部。饭馆伙计，也有向中文图书馆借《诗经》来读者，有此人才，中国怎么会亡。如要吃好一点的中国菜，可以到中国城去，样样广菜皆备，可惜每次来往需费一二小时。纽约学生虽不个个用功，但大家都会装忙，所以上中国城去，大多是每周周末。

说到娱乐方面，最普遍的还是电影，因为比较便宜。哥大附近戏院，每回可看两张片子，不过片子不新，所谓不新者，距片子第一次公映相差只有两三个月。纽约黑人区里有些影戏馆子，每回可连看三张不同的片子。此外看舞台戏，看歌剧，听音乐，都算是比较上等娱乐。说到跳舞，最经济的还是大同公寓的茶舞，凡是会员，皆可参加。美人①对于东方人种尚甚看轻，有些旅馆及舞场根本就不做东方人的生意，所以中国学生就是有钱想玩，还得事前打听清楚。一般地说，中国学生的娱乐太少，大概也是因为经济关系，至于运动，更少机会。哥大有一大体育馆，什么东西都有，中国学生进去过的，大概百人中只有三四人，原因未明，或者是中国人本无运动的习惯。室外运动的打网球、划船等，时也有人一试，不过费用极大，太不经济。纽约生活程度本高，现加以国币猛跌，所以大家都深居简出，打打纸牌，叉叉麻雀，此外还可以努力于救国运动。

所谓救国运动者，即抗敌宣传、街头募捐等。主持者是一个自称为学生会的团体。这团体说起来有点滑稽，纽约中国学生据青年会统计，共有百五六十人，而此会会员数目不及二三十。每次选举，就此二三十人决定。说到选举，有一个笑话。有一位出身上海某著名大学者，在美国研究交通，对于学生运动极为卖力。有一次重要选举，到会共二十二人（连主席在内），此君中选票数竟多至二十三票，有此交通手段，哪怕中国铁路将来没有人才？现在会中有职员七，除其中一人为正式学生外，余者多整天办公的"要人"，里面党派倾轧，有如中国政

---

①此处"美人"是指"美国人"。——编者注。

治。学生会办一英文杂志名为《远东》，内容恶劣，颇受外人指摘。此杂志曾闹一笑话，一位研究国际公法的女生，误把西班牙国际法作家维多利亚当做英国女皇，此女生还算是其中一等人才，余者可想而知。至于学生募捐，又出乱子，甚至发传单互相攻击，家丑外扬，成何体统？

总而言之，纽约中国学生，生活已不像从前那么香艳舒服，原因是手边没有闲钱。用功的太用功，度着非人的生活；其余，以救国为饭碗，荒废学业，更是可惜。

何曼德（1927— ），干扰素研究先驱，国际知名感染症专家。早年在西南联大、清华大学读书，曾在哈佛大学、斯坦福大学主修政治学。1950年转入斯坦福大学医学院就读；1952年回哈佛大学，就读于医学院，1954年毕业。后到匹兹堡大学任教，1965年任教授，1974年创设感染症与微生物系并任系主任。1992年名列美国名医榜。著有《我的教育、我的医学之路》。其父为有"中国的辛德勒"之誉的民国资深外交官何凤山。

美国的学校生活

何曼德

1940年5月从维也纳坐火车到意大利的特里亚斯过阿尔卑斯山时，两旁岩壁干霄，山峰载雪，而山腰山麓松柏丛生，至为悦目。是日天寒气冷，凉爽异常，午夜始抵特城，寄宿于一海边旅馆，准备在此候轮赴美，因当时意大利尚守中立，是以船舶航行自由无阻。

特里亚斯在第一次大战以前，为奥匈帝国的属地，但是找不到奥匈帝国统治下所留的遗迹，除觉到该城是一个通商口岸外，其余一无特点。船期到了的时候，我们便上了船，无声无息地欧陆隔别。

所乘的是意大利邮船沙托尼亚（Saturnia），排水量大概为三万五千多吨，已算是巨型的了。旅客多半是返国的美侨，还有一些意大利人，但是人数不多，颇为寂寞。我记得有一位衣服褴褛的老妇人,她也坐头等舱,并且很喜欢坐在客厅里,颇受人的注视。到了第一站——希腊的巴德拉斯(Patras)① 便下船了。

虽然是在战时,但是船上的趣味并未因之稍减,唯一的战时表现,是船两旁都画了巨大的意国国旗,用以告知潜艇,并且每日无线电台都印出新闻纸,而当时的消息,往往是很平淡的轰炸及侦察运动。当船在地中海航行时,隔了几天就到一个新埠,经过巴德拉斯(Patras)而到意港那不勒斯。那不勒斯以维苏维斯(Vesuvius)大山②而著名,船在该地停泊了一天,我们也登陆游览。不论在城内哪一角落,都可见到火山的烟雾,如同洋伞般地笼罩着山口,有时比较明显,有时模糊一点。此后经几诺拉,到直布罗陀。沿途天气明朗,海水与长空共色,直布罗陀是一个由岩石成的堡垒,海峡两岸相离,英舰停泊甚多,听说附近的森林里有许多猴子,是欧洲大陆上独有之地。船至此,风平浪静,临栏远眺正为雄壮。海中时有海豚跃出,海豚是一种大约一米长的哺乳动物,与鲸鱼一般,常到海面呼吸,一出一没,煞是奇景。

自直布罗陀而西,经葡京里斯本及葡属亚索群岛(Azore Islands)。葡京筑在山坡上,颇与重庆相似,但是满城都种着一种异常绿色的树木,这种绿色比较多含一点黄色,仅在地中海沿岸可见。

---

① 今译佩特雷,希腊港口城市之一。——编者注。
② 今译维苏威火山,是意大利西南部的一座活火山,位于意大利南部那不勒斯湾东海岸。维苏威火山在公元 79 年的一次猛烈喷发摧毁了当时拥有 2 万多人的庞贝城。——编者注。

到了大西洋，天气没有那么明朗，和煦的阳光已被寒风所取代。我在船上的游戏却未被我时患的船晕症所阻碍。每日七时起床，在甲板上与两位比我年龄小的玩，因为多雨的关系，在客厅里看书写字的时间很多。晚上时常放映电影，这样地度过了五天才到目的地纽约。

一个细雨濛濛、浓雾未散的早晨，船慢慢地驶入纽约港，著名的自由神及马哈登（Manhatien）① 的高建筑都被蒙蔽着，但是这些景致，我们是已经看过的，并没有因而扫兴，当时的纽约港已显然筑上了战时的风味。战前我来的时候，来往的巨轮异常多，达到船坞的时候还有音乐队大奏久别重欢的乐歌。此次却异常凄凉，尤以我们船坞的左侧，停泊着世界最大的轮船"玛丽皇后号"，虽然没有炮火的伤痕，而鲜美的红黑色已换海水的灰色，显得异常悲惨。

但是纽约本城却毫无变态，我们初到的时候，便住在维多利亚旅馆。它在市区的中心，附近都是高楼大厦，有八十层及一百层的房子，就是旅馆的本身也有好几十层，但是一般人误会全市是如此，其实只有马哈登的南尖如此。至于面积广大的布克能（Brooklyn）②、纯斯（Queens）③、布朗克斯（Bronx）、

---

①今译曼哈顿，位于纽约市中心，介于哈得孙河和东河之间，是纽约市金融、商业中心。此处英文应为Manhattan，原文有误。——编者注。

②即今纽约布鲁克林区，是纽约市五大区中人口最多的一区，位于曼哈顿岛的东南边。——编者注。

③即今纽约皇后区，亦称昆斯区，是纽约市的五个行政区之一。——编者注。

李子订（Richmond）①，都是属于市区的居住地带或牛奶的制造厂。纽约是由上面所说的五区合成的，而后四区都要比人口稠密含有百老汇、华尔街（Wallstreet）、中央公园与一切纽约市的重要机关所在地的马哈登岛要大，并且四区中只有布克能拥有较大的重要性，其他三区可说是乡下了。旅馆里的生活也过了几个礼拜，因为找房子不是一件容易的事，纽约的房租非常昂贵，而房子往往很窄狭。普通中等以下家庭都租一间有家具的房间，而经济状况如果不允许的话，夫妇二人都整日在外工作，此时若有儿女，他们所受的家庭教育必定较少，小孩容易染上一些卑鄙的习惯，这可说是来日很难做一个守法公民的一个原因。

我们终而在布克能的有望公园（Prospect Park）附近找到了适当的房子，我便入了小学。美国的学制与我国的旧制相似，小学八年，中学四年。我那时年龄十三岁，便在附近的"第八市立学校"（Public School 8）插入八年级。前一次来美时也是就学此校，所以许多同学还相识。

第八市立学校是男女同校的小学校，一共有十六班，五百多学生，同学中的父母以尚未归化的异国人民为多，尤以西、意二国占最大百分数。彼等因本国生活艰难，移迁新大陆担任较勤苦的工作，而暇时以酒肉为乐，故儿女在校鲜能品学兼优。与彼等相处，终日鄙语不绝于耳，难免不起厌恶之心，所以

---

①即今纽约里士满郡。——编者注。

"高等"的祖先，英、德、法、西欧及北欧移民的儿女，对彼等亦颇蔑视。此外还有肤色漆黑、卷头厚唇的黑人，彼等亦鲜受师长称誉。北欧、西欧的孩子们固常为同学中之杰出，亦每为师长所喜爱，而犹太子弟在学业上，虽常能与其并驾齐驱，唯行动上显得太"犹太"的，也会招人斜视。至于中国人为数太少，除我以外还有两位广东人，可惜他们英语不好，然而因擅长图画，亦非庸才。所以这个小学可说是小型的民族熔炉。放学玩耍的时候，时常能够听见西班牙语，如果勤快追询的话，间或可以听到德文、瑞文、挪文。但是整个的趋势都是忘记祖国文字，采用美国的，这样的学校无疑地变成使异国移民的小孩受同化的地方。

一般美国学校在课程繁简、钟点多少方面，其标准远非欧洲或我国之比，这是我们本国的学生看美国出版的教科书可以知道的。这种弊病固能因其注重实验以及优越的设备而弥补，但是许多学校仅重视外表的华丽以及建筑物之宏伟，教职员竟有因待遇不足而罢课者。如1933年芝加哥举行"百年进步"的博览会时，该城教员因久无薪俸大行示威等，乡间的学校亦有因经费的缺乏，以致设备简陋、教员待遇菲薄者。

我们的学校每日上课五小时（上午九时至十二时，下午一时至三时），但是星期六、星期日二日休假，闲暇甚多。我每天早晨七时起床，自己拿几块面包及牛奶充当早点后，走到附近的地下电车①站，沿梯而下，将五分钱币投入一机关内，十字门即自动开放，让一人进入。在站上候车最多数分钟，上午因进城办公的人颇多，也有拥挤的痛苦，但是绝无战时重庆公共汽车之甚，所以大半时间有座位可坐。纽约的地下电车交通非常发达，支线繁多，要从始站坐到末站，往往需数点钟之久，而它的速度至少要比我们的公共汽车快三四倍。车子长度、容量与通常火车无异，而管制的人最多三四个，一切的门都是自动开关的。在进行的时候，无法撞开，因此售票员以及看门员可以完全不用。

我学校并不近，可是坐了三站便到，下了车再上梯，便是街上，步行五分钟即到学校。到了八点三刻，始列队按班鱼贯而入。学校是三层的建筑，有容纳全校师生的会堂，各班有一教室以及室内操场（下雨时早晨在此集合）、卫生室、办公室、校长室等。一年级的课程以数学、英文为主，英文课中除了阅读、作文外，还有"拼音"（Spelling），专门学生字及其拼法。低年级还有习字。数学在八年级还是以算术为主，到后来教了一点简单方程式，一同学便因此而大感头痛。八年级相当于我国的初中二，应该学化学了，但是美国八年级的学生就是对"化学"这个名词，也不过是渺茫地知道而已。那么在科学方面学些什么东西呢？八年级的科学课程便是"科学常识"。教科书内容虽丰富，可惜教得敷衍，少有所得。史地方面比较认真，

---

①这里的"地下电车"即今天所称的地铁。——编者注。

当然对于美国的史地特别注重（历史只有美国的），此外还同我们中国学校一样有公民，不过关于空洞的道德伦理观念殊少论及，多涉及政府的机构组织等实际的事实，颇能令人满意。

学校是公学，一切设施基于此二字之上，我国的县立、市立、省立学校也可算"公学"，但绝办不到如美国的彻底。不但免收一切费用，并且一个学童可以双手空拳上学，下午可以带了纸笔书籍回家，就是绘画的颜料及橡皮、写字的墨水皆由公家供给。当我想到纽约的好几百个公共学校的时候，难怪纽约市的浩大开支中以教育一项为最多。

学生的程度不高，这并不是"第八市立学校"的特征，就是与我家相近的"市立第九学校"的学生的程度也没有什么轩轾。虽然说小学教育注重社会教育，使学童认识美国的伟大以及与各种民族共同生活的方法，但是就是中学，也并没有补救小学里忽略学科的弊病。因此许多美国人虽然在中学"毕业"，不但对于外国常识非常浅薄，就是对于本国文字的认识，弄不清楚的也不在少数。这种惊人的事实确难征信，尤其看到纽约的文化机关林立，不但博物院、水族馆极其著名，而且图书馆之多，借书之方便，更令人惊叹不尽。照理说，如果学校所教的科目未有心得时，以后充实自己的知识、从事自修的工作并非繁难之事，但是一般学生对于知识的探求，并无多大兴趣。他们虽然对于科学上的新发明，如对奇异的武器发生浓厚的兴趣，但是这是源于好奇心或是为了充实谈天资料。

美国社会里分散注意力的事情不堪尽数，消耗心血的资料也多了。成人或终日以某电影明星的活动为谈论的中心，而平常欲望中要从事娱乐更是无穷，年轻的人所想的事以及所想做的事更多了。依我个人的观察，平日妨碍功课有几件特别的事情。

第一，是书摊子上无数的"诙谐杂志"（Comic Magazines），号称诙谐，而用意并不在此。这种杂志充满着探险、冒险以及侦探的故事，而其诱人的方法是它的五彩画，使英文程度不好的也能一目了然。此种杂志按期出版，其中的故事虽然月月不同，而所载的英雄人物却是如故。Dick Tracy 是著名的侦探家，Superman 是有超人体力的君子，还有 Lone Ranger 等人物，普通的小孩都知道，连他们的容貌、服装也著名了。好学生亦被此种杂志占领了许多时间，比较顽皮的简直被它占领了整个上课读书的时候，使愤慨的老师们终日谴责这些"污秽文学"（Trash Literature）。但是谴责是无效的，因为生意经的商人不断地创造这种"文学"，这在出版自由的美国是无法禁止的。

还有一件事，我们国内颇嫌球类运动之不普及，但是在美国，尤其纽约，却嫌它太普及了。商人利用此点，在各都市组织球队，以巨利收纳全国杰出的球员。以垒球队而论，著名的球队有二组，一为"美国联盟"（American League），一为"国家联盟"（National League），纽约、芝加哥、波士顿以及东北各大都市都有球队，个别参加一组互相争赛，为期数月。到秋凉的时候，又举行"世界竞赛"（World Series），以争夺"世界第一"的锦标。这二"组"所举行的球赛是千万以上的人民

（Baseball Fans）所关切的事。球赛不止在一个都市举行，一个球队往往必须在一周之内，经过数州之地。此外，报纸上及广播方面，无不对每日的球赛有极详细的叙述。赛球时，有人广播甚为生动，听众闻之，一如亲临球场。这样的垒球赛（冬天有"足球"）在好的方面，能够提倡运动的普及。美国的青年不但上体操课的时候打垒球，只要到了天气暖和明朗的时候便打起来；不但不限于球场内，并且在街上打（街上打垒球用的是扫把棒子及橡皮球，名曰 Stickball，警察虽然严禁，但是无效）。所以垒球之普及，非任何国可比，而在美国国内亦非其他球类可比。因此在重庆的美国兵，一喊打垒球，便一呼百应，还屡败南开、中大等"老练"的球队。从坏方面讲，一般不但以此相赌，并且许多有为的青年，终日思虑打球的技术如何进步，以做一个垒球队员为终身的志向。因为著名的队员不但全国闻名（恐怕要比许多议员及内阁阁员著名），并且生活极其舒适，薪水比总统的还要多，冬季还可以休息，这种观念能直接影响学业。还有许多大学，亦为求本校球队获得声誉起见（足球赛以大学为主，美国足球非常有趣，表面上无异乎打架，但是规则极严，而所须运用的策略更非他种球类所能及），以奖金引诱球员，学业的良窳沉为次要，似有奖励学生抛弃学业之弊。

午饭的时候，多数同学都返家。我因离家过远，所以在附近的小饭店就餐。学校里还替贫苦的学生办午饭，这些贫苦的学生多数是南欧或者来自美属波多里加①的黑人（讲西班语②）。

下午的功课多半是图画、劳作或体操，设备都非常优良。譬如劳作，每人有一套器具，其中有锤、锯以及木匠的一切器具，一个学期可以做一些玩具及家具。美国学生很多喜欢劳作，在课余的时候用一些木箱、老车轮做车子，并且商店中飞机模型极多，造模型已成了普遍的嗜好。加以指导的刊物、杂志亦极丰富，不但养成了手艺上的技巧，并且培养了实际硬干的精神，非我国偏重理论的教育所能及。女生每二人发一个火炉，除了正式实习烹饪外，她们还学缝纫。所以吾人不可误会美国女子只知享受，殊不知她们理家的才干或者胜过我国的小姐们。

下午三点钟放学回家以后就立刻做教员所指导的功课，所需时间最多一点钟，以后即出外玩耍。附近的小孩子非常地多，初到时候颇有藐视的成见，因为纽约的中国儿童多半在唐人街，不在唐人街的也少与彼等往来。但是相处许久，就毫无隔阂，不过有时还以我华人而见笑，我也只好一笑置之。平时除了在街上玩耍外，还时常到附近的公园做游戏。该公园非常广大，中间有一个很大的草坪，深秋时，成群的老幼在此地放风筝。周围的树林专供市民野营之用，到了星期日，看电影差不多成了惯例。纽约的电影院在夏天因为有冷气的装置，因而生意愈加旺盛，有时有些无事的老幼孺子专门入电影院乘凉，睡到深

---

①今译波多黎各，1898 年美国打败西班牙，波多黎各成为美国的殖民地。——编者注。

②即西班牙语。——编者注。

夜关门时才出来。电影院每周通常换片两次,而每次看电影照例看两张,还有新闻片及滑稽的小片子,等于我国的两场电影。到仲夏的时候,我们往往结队成群地往海滩去游水。纽约著名的海滩很多,我们常去的是 Rockaway 与 Riis Park,早晨去,玩到黄昏的时候才回来。海滩上的趣味不止在海中游泳,或随波逐浪地出没水中,并且还可晒太阳。第一次去晒时,皮肤可能晒红而疼痛,第二次去晒则染成了一种健康的黄色,这是每一个年轻的男女所希望得的皮肤色。除了在海滩上游泳外,还有许多游泳池。

七月初旬,暑假到了,大家欢天喜地地与学校别离,准备痛快地玩两个月。他们在暑假中不但与学校别离了,并且与一切关于功课上的事情也别离了。除了小说和没有趣味的故事外,差不多什么印着字的东西都不握在手中。我认得一位同学,他平常的功课每列上等,到了开学前,他送我一张照片的时候,他自己的名字都写得不顺手了,因为他一暑假没有执笔。他尚且如此,其余的同学可想而知了。

暑假过了以后,就升入毕业班,但是绝没有我国毕业的那么紧张。到了毕业的前几个礼拜,学校发了一本小册子,其中将纽约市一切公立的中学(High School)的状况、学科、地位,详尽地叙述一遍,以便我们选择。因为只要能够毕业,学校可以代办入中学手续,直接就读,无须乎报名、投考、缴证件等麻烦的手续。我当时决定进功课最繁而程度较高的学校,由同学的言论中便知道波克伦工程中学(Baoklyn Technical High

School）便是一个这样的中学。果然在询问入学手续的时候，才知道要预先考试，还要申请学校当局允予参加，并须考核成绩。这些手续比起入别的学校来，真是烦琐多了，我们班上愿意试一试的，只有我与另外一位同学。我们在毕业的前几周，两人去应考。那人是一个虔诚的希腊正教徒，先夜在家祈祷很久，但是考试的结果不幸只有我被取录。

"毕业典礼"也相当隆重，男生都着黑色西服，女生都在上劳作，各自做了一件"毕业衣"，大家都戴上一朵白花。除了演话剧、做游艺以外，还发了"毕业证书"及奖品，我也不知不觉得了所有奖品的一半。离开了学校以后，同学的家长也有替他们子女举行"毕业宴会"的，玩许多游戏，喝汽水、吃冰淇淋，好像在歧路分离的时候，互相欢宴一下。

1941年春季，我过上了美国的中学生活。中学生活除了比较紧张一点、学校里的竞争较为激烈外，与小学无多分别，不过在我个人方面，我对学校的课程及教法却感到比较满足。

波克伦工程中学是一个规模宏大的学校，也是纽约伟大的教育成绩之一。如它的名字明示，它在波克伦的一个六层楼的大厦里。每天早晨我仍须坐地下电车上学，但是天气清凉的时候，我也步行。到了学校的附近，因为学生为数太多，一共六千，颇有拥挤之虑，幸而大家都是向校方走，秩序尚不紊乱。抵校门后，那些教室在楼上的，都乘升降机而上，各自到自己的主任教师的教室内。我们的主任教师是一个庄严年迈的苏格兰人，名克尔克威（Kiakwood），点名的时候，声音太小，同学颇为所苦，因为假若没有听见的话，还要受其痛骂。我们每日的头两堂课即是克尔克威先生的实习，实习是从简单的木器训练到铸铁以及冶炼工作。其次两堂便上英文、算学或"工业步骤"（Industrial Process）。下午两堂，便是机械画或公民、体育或音乐。一年级的课程大约如此。上了第一堂便上第二堂，毫无休息的时间，但是每上一个不同教师的课也要换一个教室，所以往来各教室地奔走，我也可算是休息。虽然如此，但是因为没有正式的休息时间，一学期之间，没有观光其他教室的机会。后来学校当局虽特替新生组织"观察队"，参观全校，终为时间所限，至今我还未得到一个学校内部状况的概念。上午四堂课以后便吃午饭，但是该校不准回家，也不许外出，必须在第六层楼上的客厅就餐。餐厅就等于一个小饭店（Cafeteria），三角或四角钱，便可吃得心满意足。

每星期举行一次集会，会堂是该校引以为自豪的，不但堂皇冠冕，别地鲜有其匹，就是在万能的纽约也不多见，任何人见时没有不惊讶的。这个会堂的容量是三千人，布置极为雄伟，座位特别舒服。集会是大家所渴望的一堂课，不但因为坐得安逸，并且每次必须表演一点东西，或是新发明，或是小技艺，很少无意味的演说。

上体育课在运动场内，该场在屋顶上，有室内操场，还有室内篮球场、垒球场、排球场，四周屋宇栉比，在上面打球别有意味。

学校里还有图书馆，里面图书颇多，但是在美国时，我并未充分地认识其重要性,因为书籍的获得是太容易的事。

　　下午返家,将数学题做完后就可以出去玩。有时还看书,但是只要专心听讲,这并不需要。到了六月下旬,我便完成了第一个学期的功课,得了通知书返家,真可说是洋洋得意。可惜那年夏季,父亲决心将我带回祖国,如此工程学校读书生活便告完毕,而在外七年的漂流生活也随着结束了。

陆尔昭，女，生卒年月不详。1930年赴美，次年考入美国卫斯理女子大学。留美期间兼任《生活周刊》记者。是否与上海松江一中英文教师陆尔昭为同一人，待考。

美国女校生活之一斑

陆尔昭

时间如飞电一般地快，去秋九月至此，考入本校［卫斯理女子大学（Wellesley College）］，不知不觉，一学年已将要完了，一年间的经过概况可分读书、考试、体育、工作、交际等，分别述之如下，以告读者。

一、读 书

"读书所以明理，明理所以适用。"此为中国的格言，我入本校，处处觉得读书这件事没有不切于实用的，课程中的数、理、化及各学系当然切于应用，不必说了，就是文学、体育等普通科也适合环境所需要。教授以是教，学生以是学，即校中每星期请名人演讲，亦无非注重解决人生的种种问题，无线电筒所传来的，也是如此。回忆杜威博士主张"知识思想是人生应付环境的工具",此间教育即对此点特别注重。

二、考　试

　　考试为我国之名产,说者谓系科学时代的秕政。其实科举考试,材料不好,考官不好,并非考试制度的不好。本校考试很严重,也很有兴趣,平日成绩十分注意,每月小考并不预告,月分到九十分以上者可享受各种权利,如游泳、拍球、到乡村演讲、学生自治会中主席团之一等;在八十分以上者,除去演讲及主席两种权利;在七十分以上者,除去游泳;不满七十分者,即区区拍球之微利而亦不准;若六十分以下者,则两星期或一月内,剥夺其出外游玩权、返家省亲权,那更不得了!其实全校中各学系、各学生不满六十分者,百不得一的,我在这里因常常自勉勿贻祖国羞,故尚能努力赶上。但是有一件极困难的事,就是游泳两字。有生以来第一次学习,心里十分害怕,见了同班生的脚既长,臂又粗,哪能和她们比赛呢?虽自问已很努力,终不免望洋兴叹,不但饮水数口,以视她们手舞足蹈的,我尤瞠乎其后,结果得教授的原谅,幸而勉强及格。但我心里不愿以我们中国的学生受美国的教授原谅,究属坍台,仍努力练习。人家去看戏,我去游泳;人家去购物件,我去游泳;人家去省亲,我的双亲远隔东半球,也去游泳。如此努力练习,自12月、1月(1930年)、2月至3月,居然能纵身乎中流,随波浪而上下,教授见了,以为诧异,他不知道我已费了好几个月的苦工。

三、体　育

美国女生非常活泼，对于各种运动、各种游戏，无不兴高采烈，学校行政当局于是用奖惩法，以考分之多寡为各种运动准行加入与否的标准。我尝见同班或异班中，因成绩不满七十分的人，每遇友人赴游泳池或运动场，正如小孩见他人吃糖而馋涎欲滴，又如饿猫闻腥鱼触鼻而食欲横生，其痛苦有不可以言语形容者，等到下次考试便不得不格外努力。美国女子酷爱运动可见一斑（若在我国女校行此方法，未必有此奇效）。且美国女生的手足均较我国女子为大，以拍球而腕粗，因赛跑而胫壮。以鞋子论，每当游泳休课，互相登岸之际，各人所置之拖鞋，与我同等年龄者，其鞋必约长寸许。凡体育成绩，我竭生平之力仅能及格，比较她们游刃有余者，常觉惭愧。我想这不一定是我的底子不好，大半是因为在国内时平日无充分的训练。

四、工　作

我在本国读书时，心中想着美国女学生必定华丽奢侈，异乎寻常，今来本校，乃自己非笑自己从前思想的荒谬。各生举动与奢侈二字截然相反。各生宿舍轮值扫除，理发整容彼此互助，手帕及轻微杂物均自行洗涤。对于物理、化学等科学系，注重实验，力求真切，校中电话、电灯、无线电台等或有损坏，均由学生自行修理，大学生的理化知识早于中学时代立好基础。我于本年（1930年）春假时偕校长师母及克女士旅行，所到各处顺便参观男女中等学校，没有一校不设理化实验场和化学制造所的。理化工作养成习惯，大学时代自然兴趣浓厚了！

依我的个性，对于各种工作中最有兴趣者，为到乡村去演讲。自本年3月起，由教务处派定，每星期到乡村去演讲，材料总以输入他们的知识为标准。我对此事很高兴地去干，其原因有两种：（一）以短于口才的我，对众人宣讲，不能不努力预备，预备就有进步的希望；（二）美国乡间民众一定不知我国的内容，偶然有宣教师讲些中国事，然他们为募捐起见，大都说中国的弱点，掀动一般人的慈善心，老实说，外国人看中国人的内情都如雾里看花，哪能准确呢？我趁此机会，表示我国的道德、文化、哲学、有兴趣的史事，但自恨学识谫陋，未能尽情发挥我国文明的底蕴。

五、交　际

美国火车无头二等的分别，职业无高下贵贱的等差，男女交际没有畏首畏尾的拘牵，但是彼此界限截然分清，各守名分，绝不侵犯。就以出去游玩说，食的、饮的和一切的费用各付各款，并没有客气夺付的。我在本国时候，听人说美国男女生同出散步，或遇饮食，必男生付款，其实现在此种风气亦渐变。唯亦有吝啬的女生故意迟迟付款，让男生先付；亦有谄媚的男生冒充绰阔，先付款项者。这已是例外，初非平常人的举动。

二十年七月

翁之敏（1901—2002），字颖君，江苏常熟人；晚清著名政治人物、书法家，被康有为誉为"中国维新第一导师"的翁同龢（1830—1904）之曾孙女；中国著名的电机工程学家恽震（1901—1994）之夫人。常熟翁氏和常州恽氏为几代世谊，并为两代联姻。翁之敏随丈夫走南闯北，相守一生。

美国的女子

翁之敏

我初到美国，住在费城，费城的地位在纽约与华盛顿之间，居民甚多，他们称之为美国第三大城。什么工厂啊，商店啊，以及戏园、旅馆，都很多，因此本地居民都靠着以上的各种所在生活。美国女子有钱的当然受大学教育，中等之家受中学教育，如实在无力量而希望女儿去赚些钱来度日者，大约初中或高小毕业，即须找一相当位置做工。有许多年纪在十六岁左右的女子，日间做事，晚上进夜校读一专科，希望日后地位可以升高。女子职业种类之多，几乎要超过男子，小学教员大约百分之八十是女子。就我所参观的十几所小学，没有见过男教员；各种商店门市售货的，大半是女子；饭馆中送菜端汤的侍者，柜台上的收账员，大半都是女子；公事房中的书记及速记员、电话司机生、管理文具杂件、支付零星账目种种细腻烦琐的工作，均为女子所占据。各公司都喜欢用女职员，因为女子担负轻，无奢望，做事也细心些。同一位置，用女子较用男子可以少三分之一的薪水而能得同样的成绩，此点为美国女子在职业地位上战胜男子的第一要点。她们勇于工作的精神确是可佩。

美国大城中女子大半在二十二岁以外出嫁，在未嫁之前，十六岁以上，除在校求学者，可说完全都在外做事。大约十六岁以上的女子，个人经济无一不独立；如经济不独立，父母亦不再供给其一切奢侈品。赚钱后虽与父母同住，亦须每星期付父母房饭钱，多少视进款而定。因此她们对于父母不能依赖，唯有自己奋斗，才能有快乐丰富的生活。因此个个人都只得小心谨慎，办事做工，保住饭碗。女子已嫁之后，夫妇二人自立小家庭，从来没有男子养不起妻子而依靠着父母过活的。结婚费当然父母不管，即使婚后无力量立家庭，做父母的亦不加怜恤。父母的责任仅不过使子女尽量受教育，至于成人后的前途幸福，都是子女自己的事，父母不再过问了。

讲到他们的家庭，富有之家，当然度他们的奢华生活，无拘无束；平常中等之家，量入为出，家中也布置得洁净、简单而又美术化。主妇辛苦远过于男主人。男子每晨出外工作，女子在家洒扫擦抹，整理房间，烧茶做菜，带领小孩，收拾得停停当当，待男子回家来，便可享到安适而可爱的家庭生活。男子在外虽然辛苦了一天，回到家来，受到这样的安慰，眼前有这样的舒畅，疲倦的精神立刻可回复过来了。美国的家庭确是男女分劳,彼此负责,不像我们中国人大多数的太太们,一天到晚坐着不动尚嫌不足,还要打牌,费时失业,不知何日始能省悟!

十九年九月

程沧波（1903—1990），原名程中行，字晓湘，笔名沧波。江苏武进人。著名报人、政治活动家和书法家。1925年毕业于复旦大学，1927年赴英国伦敦大学学习。历任复旦大学、中国公学大学部、东吴大学教授，上海《时事新报》主笔、《中央日报》社长、香港《星岛日报》总主笔等职，在政界亦任多项职务。1951年由香港去台湾。著有《时论集》《沧波文选》《土耳其革命史》《民族革命史》《历史、文化及文物》等。

伦敦闲话

程沧波

一

伦敦市内最伟大的建筑物，要推 Trafalgar Square① 的纳尔逊铜像。这座铜像真是高矗云表，铜像周围的广场内有极大石狮子蹲伏两旁。伦敦市内只有这座建筑物还差强人意，可是要与巴黎的凯旋门比较，却瞠乎其后。看欧洲都市，巴黎总是第一了，宫殿讲究，市街宏丽，不但伦敦不能与巴黎比，柏林也不能与巴黎比。伦敦与巴黎的名胜同样有烟黑的门墙，然在巴黎只觉它是古香古色，到伦敦便觉得破烂颓败。伦敦是感觉不到

---

①即特拉法尔加广场，英国伦敦著名广场，坐落于伦敦市中心，广场中央耸立着英国海军名将纳尔逊的纪念碑和铜像。——编者注。

城市的美，便在白金汉宫维多利亚偌大的铜像前面，也只感到有点庄严的分儿，说不上一点 Civic Beauty。

英国真是个人主义最浓厚的国家，无论在政治或在社会方面，看不出一点集中的征象。论城市方面，各地皆有相当的特点，像爱丁堡那样有特别历史的地方，更俨然与伦敦相颉颃，不像在法国看过巴黎便无一处可看。其余如学校，法国的巴黎大学集中全国的人才、图书，而在英国却到处找不着这样相等的东西。牛津、剑桥至今还是私立的，伦敦大学东一个 College，西一个 College，如到伦敦要找整个的伦敦大学，那是找不到的。至在社会，则伦敦市内郊外火车是一个商业公司，电车是一个公司，地道电车是一个公司，公共汽车又是一个公司。固然，英国的立国精神是在个人的创造力，然而现在时代不同了，这种个人主义毕竟成了时代上落伍的东西！

英国的 Gentleman 和中国的"士大夫"，我一时寻不出十分差别。英国旧式的教育本来不注重什么专家的训练，牛津、剑桥的学生于正式功课以外，艺术、音乐、运动皆要涉猎一点，犹之中国的士大夫，文章诗赋以外，还要能谈谈书画金石，从前也要习习骑射。英国的政论家，白芝浩①总算是后无来者了，他说英国的特点全在一点气息不同流俗，这种特点不是英国国民性本来的天赋，就是士大夫教育培养出来。他说英国人民本

---

① 白芝浩（Walter Bagehot，1826—1877），英国最著名的经济学家、政治社会学家和公法学家之一。——编者注。

来也是拜金，自有士大夫教育，拜金的风气也被它压制住了，"英国的社会，不是黄金可买得动的！"我研究政治，最爱不释手者首推白芝浩的宪论，白芝浩观察最精的地方也在此等深入的议论。不过我替白芝浩可惜，假使他懂得中国历史，他必定要恍然自失。他所认为英国的特点之一，实在比不上中国。"饿死事小，失节事大"一类的话，大约英国人是没有听见过，英国历史上就不曾出过像苏格拉底那类的人。白芝浩是极力维护贵族制度的，说贵族的用处就在抑制陋俗，这又是中国旧家望族的老调了。

在威士名寺[①]旁边的巴立门[②]，算是世界议会的老祖师。我在欧洲大陆看过几个国会，那开会时候的景象，叫嚣凌乱，一言以蔽之，与我们从前在学校里开学生会时绝无分别。当时我常想到英国去看看，必定绝对不同了，岂知我到了英国，常常到巴立门去旁听，他们的情形比较欧洲各国的国家，也只有程度上的差异罢了。政府党和反对党开口嘲骂的态度原无根本上的区别，议员当本党党员起立发言时，拍手或高唱"Ya"以壮声势，遇反对党发言时，敌党必大呼"Hush"（即中国嗤之以鼻的神情）。会场有时人声鼎沸，议长才起立高呼"Order"。法国国会的议长桌上有一小钟，议长命令不行时，即击钟警告。

[①] 今译威斯敏斯特教堂（Westminster Abbey），坐落在伦敦议会广场西南侧，在英国享有至高无上的地位，被称为"荣誉的塔尖"。——编者注。
[②] 即议会大厦（Houses of Parliament），即威斯敏斯特宫，建筑整体为哥特式。——编者注。

英国国会议长只有一座凳子，前面并没有桌子，也没有警钟。议场开议的时候，许多议员有在 Lobby 里面散步，有在烟室里面抽烟谈天，不到表决的时候，议场里面的人数总是寥寥无几。有时候议员在外应酬忙，一声说要投票表决，国会内各政党的总干事开始手忙脚乱四处打电话邀本会议员出席凑数更是屡见不鲜之事。议员政治到了今日，只有党的组织严密是一件新发明的东西。议会开会的时候，最忙碌的便是各党的总干事（Chief Whip），他要四处召集本党议员出席，还要注意本党议员在议场上所发表的言论是否与党意符合。如果他发现某一同党议员在议场上发表的言论与党意不符，甚至与之违反，第二天他就要去警告那位议员。一次警告不听，如果那位议员是有能力的，他一定到党内想法替他讨一个较优的差使（如次长或有薪给的委员之类）；如果那位议员在他们目光中并不是了不得，总干事就立刻通知地方党部的干事，叫他在该地方选民中宣传，那位议员下届选举当然就危险了。这种情形是英国国会中千真万确的实在情形，我们并不执此一端便诋毁议会政治在今日已完全破产或根本不能存在，不过我们却十二分觉到从前"照良心发表意见"（Expression According to Conscience）的格言，已成"告朔饩羊"了。

二

巴黎有个蜡人馆，伦敦亦有个蜡人馆，论到规模，伦敦的蜡人馆实较巴黎的要宏大，不过中国人大都久闻巴黎蜡人馆的名，而不晓得伦敦的蜡人馆，这大概是薛福成一篇游记的功效吧？伦敦蜡人馆最有价值的地方，我们觉得是对于英国历代王室遗像和历代服式的陈列。我们到过北平故宫博物院，瞻览历代帝皇遗像，觉得已是了不得，其实比较人家那种蜡像的模型，又觉瞠乎其后了。伦敦的蜡人馆，不但英国的帝皇及名人有像，即各国的卿相名人亦有像。我们中国人到了欧洲，总想去找找中国人有没有像在里面，找了半天，总算找到孙中山先生的像，不过他们把他陈列在一个屋角里，对面是欧洲的名优，而该博物院的说明书中（1930年本）还并没有知道中山先生已逝世。最荒谬的，说中山先生是广东的省长，那个形象面色特别黄黑，与中山先生生时的仪表全不相类，不知他们是照什么照片模下来的。蜡人馆楼下有一大间"地狱世界"，都是陈列那些欧洲的著名罪犯，此中居然也有一个中国人，拖了辫子侍候两个英国水兵吃鸦片，这间小房间外面写着"鸦片窟"（Opium Den）几个字。我们看见这个东西，什么兴致都没有了。我们对外交官实在不愿意多加批评，不过看到这种地方，我们实在忍耐不住！就伦敦蜡人馆那样众目昭彰的地方，可以任便人家将你的"国父"随意摆布，随意说明，甚至任便人家宣传最恶劣、最不堪的事实而视若无睹！这种事情比不得什么重大外交，公使馆正式去一公函便可发生效力的，我们不谙洋务的人实在莫测此中的高深！

温莎离宫（Windsor Castle）①算是英国的"凡赛意"②了。温莎离伦敦甚远，由滑铁路车站③乘火车一小时半可达，其距离与巴黎到凡赛意，柏林到 Postam④ 相仿佛。温莎是一小镇，盖以离宫而闻名者也。离宫四周皆有矮墙式的堡垒，此宫创始盖在 Norman 时，宫殿公开任人参观者仅英王室接待外国君主别室及御宴大厅等处，欧洲宫殿，观览法国以后，其余美、德诸国皆自郐以下无足道者。唯吾北京宫殿，盖与西方别树一帜，未可同日论也。西方大抵有宫而无殿，此政制及帝皇威权不同所在。西方君王接见臣庶，每在便室，即有朝贺，亦在便殿，丹墀数仞，高堂百尺之景象，绝难多见。如北平之太和殿，是盖今日万国所难觏之奇观乎？唯论及居处，则西方宫内陈设装置似较吾国为优。北平清宫内之大玻璃窗及土炕，在物质上皆不及西方。今日欧洲各国宫殿，民主国家自不必论，即在君主之国家，除王室居处之所，其余类皆开放，与万民同其游观。历史上若亘古无帝皇之制，则今日建筑美术上，必不能有若此之奇观遗传后人，此又读史之另一观感也。

办报纸的人，到一处地方，总要看报馆。我出门最懒，参

---

①今译温莎城堡，位于英格兰东南部区域的伯克郡，是英国君主主要的行政官邸。——编者注。
②即凡尔赛宫，位于巴黎西南18公里的凡尔赛，1682年至1789年是法国的主宫。1979年被列入《世界文化遗产名录》。——编者注。
③今译滑铁卢车站，英国伦敦一个重要的铁路与交通转运的共站铁路车站。——编者注。
④即波茨坦，德国勃兰登堡州的首府，第二次世界大战末期著名的波茨坦会议的召开地。——编者注。

观报馆尤懒,幸成君舍我在旁时时督促。我们在英国看的报馆数量在法国之上,自然英国的报馆,内容什么都较法国来得完备宏大。英国报馆现在建筑最新式的,要推 Daily Telegraphy,固然《泰晤士报》及《每日邮报》规模都不错,Morning Post 内部的精神竟与《时事新报》伯仲之间。英国报馆里编辑部职员,除了夜编辑外,办公时间到下午七时就完了,比不得中国什么人都要熬夜。我参观报馆数十家,第一个感想当然是我们国内的报馆什么都不如人家(他们职员的薪水,经记者会议决,最低限度每人每礼拜八磅八先令,合华币每月五百余元);第二便觉中国从前许多人到外国来考察回去的报告,许多地方太不忠实,这一件事非一二语所能尽述的,且待将来有机会再谈。

伦敦市中有两家中国菜馆(伦敦全市中国菜馆至多),一家是 C 菜馆,一家是 K 菜馆。C 菜馆生意一天好一天,天气冷了,火炉新装,门帘、桌布、椅衣无一不新。一会儿,一顶崭新的玻璃橱又陈设起来;又一会儿,鲜美的地毯又铺在地上了。所以学生会请客在这里,公使馆也来光顾,外国人也来请客,中国学生又多到此吃便饭。看看那家 K 菜馆,陈设一天一天破败下去,热气管不必说,炉子也装不起一个新的,门帘破污得可怜。虽然 K 菜馆的老板天天站在门口鞠躬如仪地送客接客,可是生意一天不像一天,座上终是寥落没有几人,窗子上天天贴着特别好菜也无人去望它,眼巴巴看着 C 菜馆车马盈门。所以世上只有锦上添花,哪有雪中送炭!

三

在中国读几本洋书的人，总应该听见过"法屏社"（Fabian Society）①的名词吧。我进的那个学校 London School of Economics & Political Science（现在是伦敦大学的一部）便是该社的健将韦白（Sidney Webb）②所创办的。

"法屏"是社会主义者，这个字原是一位罗马将军的名氏，意义是无抵抗。"法屏社"中人崇奉社会主义而同时不主张革命，他们高揭"宪政社会主义"（Constitutional Socialism）的旗帜，共产党骂他们为投机派。当然，在共产党的立场，像"法屏"派的人当然是最可恶，当然比保守党还要可恨。"法屏"向来活动政治的方式，一方面在社会上纠合同志办学校，出版书报，公开演讲；一方面加入政党，所谓"潜入"政策。现在"法屏社"还是工党内一个有力的分子，"法屏社"人在今日当然和三十年前不同了，韦白先生也变了俾斯菲尔贵族了（Mr. Webb Turns to be Lord Passfield），萧伯纳也是欧洲文坛上的权威了。许多二等角色，次长的次长，议员的议员了。"法屏"的会员也弥漫全国智识阶级了，"法屏"的出版物也浸成社会主义学说中自成一家之说了。在某种意义上，"法屏社"是成功了，但是"法屏"今日的努力还是和三十年前一样，除了推陈出新的

---

①今译费边社，20世纪初英国的一个工人社会主义派别。——编者注。
②即悉尼·韦伯，英国社会活动家，费边社会主义理论家。——编者注。

出版物，不断地在智识阶级眼前表现，每半年中总有大规模的公开演讲，本年的大演讲就在 Kingsway Hall 举行。

前后六次演讲，售票楼上包厢共十二先令，正厅一镑一先令，讲题都是关于"德谟克拉西"，开台戏是罗素唱的，华拉司·拉司畿·韦白夫人继之，萧伯纳唱的压台戏。几位演讲的人，除了拉司畿外，都是苍髯白发的老头儿，罗素先生十年前在中国头发是灰白的，现在是全白了；从前在国内看过韦白夫人的照相，是一位很幽静美丽的太太，现在变成老太婆了；萧伯纳不但须发皆白，眉毛亦白了。就中自以萧的年龄为最大，七十五六岁了，萧于每次演讲都来旁听，每次他到台上就座，台下皆有狂热之鼓掌声欢迎。只有拉司畿还是三十六岁神采奕奕的少年。演讲的会场太大，几位老先生（除萧先生）的演讲都因声浪发颤，不大听得清，拉司畿毕竟年富力强，声浪是宏大得多。萧伯纳的压台戏真使人感动极了。七十衰翁，到了演说台竟如生龙活虎，他前后激励"法屏社"员，说"法屏社"的事业还在开始，我们要天天检点，我们不要忘掉三十年来光荣的努力，今日英国一切的一切都待"法屏"主义的实现去补救云云。他演说的神情不但好好先生的包尔温不能望其项背，即麦克唐纳亦有相形见绌之慨。

萧氏那次演说达两小时之久而无倦容，萧伯纳不是中国人意想中的萧伯纳！（我似乎记得国内有人把萧伯纳与梅兰芳并论，岂非奇谈。）不仅是词人，不仅是学者，我每次去听演讲，旁边一位中国朋友每见萧伯纳来旁听，听到得意处还独自点头，独自微笑，那位朋友常对我说："这样的高年，还出来凑什么热闹，早点回去休息休息吧！"我那位朋友的话，真是中国人的心理，我们一般读书人，要杀灭这种心理才行呀。我在国内最厌恶一种无病呻吟遗少式的少年词人。这种人会哼了几句诗词，病也来了，愁也来了，像是一件不得了的事。看看人家的文学家是怎样？读书人谈政治，在东方始终是一个历史上的滑稽，宪政国家似乎只有读书人谈政治才有效力，看看英国的"法屏社"，可为文人吐气，尤足为东方人的好榜样也。

十九世纪的革命为求自由，从美国独立、法国大革命直到日本的复兴，都向这条路上走。二十世纪的问题乃是平等——尤其是经济的平等，俄国的革命和各国社会上的骚动，都向着这条路走。欧洲今日的现象真是满目惨淡，工业革命的黄金时代已经过去了，现在的残山剩水就是失业问题、市场问题、生产过剩问题。这几个问题，欧洲人一辈子没法解决，这种问题解决不了，国际上便再来一个大战，国内便再起革命。像英国这样讲宪政的国家，到现在有许多人也恐慌革命。现在英国的问题——社会和经济的平等，不是巴立门所能解决得了的。巴立门到今天还在资产阶级的手里，巴立门的背景还是资本主义，现在的问题就在请资本制度自灭去救济无产阶级，用和平的方法去请人家自杀，这是不容易办到的。现在一般主张用宪政手段去改造社会的人们都在这个圈子里钻进钻出，然而这个方法终似哀求人家自杀，自杀后把遗产来救济你，所以世界的前途，尤其是宪政的前途实在非常的惨淡。至在国际方面，就举几个极明显的例，如少数民族问题、经济国家主义的膨胀、移民的限制及东方民族运动的勃兴，都在显露国际和平前途的危机。国际和平不能保持，国内的革命益易爆发，在欧洲看不出生路来，这是我最近不能转移的概念。

二十，十二，十五，伦敦

戴文赛（1911—1979），著名天文学家、天文教育家、我国天文教育事业的奠基人。福建漳州市人。1933年毕业于福州协和大学数理系。1937年考取中英庚款留学生，赴英国剑桥大学学习天体物理，师从著名天文学家爱丁顿。1940年以《特殊恒星光谱的分光光度研究》获得博士学位。1941年回国，历任中央研究院天文研究所研究员，燕京大学、北京大学教授。著有《恒星天文学》《天体的演化》等。

剑桥的四种人

戴文赛

作者来剑桥不久，对于这里一切情形尚未十分熟悉。《西风》编者要我写一点关于这里学校生活的文字，权将观感所及拉杂地写点出来。

一、 诗人的剑桥

剑桥风景秀美，富有诗意的剑河蜿蜒地穿过城市，河的两旁满是带着古风的校舍和美丽的草地花木。各学院礼堂的尖塔在高大的古树间若隐若现，古典式的桥梁使剑桥得到它的名字。桥下常常游着几只白鹅，或泛着几叶轻舟。

受这种环境熏陶着的青年，难免得到一种灵感、一种暗示，因此英国历来的大诗人便多产生在这儿。最有名的如密尔顿（Milton）①、丁尼孙（Tennyson）②、拜伦（Byron），还有 Chaucer，Wordsworth，Coleridge，Fitzgerald，Spencer，Herrick，Rupert Brooke 等，也都是剑桥的产品。

密尔顿是基督学院（Christ's College）的学生，因犯了校规被学校开除了，可是因为他后来成为大诗人，写了许多不朽的作品，如《失去的乐园》③ 等，学校还是纪念他。到现在他的油画像还挂在学院的膳堂里头，而他手栽的一株桑树，到现在还留在学院的花园里，是许多游剑桥者所急于要看的一景。这株桑树和密尔顿发生关系是传说下来的，确实不确实则有待考古学家去研究了。

丁尼孙和拜伦都是三一学院（Trinity College）的毕业生。三一学院是全大学里头规模最大、学生最多的学院，人才也出得最多。学院的礼堂前面有一间房子，里头陈列着这个学院所制造出来的伟人石膏像。正中站着的是牛顿，两旁为丁尼孙及培根（Francis Bacon），还有 Macaulay④，Thackeray⑤ 和许多别人

---

①今译弥尔顿，英国17世纪一位杰出的诗人，其代表作有《失乐园》等。——编者注。
②今译丁尼生，英国著名诗人之一，其重要的诗作有《尤利西斯》等。——编者注。
③今译《失乐园》，英国诗人弥尔顿的代表作之一，是世界文学史、思想史上的一部极为重要的作品。——编者注。
④即麦考莱（Thomas Babington Macaulay），英国历史学家、政治家，著有《英国史》。——编者注。
⑤即萨克雷（William Makepeace Thackeray），英国维多利亚时代的小说家，其著名的作品是《名利场》。——编者注。

的石像。

离开剑桥不远有个乡村名格兰查斯特(Grantchester),是个很古的乡村,里头有许多磨坊和池沼。相传丁尼孙所作的那首有名的短诗《磨谷者的女儿》(The Miller's Daughter)就是在那村里得到灵感而写的。那村里有一个池,名叫拜伦池。

拜伦这位浪漫诗人可说是剑桥大学里头一部分学生的代表人物。现在三一学院里头的学生像他那样贵族、那样有钱、那样漂亮、那样浪漫的人很不少,可是能够写出像他的作品那样好的东西者则寥若晨星。学校因为拜伦性情太浪漫,思想太激烈,便不怎么纪念他,礼堂前面那个房子里头也没有他的石像,可是他的作品的伟大并不会因此而减低。

二、 科学家的剑桥

剑桥产生过很多的大科学家,到现在还是世界上纯粹科学研究的一个重要中心。最有名的剑桥毕业生大概就是牛顿了,他对于天文学、数学及物理学的贡献,大概读者都知道。三一学院礼堂前牛顿石像上刻着这么一句话:"Quigenus humanum ingenio superavit."这句话虽然是用拉丁文写的,但是任何稍为懂得英文的人都可以猜出它的意思来。

关于牛顿的传说很不少。大概有天才的人,因为把注意力集中于事业上,对于其他的事情及日常的生活难免会有疏忽的地方。牛顿的轶事读者必已听过一些,现在我只把到此后才听到的两三件提一提。

牛顿生来寡言怕羞,和一般英国人一样,他终身未结婚。剑桥大学以前是个"男人的世界",教授们都不能结婚的,现在这条规例虽已破除,可是教授中没有结婚的也还不少。在一个宴会席上牛顿碰巧和一个华服盛装的妇人坐在一起,他却保持着庄重的态度,一句话也不说,这个妇人觉得很奇怪,就问旁边的人那位绅士是谁,人家告诉她说是有名的科学家牛顿。这个妇人便想了一个问题,先开口问牛顿道:"代数学和几何学你比较喜欢哪一种?"牛顿以为这位他本来认为是"相去千里"的人原来是他的同志,便开口大谈起来。这个妇人不懂得科学,倒弄得穷于应付,因此很难为情。

牛顿因其科学研究工作成绩超绝,声名大震,遂被封为爵士,又被选为代表剑桥大学的国会议员。国会开会,他每次必到,可是老坐着不开口。统计起来,只发言过一次,这次发言是说会场里空气太坏,提议把窗户开一开。我想他在国会里一边听着滑头政治家的高谈阔论,一边大约还是在想他的"万有引力定律"吧。

牛顿在科学上重要的贡献很多,毕生倾其心血,运用其卓越天才,以解决各种困难问题。诸问题中有一个使他觉得特别困难的,读者试猜一猜是什么问题。原来就是月亮运动的问题。月亮虽然给我们看得很清楚,也是离地球最近的天体,却因为同时受着地球、太阳及其他行星的吸力影响,所以要精密推算其运行轨道是一件十分不容易的事情。在牛顿之后,复经过许多数学家费了好些心血,到现在我们才能够颇为精确地计算月亮的方位。牛顿曾说，他有的时候因想着月亮的问题而想到头痛。我们于清夜里举首望明月，那柔和的光辉给我们无限的快慰，而这位可怜的科学家却因为月亮而受到苦楚。

剑桥的物理学实验室，名为 Cavendish Laboratory，在学术界颇负盛名，好些人特地从很远的地方跑来要参观这间实验室，但一看见的时候都觉得很失望。他们理想中以为这么有名的实验室，必定是规模宏大、设备完美，而他们所看见的却是一间老旧的房子，里边的仪器设备也并不怎么了不得。作者早就知道这一点，可是第一次被友人带去参观时，也禁不得喊一声："这就是吗？"

这间实验室的主任 Lord Ruthurford 于三月前逝世，继任人选到现在还没有决定。以前主任是 Clerk Maxwell，Lord Rayleigh 和 J. J. Thompson。这些人对于物理学的贡献都很大。Maxwell 是"光之电磁论"的鼻祖，替物理学开一个新纪元。J. J. Thompson 还在这里，已经八十余岁，早就告老了。他现在还是三一学院的院长，当然挂名而已，事情有别人替他做。他对"电子论""阴极射线""氧体导电"等，都有很重要的发现。Ruthurford 因研究原子构造和放射现象而著名，死后葬于伦敦西敏寺①内，和其他有名的科学家在一起。Cavendish 实验室最近得致力于原子构造的研究，尤其是原子核的构造，所以很希望继任主任的人对这方面较有心得，以便指导研究工作。这是学术界很注目的位置，

---

① 即威斯敏斯特教堂。——编者注。

欲选出一位适当的人物颇不容易。英国人多好赌,作者亲耳听过好些人用这件事来赌赛,你说某甲必定当选,我说某乙必定当选,将来看看谁猜得对。

剑桥不仅产生数理学家,其他的科学也出过不少的名人。进化论的创作者达尔文便是其中之一。他和密尔顿同在基督学院研读。

三、 爬墙者的剑桥

剑桥大学生的夜生活和别的学校没有什么大不同的地方,想用功的便关在房间里用功,不想用功的便邀几个友人到他的房间里来谈天,或者是一起到外面玩去。可是还有一小部分的人却异想天开地想出一件事情来消磨这漫漫长夜。剑桥有许多高大的楼房,他们常于半夜三更之后偷偷摸摸地逃出了学院,爬到这些高楼顶上,带点纪念品去留在那边。最近出版的一本书,名叫《剑桥之黑夜爬墙者》(*The Night Climbers of Cambridge*),里面把这些爬墙学生的冒险史说得非常详细,还附着许多图画。不消说作者必是老于此道的家伙。他却未把真姓名写出,只用了一个滑稽的笔名。

爬墙真不是一件容易的事情,那么高的房子,一不小心,随时都有跌死的可能,同时又怕被人看见。若是被巡夜的警察看见,当然是要被抓去的。若是不幸被学监看见,那么学校也就不客气,第二天便把他们开除了——去年就开除了两个。

这本书里有一幅插图是一个学生爬墙爬到一半,一个警察来了,挥手叫他下来。最有趣的是爬墙者和警察连在一起的这一幅照片,都给爬墙者同伴秘密地拍摄出来了。听说以前还出过一本书,名为《剑桥爬墙指南》呢。

爬墙者有时候单独行动,有时候邀集几位同志通力合作。他们的准备简单得很,穿上一套贴身一点的衣服(如运动衣之类)和一双软底鞋子,所带的是一条绳子和一个电筒,绳子也不必常用。假使想留一点纪念在目的地,纪念品也须带在身边,普通如手巾、烟盒、雨伞那一类的东西。若是想摄影留个纪念,同伴中便要有一个带摄影机的人。老于此道者对于各高楼应如何爬上都熟得很。各学院的礼堂、院门、宿舍及剑河上诸桥,几乎没有一处不被爬过。最普通的目标是皇家学院(King's College)的礼堂。此学院为英王亨利第六所创办,彼于1446年亲临参加此堂之开基典礼,建筑工作继续至1515年;到亨利第八的任内,全部才告完成,工程之浩大可以想见。全堂(屋顶在内)都用石筑成,四个尖塔是全大学(新图书馆在外)最高的建筑物,所以就成为爬墙者的目标,哪一位没有爬到这上面去的,他的爬墙课程便还没有毕业。这些中世纪的建筑物,墙上都有种种装饰,便成为他们的绝好帮助了。

这些爬墙者彻夜工作,有时候难免会把房屋的墙壁弄坏。有一个爬墙者幽默得很,他因为前一晚爬墙时不小心把墙壁的一部分踏坏了,那天早上就写了一封匿名信,附寄一些钱给学校当局作为修理费用。学校当局还是叫苦,因为所收到的钱哪里会够做修理的费用呢。近来当局对这班学生采用很严厉的手段，一发现谁爬墙，就把他开除（名字却不宣布出来）。开除由他开除，这些冒险家还是干他们的，并未因此而畏缩。这事已成为校中的一件公开秘密，茶余酒后的谈话材料。去年一个节日之前夜，这些顽皮学生把两面大旗带上去插在皇家学院的礼堂尖塔顶上，第二天全城的人都看见了，大笑不已，很佩服这班青年的勇敢。学校当局无可奈何，只好叫工人小心翼翼地爬上去把它们拿下来。

学校有间房子，名为 Senate House（直译为上议院），是每个毕业生领受学位的地方。这房子和克斯学院（Caius College）①的校舍只隔一条不很宽的小弄。有些爬墙者更进一步地冒险，先爬到克斯校舍上头，然后从那边越街跳过 Senate House 的屋顶来，他的同伴于他正在跳的时候把他摄影起来。这帧照片将成为他们一生最宝贵的一件纪念品了。

这种爬墙的把戏虽然冒险得很，却未曾听见过哪一位男同学因爬墙而跌毙或重伤。倒是有些女生不甘后人，也做此冒险的尝试，结果有一个不幸地跌下丧命了。

读者也许要问，这些学生干嘛不好好地念书，而把宝贵的光阴花在这种玩意儿上面？假使要冒险，为什么不做别的有益的事，而必须干这一套？这些问题作者现在不能回答，因为所认识的同学都没有这种经验，还没有机会认识几位爬过墙的同

---

①即剑桥大学冈维尔与凯斯学院（Gonville and Caius College, Cambridge），常被称作凯斯学院，是剑桥大学历史上的第四所学院。——编者注。

学来征询他们的哲学。大概青年普遍具有的顽皮、好动、冒险诸性格都是原因的一部分。前人做过，后来的人也想一试，慢慢地就成为一种风尚，阻力越多越想去战胜它们，这种玩意儿里不无含着很大的意义。

四、 穿学士服者的剑桥

剑桥和牛津所以负有盛名，一半为了它们的历史悠长，出过的人才众多，一半也是为了它们有着许多古怪的校规，穿学士服就是里头最有名的一条。

学生上课时必须穿学士服，见教职员时也要穿（以私人资格访问则不必穿），上大学图书馆也要穿，到学院的膳堂吃晚饭也要穿，晚上出门也必得穿。各学院的学士服稍为不同，研究生与本科生也不同，教授们的学士服又以等级差别而异，形形色色，煞是好看。每天早上在街上总可以看见穿学士服的学生骑着脚踏车来来去去地赶上课堂听讲。

学校为要执行校规起见，每年由各学院院长中选出两个人为学监（Proctor）。这些学监最重要的任务就是于晚上在街上看看学生是否穿学士服，戴学士帽。假使看见哪一个学生没有穿好戴好，或有服无帽，或有帽无服，便把他的名字记起来。第二天就把这些犯规的孩子们叫去质问训话。第一次罚款七先令六便士，假使常常犯规的话，便有被开除的希望了。

晚上在剑桥街上，到处可以看见一群一群的穿学士服戴学士帽的学生来往不绝。假使机会碰得好，也可以看见特别一点的一群。这一群老是三个人，不多也不少：中间那个人穿学士服、戴学士帽，手里拿着一本小簿子和一支铅笔，很神气地左顾右盼；旁边那两人穿大礼服，戴大礼帽，紧紧地跟着中间那一人。"三人同行，必有吾师。"中间那一位就是学监，正在出来执行职务；旁边那两位被人绰号为"警狗"（Bulldog），他们的职务就是保护这位学监。他们身强力壮，又善奔跑，假使哪一位不穿学士服的学生被他们碰到而想逃跑，这两条"狗"便追上去把他们抓过来。他们对于剑桥的地理当然是熟到差不多可以闭目在任何大街小巷上狂奔的了。

前星期有一天晚上，作者要到外面去赴一个会，忽然觉得穿学士服戴学士帽真是麻烦得很，滑稽得很，便索性不穿了，只穿了平常的衣服出去。心里这样地推论着："剑桥地方这么大，我在街上走的时间又那么短，根据以前的经验，几个月中晚上出门也不过碰到过学监两三次。应用最时髦的'广东力学'（Quantum Mechanics）（量子力学）来算一算，今晚出去碰到学监的'或然率'必是一个几乎等于零的小数。以此小数乘七先令六便士，那么吃亏最多不过一便士。"于是便放胆出去了。自己又觉得对于剑桥地理已有相当把握，万一冤家路狭，也可以想法子逃走。

出去的时候才八点钟。普通的假设是：学监到八点半钟才吃完晚饭，吃完饭才有气力出来外面抓学生，所以出去这一程平安地过去了。散会后要回来时，已经快十一点钟了，便稍加留意前面有没有三人同行的。事之凑巧，常有出乎吾人意料之外者。刚转了一个弯,果然冤家路狭,我这第一次晚上不穿学士服出门的人竟第一次正面碰到这位魁星了。那时候要跑也跑不掉,只能跨过街,踏上对面的行人道,把帽子扯下来,盖上面孔的上半部;把大衣领卷上去,盖上面孔的下半部,留一个鼻子给他们猜一猜,这位"广东力学家"是否他们统治下的学生。这三位好比在演《水淹七军》的关云长、周仓和关平,大概是跑得累了,想快点回家休息去,所以没有注意到我这个"看戏者",没有把我抓起来。他们走过去之后,我喘了一口气,心里想着:未抵住所之前,再碰到他们的"或然率"当然等于零的平方了。

听说有一次,一位同学在晚上只穿学士服不戴帽子出门,回来的时候带些留声机的唱片在身边。他也冤家路狭地碰到了学监,便情急智生,把唱片搁在头上当做学士帽,加上自行车的速度混过去了。

戴文赛（1911—1979），著名天文学家、天文教育家、我国天文教育事业的奠基人。福建漳州市人。1933年毕业于福州协和大学数理系。1937年考取中英庚款留学生，赴英国剑桥大学学习天体物理，师从著名天文学家爱丁顿。1940年以《特殊恒星光谱的分光光度研究》获得博士学位。1941年回国，历任中央研究院天文研究所研究员，燕京大学、北京大学教授。著有《恒星天文学》《天体的演化》等。

牛津剑桥赛船记

戴文赛

英国牛津和剑桥大学的划船比赛，开始于1829年。1830年至1855年之间，有数次比赛未曾举行。1856年以后，除去欧战那几年之外，每年都举行。到去年为止，一共赛了八十九次，其中剑桥胜四十七次，牛津胜四十一次，1877年那次不分胜负，英人叫这种不分胜负的比赛做"死热"（Deadheat）。最高纪录为剑桥于1934年所创，时间为十八分三秒（赛程四里多）。到前年为止，剑桥连赢了十三次，大家都以为牛津从此一蹶不振了，谁知牛津去年一鸣惊人，把剑桥压倒，于是今年大家倍觉得有兴趣。假使剑桥赢，那么去年牛津之胜利只是侥幸而已；假使牛津又赢，那么此两雄果然是势均力敌，那便有戏可看了。

每大学各学院都有一队或数队的划船选手，每大学每年都举行两次校内的院际比赛。剑桥于每年三月初举行第一次,名曰 Lent Race(大斋的船赛,大斋为耶稣复活节前禁食的纪念节),六月初举行第二次,名曰 May Race(五月的船赛,时间却为六月)。赛法名曰"碰"(Bumping)。依成绩及经验把各队集为四组或五组,每组约十五队。比赛时,其一组内各船依照前一年的次序排列着,每两船之间隔着一个相同的距离。比赛中间,假使第四队能以船首碰着第三队的船尾,那么第四队就成为明年的第三队,第三队则降为明年的第四队。此种校内比赛,每天结果也都在英国各大报纸上刊登出来。大学队从各学院挑选精锐选手组成之,被选为大学选手是一种无上的荣誉,不过要忍劳耐苦,勤加练习,又得绝对服从,听教练的指挥。还有一个重大的牺牲,就是要把功课稍为放弃,因为练习需要很多的时间,因此划船明星考试落第倒不是罕有的事。赛员倒有一个小小的权利,就是吃饭可以吃得好一点,不光是大学队队员个个要加意调护、养精蓄锐,即普通各学院的第一队以至第四队、第五队队员,也都有这种权利。在学院食堂里头,他们另外坐在一边,别人都吃四道东西,他们却吃了七道,又不用多交钱,算是大家请他们,鼓励他们努力替学院争一点光彩回来。

  两大学比赛地点,是在伦敦泰晤士河(Thames)里,因为在牛津或在剑桥都不公平,所以选一个第三者的地方。伦敦是英国的首都,又有一条泰晤士河穿过城市,所以就在那边,看的人也可以多一点。赛程从第一次比赛到现在都没有什么变更。

比赛所用的船，长约三十尺；各方都尽所能把船造成最合科学原理的流线型。水手八人，四人桨向左，四人向右。另外有一位舵手（Coxswain）。水手都得身强力壮，舵手却特地选一个又矮又瘦的同学，使船不致过重，以减少阻力。水手的面都向船尾，与舵手相对，最近舵手之一人（第八号）名曰"主挠手"（Stroke），划时速度快慢由此君决定。舵手视此君之摇法而口中发出号令，使全体动作一致。船首那一人，名曰"Bow"（即船头之桨手），此君常是八人中的最轻者，其他名为第二号、第三号以至第七号。

今年剑桥换了一条新船，因为去年打了败仗，也许与船有关。牛津却仍用去年用的那条船，希望能借胜利之余威，重奏凯歌。牛津选手中有五位参加去年的比赛，剑桥却只有三位。

今年比赛时间是四月二日下午两点钟。大学于三月十二日就放春假了。一放假，赛员就由教练带到伦敦去就地练习，赛前几天则到海边去修养。今年牛津队员的体重总数大于剑桥，所以他们希望比赛那天天气不好，因为有风有浪，他们的支持力较强，胜利较有把握。赛前数天，报纸都著论，预测比赛之结果，一般人也把它当成茶余酒后谈话的资料。专家在河上看两队练习，多说牛津队很有继续去年胜利的把握。

比赛那天的早上，报纸都登着两队各选手的相片、名字、体重、在队中的位置、出身的中学、现在所属的学院和以前对于划船的成绩及经验。牛津八人体重总数为一千四百五十四磅：

最重者为一百九十四磅，最轻者为一百六十六磅，舵手却只有一百十二磅。剑桥八人体重总数为一千三百九十五磅：最重者一百八十八磅，最轻者一百五十三磅，舵手为一百十九磅。剑桥队里头第六号及舵手是美国人，其他都是英国人；八人中耶稣学院的学生占四人。耶稣学院每产出划船名手，在"碰"赛中，每占第一席，没有人"碰"得上。

比赛这一天，伦敦各街道上都有人在卖两种花：一种深蓝色的，代表牛津；一种浅蓝色的，代表剑桥。花有纸做的，便宜一点；也有绸缎做的。每一个英国人大概都偏袒着一方。有时候一个家庭里头，父亲是牛津，母亲是剑桥，儿子也是剑桥，女儿却又是牛津了。为什么袒护那一方，有时候自己也莫名其妙。这一天到河边看赛船的人，什九都插着一朵花。牛津的学生和校友们当然都插着深蓝色的花。作者看见一群一群的小孩子，也没有一个不插花的，不是深蓝就是浅蓝。当晚报纸载着一段消息，说有一位妙龄女郎，独自跑到河边，卖花者向其劝买，她踌躇好久，不晓得要买哪一种花好。结果异想天开，每种花都买一朵，等到比赛之后就把失败的那一边的花丢弃了。

比赛于下午两点钟开始。上午十点钟左右，观众便开始向河的两旁集中了。公共汽车、地道车都多开车辆，警察也大忙特忙。观众的准确数目无从查核，不过从拥挤情形推算起来，总在二十万人以上。许多人把午餐带到河边吃。赛前赛后都有好些飞机拖着很大的字在后面，大做投机生意，替商店做广告。

比赛这一天，果然满天是云，又有不小的风，剑桥队员的心里头难免叫声:"大事不好了!"读者也许要问为什么不多选几位体重更大的当队员。这个问题倒很容易回答。读者请听下面这个比方,再加一点想象便可以十分明白:假使我国也来组织一个划船队,请立法院孙院长、南开大学张校长和冯玉祥将军诸人当队员,也不一定能够每次打胜利。

赛程成一个抛物线形,所以比赛之前,要先抽签选边。结果剑桥得到选择权,当然选内线,使赛程可以稍短一点。这样一方面占天时,一方面占地利,人和则似乎各得其半,因为插深蓝花的人和插浅蓝花的人数目似乎差不多。全部比赛情形都用无线电广播出去。作者身旁有人带收音机来,所以能够从头到尾详细地听,沿途情形也用电视(Television)传播出去,所以有电视、收音机的人可以坐在家里看,用不着到河边来。

比赛于二时整开始。一开头牛津便马上加油,略为占先。以后剑桥拼命追赶,经过作者所站地方(约赛程三分之一)的时候,剑桥已经在前了。观众远远地看见船向前驶来时,便大声喊"剑桥努力!"("Come on, Cambridge!")或"牛津努力!"有人预备深蓝色或浅蓝色的旗子,大摇特摇。此种情形和我国五月初五的龙舟竞渡很相像,不过只限于这两间老大学,船上的人并没有敲锣打鼓。

参加比赛那两条船的后头,还跟着好几艘载着评判员、记者、摄影师和一部分观众的船。这些船过去之后,由收音机听见牛津又加油起来了。到半途牛津在前约四分之一的"船长"

（船的长度），在后一半赛程上剑桥只稍为再赶上前一次，大部分都是牛津在出风头。达到终点的时候，牛津在前差不多两个"船长"①，时间为二十分三十秒。这纪录并不算很好，天气不佳，当为重要的原因。赛后深蓝队员兴高采烈，浅蓝队员垂头丧气。牛津划船社社长向记者发表谈话，谓希望此次结果可以证明去年的胜利并非"昙花之一现"（原文为"a flash in the pan"，直译为"锅里'油点'之一跳"）。

比赛后，这么多的观众要回家是交通上的一个大问题，忙煞了警察。离赛后仅十五分钟，午报上便把结果印出来了，大字标题为赛船的结果。原来报馆预先把一切都预备好，一听到结果，便即刻多印上一句"牛津胜"。同时飞机也即刻飞起来，拖着一句"赛船牛津胜"，使全城的人都知道。卖花者也到处劝人再买一朵深蓝花。赛完不到两小时，城内各处可以买到详细描写赛船情形的报纸号外，第二天各报纸都用最显要的地位登载船赛的结果和评论，《泰晤士报》亦然，国际政治大问题都暂时搁在一边。各影戏院也映演赛船的新闻片。

最可佩服者是双方赛员都奋斗到底。剑桥虽然常常落伍，也绝无失望的表示，努力复努力。其主挠手（Stroke）因知同队诸人体力逊于牛津，故利用高速度的划法，最快时每分钟划三十八次。牛津则多恃其体力，划的速度常小于对方，不过每一划都用较大力量。

---

①专家的预测果然不错，专家到底是专家。——原注。

半月后，这两间大学的划船队到法国南部去和法国队比赛，都得到胜利。这时在英国"街上的人"（"The Man in the Street"，即一般人）已经把赛船这件事差不多都忘记了，又继续忙着国际大问题和交易所股票涨落的情形了。待来年春日，才会再想起深蓝和浅蓝，而猜一猜牛津是否能继续胜利。

费 巩（1905—1945），原名福熊。1926年毕业于复旦大学政治学系。1929年到牛津大学主攻政治经济学，获硕士学位。1931年回国，任《北平日报》社评委员。1932年回复旦大学任教，1933年任浙江大学教授。因抨击国民党政府，于1945年3月被国民党特务秘密绑架、杀害。著有《英国文官考试制度》《英国政治组织》《比较宪法》《世界各国政体》《中国政治史》《中国经济问题》等。

牛津学校生活

费 巩

英国之牛津天下古学府，历史久远，人文荟萃，为世人艳称。不但学校环境与他处不同，学风学制亦特立独异，绵延全镇古朴庄严之建筑，校舍也；络绎道左方帽黑袍之行人，宿儒硕耆与莘莘学子也；入其境如别一天地，而负笈此地者亦自成一世界，学校生活放浪多趣，颇足述者。

牛津有书院（College）二十八，联合而成大学，学生六千，分隶各院，住院者多。院内老树成荫，绿茵满地，幽雅清逸，足供静修。校外景色亦自动人，茂林丛草与溪水河流为其天然之环境。学程三年卒业，第一年习文字，以拉丁、希腊、德文、法文为主课。第二、三年习选定之专科，如习历史者，有英国史、欧洲史、宪法史、经济史等八门；习社会者有政治、经济、历史、哲学四大门。教法除名师讲授外，甚注重亲炙教诲，学生各有导师（Tutor）负责教导。所谓导师制度，为牛津、剑桥之特点，学年分三期，每学期上课八星期，春冬各休假六星期，加以例假暑假，放假时反多于上课时也。

英国大学之有宿舍者，唯牛津、剑桥二校。凡为学生（除研究生外），必须住校。校舍虽不敷，轮流居住，至少留居所属之书院一年，盖大学教育不仅在发展个性，兼重群众生活。寄宿校内，经教师熏陶，与同学切磋，于应对进退之间，学业品性同受裨益，训练教化之功，为非住宿校外者所能得。校规谨严，管理因亦称便也，学生每人占室二间，一为寝室，一为书室，有校役执役。日常生活大约如下：晨兴，校役以早点进，早餐既毕，披上齐腰黑色制服，携带纸笔，往返奔走上课于各书院之间，栗六全晨。午后无课，从事运动，或鼓桨或击球，兴尽返校。时逾五时，于是开卷，埋首书本，不三小时而铃震晚膳矣。晚膳必至大堂，教师学生群集一堂，教师坐高位，另据一桌，谓之高桌（High Table），学生雁列坐堂下共餐，晚膳后用功者返室自修，好动者出外访友，闲言喧笑。至九时，闻基督书院（Christ Church）之大钟铿锵而鸣，击一百零一下，是为各院闭门之时，踉跄返院，然后死心塌地读二三小时而就寝焉。其或兴犹未尽，固可遍叩同院学生之门，再谋畅谈也。有逾十时始返者，闻人以名姓报院长，明日束来，且请吃大菜矣。同学交际以互邀用茶为最普通。此外各学会、各团体开会聚餐之时甚多，学期中上课、读书、运动、交际，加以每星期须见导师，呈读课卷，面受教诲，可谓十分忙碌。自修之时少，真正用功之时反在假中。学期将终，导师命录书名一二十本，备在假中细诵，盖学期中兼收并蓄，至假期中始得细细咀嚼也。

寄宿校外住于乡人家庭者，同受学校管束，必就居于经大学批准之居户，必供室二间，须家世清白、人口齐整、地位适当、房屋清洁，其已有女房客或女学生寄居者，绝不能邀批准也。房东向大学负责，每日以寄宿生起居行动填单详报，屋门十时必须下键。除原有之锁外，须另装一暗锁，谓之死锁（Dead Lock），均由房东执管，学生虽潜配钥匙，能开普通之锁，无法动此死锁，则不敢逾时返寓，亦无由启关潜出也。偶至戏院或影戏院消遣，并不禁阻，唯不得购头二等以下之座，畏与下流混杂也。学生血气方刚，易受诱惑，防微杜渐，唯恐不周。监学复随时微服暗查，学生畏之如虎，至私谥之为凶犬（Bull Dog）！

牛津有女生九百，另有女校寄宿管理。女生用功者多，鲜见缺课，而图书馆中尤以女生居多，垂髻束裙，方帽道袍，妩媚庄重，佼佼不俗；男女同学间不准往还，鲜有交谈同行者。校章规定，男女学生不准结伴徜徉于河边林间，女生欲访男生者，必先请准书院当局，复向大学监学告假，另有一女为伴，始可限时至男校相访。男生则绝对不准过访女生，以此较之伦敦大学男女同学之杂坐笑谑捉对跳舞者，风气习俗，又自不同。

人谓牛津守旧，称为贵族学校，其实未必，学生出身中人之家者居多，受免费津贴者至少有十之四。教课学程以养成见解高超、思想宽大为主旨，教授学说尤多新颖，固未尝导人于守旧也。

二十，五，十六

唐笙（1922— ），中国同声传译事业的开创者。早年毕业于上海圣约翰大学。1944年到剑桥大学纽楠女子学院进修，获经济学硕士学位后，曾任联合国总部同声传译员。1951年回国，历任国际新闻局编辑，中国文学杂志社英文组组长、编委、副总编辑，中国翻译工作者协会第二届理事，联合国总部口译处中文组组长，外交学院兼职教授。1991年被国务院聘为国务院参事。2012年被中国翻译协会授予"翻译文化终身成就奖"。

英国女孩的"中国日"

唐笙

半年前，收到英国某城一女校的来信，说："本校于明春举行'中国日'，为了光耀这曾与我们并肩作战的盟邦。我们佩服中国的精神，我们敬仰她的文化，但同时我们也觉得需要对这伟大的古国有更深刻的认识，有进一步的了解。所以我们现在筹备这么一个'中国日'，可以让我们的女孩们讲中国史、中国地理，唱中国歌，演中国戏。在这天我们希望看见一个中国女孩子也来参加。"当时觉得这动机很好，立刻就答应了。不同国籍的人与人间的相互了解是奠定和平基础的先决条件，引起儿童对异族情形发生兴趣，启发孩子们对外国的同情与爱好，是避免国际斗争的根本办法。我高兴地等待着这个日子，心里也暗暗估计，不知她们对中国到底知道多少。

一星期前又收到该女校的来信。校长说她在为学生筹备节目，同时发生很多问题，需要我解答，因为她自己对中国情形也不大懂。我心里有些踌躇，想想做校长的人都不知道的事，我恐怕更答不出，但终于答应帮忙。校长倒是很有诚意，特地为此跑来剑桥一趟。她是个胖胖的、精神极饱满的中年女子，满面都透露着敏捷能干的样子，来时手里提着个大皮包，还没有坐稳，就马上拿出纸和笔开始发问了。而这些问题却是多幼稚可笑呀！第一，问中国人鞠躬，是不是必定很深，不仅是点点头了事。第二，问中国人，是不是谈话的第一句，必定是："你吃过饭没有？"第三，问中国的县官戴什么样帽子。第四、第五也都是类似的问题。当然，这些我都觉得是极容易解答的，一一地回复了，并画一顶乌纱帽给她看。胖校长很认真地把我的话记在笔记本上，又问清县官穿什么颜色的衣服，然后盘算着，自言自语地说："好，可以用旧防空窗帘做帽子。"最后，她满意地走了。不过走前又再三声明，她们的节目怕很幼稚，请我不要见笑。我却觉得很钦佩她的认真，虽然她不懂中国情形，至少她是有诚意的，愿多学、多知道，不管问题多么小，她是在寻求答案。

终于到了"中国日"那天。我特地起了个大早，和另一位中国同学王君，坐了一个半小时的火车赶去参加。女校在金林城（King's Lynn），是个不大的小城，却也建筑整齐，街道清洁。校中派了个先生，开着汽车，在火车站相候，我们就直赴女校。金林城仅二万多人口，市面也并不繁华，是个很普通的小城。女校是那边的市立女中，有四百多学生。英国的教育制度最复杂,中学分多少种,林市①女中是最普通的一种公立学校。学生大半是家境清苦的免费生,年龄都在十一岁至十四五岁之间(法定离校年龄是十四岁),而程度也都是到"中学毕业"为止,即考及格(School Certificate)。

校舍建筑在一片广场上,碧绿的草地围着长长的一排红砖平房,高而亮的玻璃窗,窗口有许多好奇的眼睛在对我们注视。胖校长仍旧是那么精神、那么认真地把我们请进休息室,给我们看印好的节目单,并指手画脚地谈论这样那样。节目单印得很考究,封面画着一个黑发中国女孩,穿着短衫裤,梳两条小辫子,在微笑,旁边写着"中国日"(China Day)。忽然,胖校长大叫一声,对旁边的图画先生——白朗小姐说:"我们弄错了,你看,人家中国褂子,是右面扣纽子的呀!我们的封面就画得不对。"于是大家都注意我旗袍上的纽子,再看画上的女孩子,却是左边开襟的褂子,果真是弄反了。

游艺会要十时半开始,学生们还都在上课。校长乘这时候,领我们参观全校。走过一间间的课室,又看了健身房、劳作间及家政室。家政室有好几间,都装有煤气灶及洁白的小木桌。而劳作间也装置精美。据说这两项实际课程是很被注重的,以便学生离校后可以自己善于管理家务。最后再参观大厨房和储藏室。我觉得一切都很完备、整齐,但校长却时时用抱歉的口吻说:"假若不是因了战争,我们校中设备可以好得多。林市的

---

①即上文中所说的"金林城"。——编者注。

教育基金很充足，不过这时候似乎该节省。但无论如何，我们总竭力让孩子们的健康不受影响，伙食方面总注意到营养充足。每天早上，每个孩子有一杯牛奶喝，中午饭食也有肉类。她们有些在家中是吃不到好东西的。"的确，她们是足够幸福的。参观的结果，我觉得女校的一切虽非十足完备，却很合实用。我国普通收费最高的女校亦不过如此，但这儿的学生却是不用出钱的穷孩子们。她们甚至有的连饭费（中饭及早餐牛奶）也不用付，一切都是公家供给。我看着真是非常羡慕，暗忖中国的穷孩子不知到哪一天才能享到这个福呢。据说，市立男校就在旁边，一切都与女校类似，但男女生却并不同学。

参观完毕，我们走到大礼堂门口，那儿拥着许多中国东西，是教师们由市内各家收集拢来，凑成的中国物品展览，有很讲究的瓷器、景泰蓝饰物、刺绣的绸缎、挑花的台布、铜的鼎、纱的灯，五光十色，满满地摆了一桌子。这当中也有不伦不类的滑稽展览品，一条绣着很多花的古装长脚裤，高高地挂在墙上，很不像样，但校长善意地说："啊！你们中国的服饰多美丽呀！"使得我哑口无言，也无法告诉她这种东西是不该挂起来的。另外有一些印度的雕刻木器，一具日本漆盒，上面画着和服高髻的女子，也被当做中国出品陈列着。在她们的目光中，大概有东方色彩的全可归功于中国。桌的一角放着一个中国式信封，露出半段八行信笺，上面写着"某某教友公鉴……"等字，而日期却是八年前所写，不知是谁还留着这海外的来鸿到如今。白朗小姐看见我拿起信笺仔细地看，觉得很稀奇似的说：

"呀,这个东西,也能读吗?"引得我和王君都大笑。想想我国小地方的教师,对外国情形或许还没有这么无知吧。

在我们浏览着各项物品时,来参与"中国日"的客人们陆续降临。节目本身是为了孩子们,所以客人不多,只有金林城教育委员会的人物。校长忙着招呼并介绍教育指导长、市长和几个长老(Alderman)及其夫人。不一会,已是十点半,学生们排着队走进了大礼堂,很安静、有秩序地入座,我们也就跟着走进礼堂,到当中学生们特为空出来的两排椅子上坐定。大礼堂布置得很漂亮,四围贴着壁画,据说是学生们的中国画,不外乎扇子、花伞、渔船之类,却并不像中国画。台上正中挂着一幅中国大地图,上面悬着中英两国的国旗。

游艺会开始了。校长致开幕词,并介绍几个客人,说到来参加的中国朋友,学生们拼命地拍手,并对我和王君投射欢迎亲切的目光。在她们小小的心灵中,远在海外的中国当是无限的神秘,无限的古怪,但她们却并无歧视她的表示。

第一项节目,是祈祷。由几个学生领导,读了一段圣经,唱了一首圣诗,诗题是"恩惠,和平与爱"(Robert Burns'"Mercy, Peace & Love"),正合着本日的情调。接着就是唱中国党歌,全体都起立,很崇敬地唱起三民主义。词句原是由中文意译成英文的,但三民主义则仍不改。而学生是一律都把它唱成三民主爱(San Ming Chu I,把 I 读成长音之故),听起来非常不顺耳。严肃的空气中我当然不好意思笑,看看王君他只在瞪眼。歌毕,学生们开始讲中国地理与历史,由正在读亚洲史地的第三班学生表演,是半叙述式的描摹。讲中国是地大物博,矿产丰富,惜多未开采,故人民生活极苦。农户勤劳终日,不得温饱。词句中屡用"中国非常穷",令我听着很觉难过,更因这句话属实,尤觉动心。中国一般的老百姓生活之苦,恐怕她们是想象不到的。虽然她们是生长在英国的穷家庭里,但她们绝想不出,事实比那小小一个"穷"字要艰苦多少。我怀念起国内的千千万万蓝布衣的农民,心里暗暗祝福他们,愿战后的建设能带给他们稍高的生活水准;愿十年之后,世界地理上没有"中国穷"这几个字。讲起历史,是从盘古分天地开头,到孙中山先生的革命,连白种人的瓜分地盘也在内,真亏她们,半小时之内全讲了。总算还说得公平,鸦片之战自认有咎,结语是:"现在,中国知道她需要学习我们西方的科学,同时我们也愿学习她的和平精神。今日中国,正在建设,明日,她将起而为维持世界和平的大强权。"强权吗?我心里想,中国人无此奢望。权,在我们的目光中,是近于霸道,我们要强大以维持公理,但无称霸的野心,何况现在正他顾不暇,只希望建国、政治、经济能及早走上轨道,恢复被战争破坏了的田园,让人民能安居乐业。我不自禁地又遥遥地为祖国默祷。

此后是二年级的学生唱中国歌——"美哉中华",响亮的女音和着钢琴幽然入耳,女孩子们眼睛闪着亮光,注视着台上的中华地图,高咏着:"美丽的中国……"(Beautiful China…)她们天真无邪的笑容衬着并悬的中英国旗,显然地,象征着四海一家与世界和平。在歌声萦绕间,似乎有一种新的力量,袭入每个人的心。观众们好像是受了感动似的,在不知不觉听着歌的时候,也轻轻地哼起带着东方味道的调子。我忆起十年前,在北平的小学时代,常常唱"美哉中华"。那时正在"九一八"之后,每唱时,幼年的心中也会感叹悲哀,美丽的中华被敌人强占,而现在,失土收复的今日,居然在海外听着异族姊妹们唱这颂扬祖国的调子,心里真是说不出的快慰兴奋。这个歌唱完,接着唱"摇篮曲"。也不知她们哪里去弄来的乐器,两个女孩子还吹着箫伴奏,歌声抑扬缠绵,观众都鸦雀无声地听着。最后,换了一班年纪小些的孩子们唱"凤阳花鼓"。这最通俗的民歌,一旦穿上西服,可就有点怪,简直是村姑娘穿洋装,四不像。歌唱到了末一节"嘟—羹飘—飘",英国小姐们的舌头可转不过这个弯,唱成"叽哑叽哑",结果是唱的、听的全都笑起来,礼堂里涌溢着欢乐的气氛。

早上节目完毕,大家到膳堂用饭。我们和其余的客人坐在最中间的长桌上,孩子们坐在四围。饭间,每当我抬起头四望时,总会发现女孩子们在好奇地看我这外国人。我对她们微笑,她们也就立刻咧开嘴笑笑。一个头发斑白的长老,亦系教育委员,坐在我左首,是个热诚的宗教论者,一坐下就问我是否基督徒。我摇摇头,但婉言告诉他,我并不反对耶稣的教义。中国人都是主张宗教自由,把信仰看做个人的事,不注重具体的形式。他又追问,中国人普通信什么教?我说:"中国人信的教,各种都有。佛、耶、道、回各教都有人信,不过大多数的人是信天和真理,注重处世的人格和人生的哲学,而对宗教则视为第二重要。所以我们也没有国教,像他们的英格兰教会(Church of England)。"老头子想了半天,终于说:"那样也好。"虽然他并不是很满意的样子。

饭后的节目比较轻松。有一段讲故事,叙述中国两个魔术家去西王母园里偷仙桃的事迹;另外演一幕戏,剧名"三聘妇"(*The Thrice Promised Bride*,郑金雄著)。孩子们看到这项都很高兴,尤其是因为演员的服装花花绿绿,奇形怪状。而演员也个个精神焕发,像有那么一回事似的,走着方方的台步,一个字一个字地念台词。我发觉,胖校长上次问我的话都有了办法,不亏她用笔记本记着我的答案。演员们一次又一次地相对弯腰,鞠着十足九十度的躬。而县官也戴上了防空窗帘做成的乌纱帽。我看着觉得像个放牛童子的帽子,但她们觉得那是很威武的。县官和堂役及其他男角的衣服全是女衣,大概所有的服装全是问曾经往中国经商的旅客那儿借来。这些人大半都是带了绣着龙凤花卉的清朝女旗袍回家做纪念品,因此男女角穿得简直没有两样。好在戏终归是戏,看戏的、演戏的都不懂,而都挺认真,结果台上台下都是十足的满意。其实,服装对不对又有什么关系?

下午四点,剧终了,节目也完毕,由市长及教育指导长相继演讲,都是叫学生深思"中国日"的意义,要她们学习中国人的坚忍耐劳、勇敢公正及和平博爱的精神。最后,我和王君也各说了几句话。散会前,全体起立,唱中国党歌及英国国歌,可惜,三民主义仍旧唱成了三民主"爱"。

走出会场，许多孩子们围着我们，要求签她们的纪念册。我拿起旁边一个短发大眼睛的小姑娘手里的本子，问她以前看见过中国人没有。她想了想，摇摇头笑了。金林城是个小地方，很少外国人来往，正像我们小村镇的人难得看见洋鬼子，却引以为怪。我告诉她，中国人和她们一样，我们也有爸爸妈妈，也进学校念书，而我们不但关怀世界的情形，我们更深爱海外的姊妹们，因为我们相信"四海之内皆兄弟也"。旁边的那位宗教热的长老听到这里，似乎很感动，跑来对我说："早上我问你，中国人信什么教？现在，听你讲孔子的话，和我们耶稣的道义很像，才知道你们也提倡爱人及救人。我们以后不会再轻视你们，因为你们的哲理是很有道理。可不是吗？四海之内皆兄弟也！"我们两个握了握手，好像是庆祝中西文化思想的汇合。

孩子们渐渐地散了，三五成群地走出学校，赶公共汽车回家。我和王君又坐上汽车驶往火车站。孩子们远远地还在招手，我们也高喊"再见"。她们不久都是不列颠的市民，而且是纯粹的基层市民（Man in the Street），愿她们对中国永远存着这敬爱亲切的情绪吧，这多少是可以增强两国友好的关系。

在黄昏暮色中，火车载着我们驶还剑桥。我和王君讨论着"中国日"的经过。中英关系，从鸦片战争到今日，不能不算是有了大的进步。国际关系以外，一般人民的心目中也有了显著的改变。以前，一般人想象的中国是腐败、野蛮、是混乱、无道，是吸食鸦片的民族。现在，他们佩服我们的民族精神，知道我们是有文化、有礼教的大国。王君说："他们肯研究中国情形是可喜的，虽然有些地方，他们连先生、校长在内，实在是太无知了。不过中国，现在的确挣到了光荣的地位，因此连自负高傲的英国人也开始研究我们的制度了。"这是多么值得我们高兴的呀！中国经过近百年的被压迫、侵略，被轻视、侮辱，好不容易才得到平等的地位。十几年前，中国学生在外国常常受到嘲笑，而如今，我们则因为异国同胞对中国发生敬仰而受到优待。但这转变还不是靠了国家八年来的孤苦抵抗，靠了民族的血汗赢得的吗？"中国日"的光荣该是属于那些牺牲了性命保卫祖国的忠勇将士们，更是属于每一个在艰苦中坚忍耐劳、等待胜利的老百姓，祖国的光荣是大家的。让我们好好地保护它吧！在享受着平等地位的今日，在我们唱着"美哉中华"的时候，让我们切记着国父的遗训："同志仍须努力！"

戴望舒（1905—1950），中国现代派象征主义诗人；因《雨巷》成为传诵一时的名作，又被称为"雨巷诗人"。1923年入上海大学中国文学系，1925年转入上海震旦大学学习法语。1932年赴法国留学，先后入读巴黎大学、里昂中法大学，1935年回国。曾创办过《璎珞》《文学工场》《新诗》等刊物，诗集主要有《我的记忆》《望舒草》《望舒诗稿》《灾难的岁月》《戴望舒诗集》等，另有译著数十种。

巴黎的书摊

戴望舒

在滞留巴黎的时候，在羁旅之情中可以算做我的赏心乐事的有两件：一是看书，二是访书。在索居无聊的下午或傍晚，我总是出去，把我迟迟的时间消磨在各画廊中和河沿上。关于前者，我想在另一篇短文中说及，这里，我只想来谈一谈访书的情趣。

其实，说是"访书"，还不如说在河沿上走走或在街头巷尾的各旧书铺进出而已。我没有要觅什么奇书孤本的蓄心，再说，现在已不是在两个铜元一本的木匣里翻出一本 *Pâtissier Français* 的时候了。我之所以这样做，无非为了自己的癖好，就是摩挲观赏一回空手而返，私心也是很满足的，况且薄暮的赛纳河①又

---

①今译塞纳诃（英文：Seine River；法文：La seine），流经巴黎市中心，是法国的第二大河。——编者注。

是这样地窈窕多姿!

我寄寓的地方是 Rue de l'Echaudé，走到赛纳河边的书摊，只需沿着赛纳路步行约摸三分钟就到了。但是我不大抄这近路，这样走的时候，赛纳路上的那些画廊总会把我的脚步牵住的，再说，我有一个从头看到尾的癖，我宁可兜远路顺着约可伯路、大学路一直走到巴克路，然后从巴克路走到王桥桥头。

赛纳河左岸的书摊，便是从那里开始的，从那里到加路赛尔桥，可以算是书摊的第一个地带。虽然位置在巴黎的贵族的第七区，却一点也找不出冠盖的气味来。在这一地带的书摊，大约可以分这几类：第一是卖廉价的新书的，大都是各书店出清的底货，价钱的确公道，只是要你会还价，例如旧书铺里要卖到五六百法郎的勒纳尔（T. Renard）的《日记》，在那里你只需花二百法朗光景就可以买到，而且是崭新的。我的加梭所译的赛尔房德思的《模范小说》、整批的《欧罗巴杂志丛书》，便都是从那儿买来的。这一类书在别处也有，只是没有这一带集中吧。其次是卖英文书的，这大概和附近的外交部或奥莱昂车站多少有点关系吧。可是这些英文书的买主却并不多，所以花两三个法郎从那些冷清清的摊子里把一本初版本的《万牲园里的一个人》带回寓所去这种机会也是常有的。第三是卖地道的古版书的，十七世纪的白羊皮面书，十八世纪饰花的皮脊书等，都小心地盛在玻璃的书框里，上了锁，不能任意地翻看。其他价值较次的古书，则杂乱地在木匣中堆积着。对着这一大堆你挤我挤着的古老的东西，真不知道如何下手。这种书摊前比较热闹一点，买书的人大多数是中年人或老人。这些书摊上的书，如果书摊主是知道值钱的，你便会被他敲了去，如果他不识货，你便占了便宜来。我曾经从那一带的一位很精明的书摊老板手里，花了五个法郎买到一本 1765 年初版本的 Du Laurens 的 *Imirce*，至今犹有得意之色：第一因为 *Imirce* 是一部干禁之书，其次这价钱也实在太便宜。第四类是卖淫书的，这种书摊在这一带上只有一两个。而所谓淫书者，实际也仅仅是表面的，骨子里并没有什么了不得，大都是现代人的东西，写来骗骗人的。记得靠近王桥的第一家书摊就是这一类的，老板娘是一个四五十岁的虔婆，当我有一回逗留了一下的时候，她就把我当做好主顾而怂恿我买，使我留下极坏的印象，以后就敬而远之了。其实那些地道的"珍秘"的书，如果你不愿出大价钱，还是要费力气角角落落去寻的。我曾在一家犹太人开的破货店里一大堆废书中，翻到过一本原文的 Cleland 的 *Fanny Hill*，只出了一个法郎买回来，真是意想不到的事。

　　从加路赛尔桥到新桥，可以算是书摊的第二个地带。在这一带，对面的美术学校和钱币局的影响是显著的。在这里，书摊老板是兼卖板画图片的，有时小小的书摊上挂得满目琳琅，原张的蚀雕、从书本上拆下的插图、戏院的招贴、花卉鸟兽人物的彩图、地图、风景片，大大小小各色俱全，反而把书列居次位了。在这些书摊上，我们是难得碰到什么值得一翻的书的，书都破旧不堪，满是灰尘，而且有一大部分是无用的教科书、展览会和画商拍卖的目录。此外，在这一带我们还可以发现两个专卖旧钱币、纹章等而不卖书的摊子，夹在书摊中间，做一个很特别的点缀。这些卖书、卖画、卖钱币的摊子，我总是望望然而去之的（记得有一天一位法国朋友拉着我在这些钱币摊子前逗留了长久，他看得津津有味，我却委实十分难受，以后到河沿上走，总不愿和别人一淘了）。然而在这一带却也有一两个很好的书摊子。一个摊子是一个老年人摆的，并不是他的书特别比别人丰富，却是他为人特别和气，和他交易，成功的回数总是居多。我有一本高克多（Cocteau）亲笔签字赠给诗人费尔囊·提华尔（Fernand Divoire）的 *Le Granu Ecart*，便是从他那儿以极廉的价钱买来的，而我在加里马尔书店买的高克多亲笔签名赠给诗人法尔格（Fargue）的初版本 *Opera*，却使我花了七十法郎。但是我相信这是他错给我的，因为书是用蜡纸包封着，他没有拆开来看一看；看见了那献辞的时候，他也许不会这样便宜卖给我。另一个摊子是一个青年人摆的，书的选择颇精，大都是现代作品的初版和善本，所以常常得到我的光顾。我只知道这青年人的名字叫昂德莱，因为他的同行们这样称呼他，人很圆滑，自言和各书店很熟，可以弄得到价廉物美的后门货，如果顾客指定要什么书，他都可以设法。可是我请他弄一部《纪德全集》，他始终没有给我办到。

可以划在第三地带的是从新桥经过圣米式尔场到小桥这一段。这一段是赛纳河左岸书摊中最繁荣的一段。在这一带，书摊都比较整齐一点，而且方面也多一点。太太们家里没事想到这里来找几本小说消闲，也有；学生们贪便宜想到这里来买教科书、参考书，也有；文艺爱好者到这里来寻几本新出版的书，也有；学者们要研究书，藏书家要善本书，猎奇者要珍秘书，都可以在这一带获得满意而回。在这一带，书价是要比他处高一些，然而总比到旧书铺里去买便宜。健吾兄觅了长久才在圣米式尔大场的一家旧书店中觅到了一部《龚果尔日记》，花了六百法郎喜欣欣地捧了回去，以为便宜万分，可是在不久之后，我就在这一带的一个书摊上发现了同样的一部，而装订却考究得多，索价就只要二百五十法郎，使他悔之不及。可是这种事是可遇而不可求的，跑跑旧书摊的人第一不要抱什么一定的目的，第二要有闲暇、有耐心，翻得有劲儿便多翻翻，翻倦了便看看街头熙来攘往的行人，看看旁边赛纳河静静的逝水，否则跑得腿酸汗流，眼花神倦，还是一场没结果回去。话又说远了，还是来说这一带的书摊吧。

我说这一带的书较别带为贵，也不是胡说的，例如整套的 *Echanges* 杂志，在第一地带中买只需十五个法郎，这里却一定要二十个，少一个不卖；当时新出版原价是二十四法郎的 Celine 的 *Voyage an bout de la nuit*，在那里买也非十八法郎不可，竟只等于原价的七五折。这些情形有时会令人生气，可是为了要读，也不得不买回去。价格最高的是靠近圣米式尔场的那两个专卖教科书、参考书的摊子。学生们为了要用，也不得不硬了头皮去买，总比买新书便宜点。我从来没有做过这些摊子的主顾，反之他们倒做过我的主顾。因为我用不着的参考书，在穷极无聊的时候总是拿去卖给他们的。这里，我要说一句公平话：他们所给的价钱的确比季倍尔书店高一点。这一带专卖近代善本书的摊子只有一个，在过了圣米式尔场不远快到小桥的地方。摊主是一个不大开口的中年人，价钱也不算顶贵，只是他一开口你就莫想还价，就是答应你还也是相差有限的，所以看着他陈列着的《泊鲁思特全集》，插图的《天方夜谭》全译本，Chirico 插图的阿保里奈尔的 *Calligrammes*，也只好眼红而已。在这一带，诗集似乎比别处多一些，名家的诗集花四五个法郎就可以买一册回去，至于较新一点的诗人的集子，你只要到一法郎甚至五十生丁的木匣里去找就是了。我的那本仅印百册的 Jean Gris 插图的 Reverdy 的《沉睡的古琴集》，超现实主义诗人 Gui Rosey 的《三十年战争集》等，便都是从这些廉价的木匣子里翻出来的。还有，我忘记说了，这一带还有一两个专卖乐谱的书铺，只是对于此道我是门外汉，从来没有去领教过吧。

从小桥到须里桥那一段，可以算是河沿书摊的第四地带，也就是最后的地带。从这里起，书摊便渐渐地趋于冷落了。在近小桥的一带，你还可以找到一点你所需要的东西，例如有一个摊子就有大批 N. R. F. 和 Grasset 出版的书，可是那位老板娘讨价却实在太狠，定价十五法郎的书总要讨你十二三个法郎，而且又往往要自以为在行，凡是她心目中的现代大作家，如摩里阿克、摩洛阿、爱眉（Aymé）等，就要敲你一笔竹杠，一点也不肯让价；反之，像拉尔波、茹昂陀、拉第该、阿朗等优秀作家的作品，她倒肯廉价卖给你。从小桥一带再走过去，便每况愈下了。起先是虽然没有什么好书，但总还能维持河沿书摊的尊严的摊子，以后呢，卖破旧不堪的通俗小说、杂志的也有了，卖陈旧的教科书和一无用处的废纸的也有了，快到须里桥那一带，竟连卖破铜铁、旧摆设、假古董的也有了；而那些摊子的主人呢，他们的样子和那在下面赛纳河岸上喝劣酒、钓鱼或睡午觉的街头巡阅使（Clochard），简直就没有什么大两样。到了这个时候，巴黎左岸书摊的气运已经尽了，你的腿也走乏了，你的眼睛也看倦了，如果你袋中尚有余钱，你便可以到圣日耳曼大街口的小咖啡店里去坐一会儿，喝一杯热热的浓浓的咖啡，然后把你沿路的收获打开来，预先摩挲一遍。否则如果你已倾了囊，那么你就走上须理桥去，倚着桥栏，俯着那满载着古愁并饱和着圣母祠的钟声的赛纳河的悠悠的流水，然后在华灯初上之中，闲步缓缓归去，倒也是一个经济而又有诗情的办法。

说到这里，我所说的都是塞纳河左岸的书摊，至于右岸的呢，虽则有从新桥到沙德莱场、从沙德莱场到市政厅附近这两段，可是因为传统的关系，因为所处的地位的关系，也因为货色的关系，它们都没有左岸的重要。只在走完了左岸的书摊尚有余兴的时候或从卢佛尔（Louvre）① 出来的时候，我才顺便去走走，虽然间有所获，如查拉的 *L'homme Approximatif* 或卢梭（Henri Rousseau）的画集，但这是极其偶然的事。通常，我不是空手而归，便是被那街上的鱼虫花鸟店所吸引了过去。所以，原意去"访书"而结果买了一头红颈雀回来，也是有过的事。

---

① 今译卢浮宫，世界上最古老、最大、最著名的博物馆之一，位于法国巴黎市中心的塞纳河北岸（右岸）。——编者注。

李金发（1900—1976），中国第一个象征主义诗人，中国雕塑的拓荒者。1919年赴法勤工俭学，后就读于第戎美术专门学校和巴黎帝国美术学校。在法国象征派诗歌特别是波特莱尔《恶之花》的影响下，开始创作格调怪异的诗歌，被称为"诗怪"。1925年回国，先后在上海美专、国立杭州艺术专科学校执教。1936年任广州市立美术学校校长。著有《微雨》《为幸福而歌》《意大利及其艺术概要》《异国情调》《飘零闲笔》等。

留法追忆

李金发

一、贼留学生

回想起勤工俭学初倡导的时期，真合无出路极端苦闷的青年之口味，一倡百和，大家都想"除死无大灾"到外国去碰碰运气，到世界最繁华的地方去起居。于是汹涌如潮，前后竟达数千人，无审查，无试验，难怪良莠不齐，悲剧百出，这可见提倡的人办理不善了。幸得后来造就几个政治天才来为他们争面子。

最可叹的，要算我所认得的顺德雷某丢国脸的事了。他也曾入芳登不露中学读书，因为放荡不拘，又兼外宿，于是笑话百出了。他曾强迫女仆上床；曾在搬家的时候，在浴盆中大便；曾在大公司巧妙地偷到自来水笔、雨衣（听说他假托要买雨衣，不知不觉他能穿上一件出门而去,这个技术,恐怕是有师承的)。后来警察捉他,他又拿出手枪来拒捕,终于驱逐出境,到比利时去显其身手云。

时光忽忽如梦般过去十个年头,无意中在亲戚家遇见这位"同学"的嫂子,我好奇地问起"龙济光"——他们这样叫他——的情形,知道他已有了妻子在外国,也不知怎样过活,他家里寄了几次盘川,都给他用光,不能成行(他家里是顺德望族,很是富有),于是他父母也灰心不理他了。后来他只好写法文的信,私下寄给他在江海关做事的哥哥,要他寄钱去,才免客死异乡。他嫂子将法文信给我看,写得半通不顺。(他已留学十一年了!)他说每次想自杀,但一想到死后妻儿无依,又无死的勇气了,约略记得是这样写着。

在某村,无意中和雷君的一位同乡谈及他,知道他已回国来了,又因劫人财物,置身缧绁中了。所能知道的只是如此,虽然我很愿意知道他的下落!

二、 卖明信片度日的康丹

芳登不露的同学以湖南、四川为多,他们都是勇于奋斗的青年,我最记得的是一位姓康的。他以前出身怎样不甚了了,但他能画类似天女散花、杨贵妃之类的仕女,技术当然很是幼稚,且板板六十四,使人看得发腻,以为他或许是国内某画店的老板。他学起法文来特别鲁钝,但当他显示出他的艺术给同学之后,人家以他有一艺之长另眼看他了,尤其是法国教员,存心好奇，居然出价来买他的杰作了。后来，他索性不读书，与一个法国商人合作，将作品印成明信片，摆在街上零卖。于是，他财源广进，远胜在工厂里出汗血的同学了。听说有一次他在做买卖的时候，因为言语不通，与法国人冲突起来，为人打了几下耳光，说来也可怜。事情隔了十余年，不知康君是否在法卖画，抑返国做什么家了呢。

三、 未婚妻归赵

一个富有浪漫性的同学，他在国外的风流韵事真是三天都说不完，我将他恋爱的故事做小说也不知多少次了。他告诉我说：他有一次到海滨去消夏，他有钱，当然是第一流的消夏场所圣马乐。当他厌倦了某个女人之后，又邂逅了一个窈窕淑女，彼此相见恨晚——亦不过彼此欢喜做一对露水夫妻，并不是托以终身之意。外国人男女自由热恋、抛弃，毫无法律问题，并不如中国人，动辄控人以遗弃及妨害家庭之罪——他们在旅邸度着甜蜜的岁月，后来某君打算带她回巴黎，再入学读书，不料刚要登车的时候，突然一个男子走来，拍他的肩膀，说她是他的未婚妻，应该归还他。女的默然不作声，某君是向来胆小的，怕闹出乱子来，即鞠躬如也地说："既是你的未婚妻，则请你带回去吧！"说完拔步而逃，真是难能可贵的未婚夫！

四、 我们怕黄脸婆

普通人都承认,漂亮的女人不读书,读书的女人必不漂亮,至于读到外国去的女人,皆为无盐、嫫母是当然的了。是故我们顶怕在巴黎、柏林遇见女同胞,尽量设法去避免会面,好像她们的不美观要我们男子负全责的样子。平心而论,女同胞与白皙的欧洲人相形之下,实在太那个了。记得我们在学校的时候,适值某次长的原配也在那里从事艺术,造诣已很深,可是那一副尊容,实在百分之百的黄脸婆,我们忝属同胞,在校中见了面也不通问,远远地看见她来,便躲避了,免得为男同学取笑,以为所有的中国女子都是这样难看。有一年在帝种大学的暑期班补习,也是来了一位前任某议院长的女儿,生得十足"月儿脸",又黄又胖,还戴上一副眼镜,够使人退避三舍了。虽然是同班,又是唯一的中国女同胞,我们始终没有睬过她,回想起来,未免太孩子气了。

五、 经理照料友妻

在民十四年归国途中,不知不觉在罗马的饭店里住了六个月。我们的芳邻是一位颇有姿色的少妇,她是塞尔维亚人,出身虽不知怎样,但举止是尽力模仿贵妇人。她有她的天禀,说法文、意大利文都还不坏。多懂方言,是欧洲社交的必要条件,至少是懂法文,否则人将视你为未受高深教育的人。听说她的丈夫是意国人，现在随往阿比西尼亚①的考察团去了。丈夫不在的时候，常常看见一个好像不知自己是胖子的中年人来探望她，特别庄重，每时都延到客厅里去谈话，并不入她室内。据说他是丈夫的朋友，亦即是墨索里尼办的《意大利人民报》的经理，这来头可不小啦！无怪她常喜欢墨索里尼原乡的妻子，不学无识。

我们大家也很相信、尊敬这位"丈夫的朋友"。

有一天她的丈夫回来了，带了不少阿国土人的头饰及艺术品给她，一夜无话。不料第二天，夫妻口角起来，好像她与经理的秘密被发现了，于是他一去不返。她整整哭了一天，后来我们也到拿破里②乘船去了，此少妇不知如何归宿了。

六、 无常识者之死

记得我同船当中，有两个青年是读过法文、研究农科的，所以一到巴黎就与我们目不识丁的人分开，他们直接进某处农业学校，没有好久就听见他们中煤毒死了，心头真是难过。原来他们进学校之后，两人住在一间小房子里，法国乡间学校普通是用煤气点灯的，睡时一关机钮即熄，不料这两人不知此道理，用口吹熄，于是煤气仍源源喷出来，直至窒死他们两人为止。若平日常识丰富，就可免此惨剧了。

---

①今译埃塞俄比亚，是一个位于非洲东北的国家。——编者注。
②今译那不勒斯（Napoli），是意大利南部的第一大城市，仅次于米兰和罗马的意大利第三大都会区。——编者注。

七、 沙龙入选的奇迹

我决心从事雕刻完全是受了卢森堡美术院大理石人体的诱惑。其时幼稚无瑕的天真心灵，不知受了怎样的一种美丽的感动，不问中国需要不需要这种人，回国去会不会饿死。且我幼年，并没有特别的艺术嗜好的倾向，并不是"少有大志"。小的时候自惭形秽，无读书的勇气，老想跟父亲去做生意人，及出国，也不过想做化学家或飞机师。

在法国西部某中学决定从事艺术之后，才开始请教在上海学过美术的刘既漂君怎样去画石膏像，不久就到帝种美术学校去了，约三月，因不满其设备简陋，遂与林凤鸣到巴黎去。

我始终看不出自己在艺术方面有何天秉，有时也还灰心、怀疑，第二年春季，我因为高兴，为林、刘两君各做了一个小石膏头，工匠还给我们做成假花岗石，经过朋友的怂恿，把它送到春季展览会去，也不顾到落选的难堪，横竖每年落选还有几千人。不料数天之后，接到沙龙办事处通知，两个石膏头竟入选了，还附来作者的入场券，这次虽恐怕是中国人第一次出品于巴黎沙龙（1922年），但我不自满，我以为还是法国白发的评判员眼睛出了毛病。

后来把此事告诉同学，大家很惊奇（因为许多老同学也不敢梦想），后来帝种美术学校的校长知道了，亦一样好奇，凡介绍朋友，必附带说我是出品过沙龙的，但我则始终以为是评判员眼睛出了毛病。

徐特立（1877—1968），中学毕业后在长沙周南女校任教。1910年往日本考察教育。1913年任长沙师范学校校长。1919年至1924年，以40多岁的年龄远赴法国勤工俭学，并考察了比利时和德国的教育。回国后创办了长沙女子师范学校和湖南孤儿院。1928年到苏联莫斯科中山大学学习，1930年回国任中华苏维埃共和国临时中央政府教育部部长。参加了长征，此后在延安曾任边区政府教育厅厅长。1940年创办延安自然科学研究院并任院长。

留法老学生之自述

徐特立

我是湖南长沙人，姓徐，名特立，今年四十三岁。英文只能拼音，法文一字不识，我到马赛上岸时，向季坚先生问我是他们学生一起的不是。我将护照拿与他看，他看得护照是一个学生，觉得年纪太大了。我在长沙动身时，有人劝我莫来，说是四十几岁的人，还学得什么，我看向先生问我的话，恐怕也有这种意思。11月14日到华侨协社，遇着编《华工杂志》的萧子昇先生，萧先生说是明日八点钟李石曾先生到协社对同我来的学生演说。他说我年纪太大，又在湖南当教员一二十年，于今来法做工，这种精神是很难得的，但李先生或者会要与我特别谈话，想我一定愿意一同听李先生演说吧。我听了萧先生的话，觉得他很爱我。但我本是来当学生的，怎么不同年少的学生一般听讲？并且进学校的时候同班听讲的日子很多，今日怎么要拿出从前在湖南当先生的样子来？到了 15 日八点钟，李先生演说完了，单喊我出来，要我说来留学的意见，我当时也说了几句话，但是意见还没有尽。空了两三日，萧子昇先生要我自己说到法国求学之意思，登在《华工杂志》。我素来不会做文章，登在杂志上，岂不可笑。但是我有些意思不能不说出来。一般地都说年老者不能求学，并且年老的人多半为在社会上有些权柄的人，倘若全不求学，社会上受害就不小，所以我不怕人家笑，定要说出我的意思。

我今四十三岁，不觉得就四十四、四十五，一混六十岁来了。到了六十岁，还同四十三岁时一样无学问，这一十七年，岂不冤枉过了日子？这十七年做的事情岂不全无进步了？到了六十岁时来悔，那就更迟了，何不就从今日学起呢？我想今年学起，到五十岁还有七年，一天学一字，一年可学三百六十五字，七年可学二千五百五十五字，到五十岁时，岂不是一个通了的人吗？若一天学二字，就四十六岁半可以读通。我纵愚蠢，断没有一天学一字学两字也不能的，我所以决志求学，不怕法语难学，也不怕学校规则太严。

又有一些人要我另外请人教法文，或者比学校要自由些。并且湖南有学生一百人，不久还有人来，华法教育会正要明白湖南情形的人做湖南学生的事情，何不在外面住？为公为私，两两便当，我听了这段话，很以为然。但是我到法国来，原要学法国学校的规则，好回国用。不住在学校受先生管束，未必学得好。并且我的年纪太大，人家对我有尊敬的意思，不好的习惯大家都不肯当面说。住在学校中，或者可以慢慢学好。因为这样，我就进了法国木兰省立的公学。同学的均是少年有造的，并且有在湖南时的旧学生。内中有熊信吾君，须喊我做太老师。今日与他同学，岂不是降了两级？又还要向他们学法文，变太老师做学生，不可耻吗？但我想一想，从前没有学问的时候，当了老师同太老师自高自大，还要得人家的学费，这真是可耻。如今到了法国，法文一字不识，还要自高自大，怕失了旧资格，不更加一层可耻吗？今日只要学生不嫌我老大，肯告我的法文，我就算年老，也是一个进化的老人。五十年后，我也是一有学问的新人物。到死的时候，学问还没有老朽，还同有学问的少年讲得来。那时候的畅快，都要从今日耐烦耐苦做起！

萧先生问我将来学什么，我说我要学农业，暂且进工厂做工，有得闲的日子，并要学法国的家事学，好回去自己谋生活。单学法文回国当法文教员，还同从前一样靠口舌赚钱，何必几万里到法国呢？我前年在湖南高等师范讲教育，一点钟银洋三元，一日可赚十八元，折成佛郎①一日可得百二三十佛郎，今年在省立第一师范也有一元一点钟，何必到法国每日八时赚四五佛郎呢？我今又想起从前所赚的钱，真是冤枉，日日讲空文章，耽搁青年光阴，使一些学生都要学先生讲空文章，赚大钱。听得做工的劳苦，又没有讲空文章的赚得多，大家都不愿做工，

---

①今译法郎。——编者注。

使国家工业不发达,都是我们当教员讲文章的罪过。今日当悔从前之过错,不可再做赚冤枉的思想。须知世界上第一等人都是做工的人,从前孔夫子赶马车,《上论》①里孔夫子有一句话,说是:"我执御乎?"御就是赶马车。他的学生樊迟也会赶马车,《上论》上跟有"樊迟御"一句话,就是讲樊迟赶马车的事。孔夫子从前也替人家看牛羊,孟夫子的书上有"(孔子)尝为乘田矣,牛羊茁壮长而已矣"两句话,就是说孔夫子看牛羊的事情。《汉书》上头说古时候的人,读书要兼种田,半读书半种田,三年可以读得一册书,从十五岁起,读到三十岁可以读得五册书。古时候的五经,到三十岁可以读完,《上论》有"三十而立"一句话,《汉书》上说就是三十岁而五经读完了。古时候没有一年一日一季专读书不做工的,日中做工晚上读书,天晴做工落雨读书,春、夏、秋三季做工冬季读书,只要读了《幼学》②的,就晓得这件事。《幼学》不说了"学足三余"一句话吗?正是晚上是日中的多余的时候,落雨、落雪是天晴多余的时候,冬季是春、夏、秋三季多余的时候。平日都要做工,只有得闲多余的时候读书。古时皇帝皇后都要做工,神农种田,轩辕做农,舜帝烧窑,嫘祖养蚕,书上都说他是好人。我们当教员的、学生的,能做工岂不更贵重吗?我所以愿学农工不愿专学法文。

---

①《论语》共二十篇,通常把前十篇称为《上论》,后十篇称为《下论》。——编者注。

②即《幼学琼林》。——编者注。

萧先生要我说我的出身，我不能细说，暂且说个大略。我十九岁就教蒙童馆，到如今教了二十四年书。日中间总是替学生做事，自己读书要到晚上八九点钟以后，每日只读三点钟的书。平日走路同晚上睡醒了天没有明的时候，就读书。口袋尝带一本表解，我的代数、几何、三角，都是走路时看表解学的。心理学、论理学，都是选出中间的术语，抄成小本子，放在口袋中读熟的。中国的旧书，总是选出要紧的用本子抄。我学《说文》①，不晓得写篆文，晚上睡不着及走路时用手指在手掌中写来写去。我读《说文》部首五百四十字，一年读完，每日只读二字。我在修业中学教学生学《说文》部首，要他们每日记一字，做两年学完，他们偏要星期六日同时学六个字，我要他们背写，多半不能写出，正是不分开少学要一时多学之害。我读书总是以少为主。

我平日最喜欢贫苦学生。我在长沙师范学校当校长，收了一个打铁的学生，姓黎名升洲，毕业后在浏阳高等小学校当校员，极能耐苦。又收了一个退伍的兵，姓廖名奕，进学校时只能够写信，读一年书，就有点明白样子。如今当了小学教员二三年，在长沙县当庶务一年，现我已写信要他到法国来。我还有一个朋友姓熊名慎德，浏阳县人，他早年考试虽没有进学，也常常取在前头，他教书、种田两项均能做。他三十岁后，因家中吃饭的人太多，丢书不教，去学做线香，一家男女大小都

---

①即《说文解字》。——编者注。

能做香，比教书活动得多。我很佩服他本是一个穿长衫教书的先生，改穿短衣学做手艺的香匠，见识比人家高些，故不把念书的看得高，做工的看得低。可惜他现在有五十多岁，不然我也要劝他到法国来一同做工。我生平把求学、交朋友看做两件大事，承萧先生好意，要我说我的出身，我实没有可说的，勉强说了二三件，很觉得不安，又何能多说呢？

冯至（1905—1993），中国新诗史上的现代派大家，翻译家和学者，中国作家协会副主席，中国外国文学学会会长。1927年从北京大学德文系毕业，1930年赴德国海德堡大学留学，1935年获哲学博士学位。1939年至1946年任西南联大外语系教授。后任北京大学教授、中国社会科学院外国文学研究所所长。1987年获联邦德国大十字勋章和国际文化艺术交流中心艺术奖。著有诗集、散文集、历史小说、传记多部。

怀爱西卡卜村

冯 至

  1933年，德国的国社党获得政权不久，我在复活节后的一天早晨离开了那和平、幽静的爱西卡卜村（Eichkamp）。

  爱西卡卜是柏林郊外的一块小住宅区，我于四月迁入，四月搬出，整整住了一年。当我临行时，我想，这一年的居停在我生命的旅途上好似误了一班火车，和一座生疏恬淡的野站结下一段因缘，但是下列的火车终于驶来，我也就不能不登上郁闷的旅途。别时恋恋难舍，此后恐怕也难有再见的机会。

  柏林的四郊是健康的松林，爱西卡卜就是从西郊的松林中挖出来的一块空地。粉白色矮矮的楼房，红沙铺成的道路，房前房后都种遍朴素的花草。我每逢从那沉重阴暗的柏林市中心乘车出来，在这里下了车，身心都感到一种难以形容的舒适。

城市和人一样，要慢慢地生长；生长太快了，就未免有些地方不实在。柏林的发展，在十九世纪后半叶帝政时代，过于迅速，所以它比起巴黎和伦敦来，每每给人以空虚和夸大的印象。严肃而呆板，庞大而没有风格，这在它街旁假古典式的建筑上最为显著。——欧战后的德国是一个最自由的国家，有一部分新鲜的人担受不起柏林市容上那种陈旧冷酷的面孔，于是纷纷跑到郊外，建造起新的建筑，幽静，舒适，近乎人情，这种心情，有些地方很像昔日的人们为了寻找自由，脱离欧洲旧式的社会，航海奔向新大陆的样子。因此柏林的郊外在短时间内新添了无数雅致而朴素的住宅。

爱西卡卜的住民多是属于社会民主党的。社会民主党在德国革命后是最有势力的一个政党。那时人们身受战争的创伤太深，都只好在理想里过活，觉得往后再也不会有战争，全人类都是兄弟。这些党人抱着一种新的世界眼光，梦想着永久的和平，待人和善，遇事也就多所妥协。可是无论心怎样仁，理想怎样高，却无法去制止一个随着世界经济恐慌而来的客人——失业。人人的身后都渐渐感到一种饥饿的胁迫，于是这宽容而和缓的政党在铁一般事实的面前便一天一天地削弱下去，同时一左一右两个党——共产党和国社党——便日日膨胀了。可是爱西卡卜村的住民，直到我离开他们为止，还没有看见在他们屋顶上飘扬过卐字旗。他们的政治看着失败了，待人却依然是那样坦白、和蔼……

我的房东太太是一位慈祥的中年妇人。她爱她的丈夫，她的丈夫也爱她，但是他们离了婚。离婚的原因，自然是为了一个女性的第三者闯入他们的家庭。然而男的和第三者也没有结婚的希望，只是自己觉得爱上了别人，对自己的妻不起，不能和她同居了，独自在柏林市内租了一间带家具的房子住着。女的也就匀出几间房，租给客人，带着一个十五六岁的儿子，依靠房租过活。逢节逢年，男的还不断回来看望他的妻子。一到这里，望着窗外的树林，便叹息着说：

"这里住着，是多么健康舒适呀！"

说完了，总是两人相对，怅然许久，无话可说。

房东太太常常把她丈夫的这句话向我重叙一遍，同时发出疑问："谁让他不能在这里住呢？"随后就娓娓婉婉地叙述他们两人的过去，最后的结束是："冯先生，我们的故事，是一部长篇小说，两下里无可奈何的心情，是怎么也不能解决的——"说着说着，话题又转到了她的姊妹身上：

"我们本来产自乡间，父亲是一个地主，少女时代时常有些外游的青年到我们家里来度夏。一年一年，我们姊妹几个都从这些青年里选出来我们现在的丈夫。我的境遇固然不佳，但想起旁人来，也就可以自慰了。姊姊嫁给一个建筑师，后来那建筑师爱上一个妇人，两人跑到俄国去了。还有一个妹妹，至今没有嫁人，在大战时，她订婚不久，她的未婚夫便上了西部前线。一天德国打了大胜仗，和这消息一起来到的，还有她未婚夫阵亡的电报。我的父亲为了庆祝前线胜利，把国旗取出来要挂在门前，她却哭着倒在父亲的怀里说，今天无论如何也不要挂旗吧……"

早餐前，晚饭后，我听了不少类似这样的谈话，这般亲切，好似听着母亲或爱人谈过去的身世一般。参加我们谈话的，还有一个农业专门的学生B君。B君的年龄在三十左右，已经在农场里做过许多年的工，如今又回到学校里来，预备博士考试。他的身材很高，胆量却很小，博士论文题目从教授处领到已经有三年之久，可是始终没有勇气起始写论文第一章的第一个字。房东太太尝以慈母般的关怀问他：

"B先生，你的论文怎么还没有下笔呢？"

"我在搜集材料。"

他的材料似乎永没有搜集完了的一天，而他每日的生活却慢慢地梳洗，慢慢地吃早餐，慢慢地散步，散步回来吃午餐，午餐后读杂志，读完杂志喝咖啡，随后又是慢慢地切面包……就这样慢慢而无所从事地过去。……有一回，他的母亲从家乡来看他，他的生活也紧张一番，陪着母亲到各处去玩。一两天后，母亲玩不下去了，临走时，向着房东太太说："我已三十年没到柏林了，柏林改变了许多，我本想多住几天，可是我不忍让我的儿子为我牺牲光阴太多，他正在做博士论文呢。"

他母亲走后的当天晚上，房东太太把这段话当我面向B君说了，并且附带着说："你的母亲若知你这样把时间不当一回事，不知该作何感想呢。"他敷敷衍衍地答道："她不会这样想。"同时我却看他的面上显出一种死水般的沉寂，这是我从来没看到过的。

B君的生活虽然如此迟缓，但他知道的却又非常之多。艺术、教育、外国的风俗人情以及文字学常识，他都能说得头头是道。爱西卡卜村本地的人物，他也知道得十分清楚。我若是和他出去散步，他便会指给我，这边住着一个在当时已经有了世界名誉的作家，那边住着一个思想开明的牧师。又一天他向我说，方才在车站上遇见卞约生（Björnson）的女儿，经人介绍，知道她是从南欧穿过德国回挪威去。她一入德国境，耳闻目睹的就是国社党和共产党天天在街上打死架，精神窘迫极了，只有在这爱西卡卜村中还能呼吸一点自由的空气。

　　这里的空气的确是自由的，住宅区的外层是各色各样的运动场，运动场外是走两三点钟也走不完的松林。居民彼此都像是家人一般，唯一的商店是他们所共同组织的消费公社，白天到柏林城中去工作，晚间回来，任随个人的嗜好享受他们所独有的和平。

　　这种和平却有渐渐维持不下去的趋势。大家都愿意永久保持他们生活的态度，但是外边的风雨一天比一天逼紧，他们无形中也感到一切在那儿转变。这从房东太太的忧虑上可以看得清楚。那年德国举行了两三次总选举，每次总选举的结果都使她怅惘许久。她所希望的并不是社会民主党的票数增加，只是不要减少，但终归还是失望，同时外边传来的消息不是某人家中被检查了，就是某人被解职了。一天，她的丈夫忽然回到家里来，在房中走来走去，一句话也没有。我问她是什么缘故，她说方才她丈夫送一个朋友入狱,那是《世界舞台》(Weltbuhne)的主笔奥赛斯基(Ossietzky)①,因为一篇文章泄露了军事秘密……

社会民主党的党人们也深切地体会到他们的弱点,这样和缓而近乎人情,在政治上一定要失败的。他们眼看着国社党的冲锋队在街上横冲直闯,也感觉有组织和训练的必要了。于是有些青年组织起国旗护卫团来,也穿着固定的制服和冲锋队对抗。在爱西卡卜我看见他们一度出现,但不久便不见了,大半是因为人人都有大势已去之感。

在我临行的前夜,我又同房东太太和 B 君在一起谈话。B 君发了无限的感慨:"我是这样的一个人,觉得事事可以用情感讲得通,人人都是可爱的,而无时不想帮助他人。但是事实呢,没有一个人得到我的帮助,如今连自助也感到不可能了。所谓情感,是看不出来的,威力反倒受人崇拜。我们在炉边纵谈一晚人类的爱,赶不上一个说谎的人在群众中大声一呼的万分之一。我这一生是命运注定了,但是想不到社会民主党竟也沦落到我这般地步……回想它十年前是如何渲耀一时,竟像是我回想我儿时所看到的父母的努力一般。"

屈指离开爱西卡卜已经过了四年。房东太太和 B 君的近况我很想知道,但是无从得到他们的消息。我只知道 B 君所向我提到的那位作家和牧师都已流亡外国。奥赛斯基得到去年的

---

①即卡尔·冯·奥西茨基,政治记者和政论家,反法西斯主义者。1935 年获诺贝尔和平奖。——编者注。

诺贝尔和平奖金——当去秋世界运动会在柏林西郊举行,我偶尔在报纸上看见了一次爱西卡卜(因为它距运动场不远)这个村名时,曾经为四年前同在那里住着的人们遥祝过一次平安。

顾孟余（1888—1972），原名兆熊，民国时期游走于政学两界的传奇人物。15岁进入京师大学堂，18岁以译学馆生的身份赴德，先后在莱比锡大学和柏林大学学习电学和政治经济学。1914年回国任北京大学德语系教授，继而任经济系主任兼教务长。1925年出任广东大学校长，1926年任中山大学副校长，1941年被任命为中央大学校长。他在政界也很有地位，担任过铁道部长、交通部长、中央宣传部长等重要职务。

卐字旗下的柏林

顾孟余

到德国来的人，最易感到它的政治气氛。尽管你语言不通，举目无一相识，只要你一到街头，就可看到它的特色。在柏林，从公共机关以及大小商店所悬的旗帜上，从往来不断的许多似丘八非丘八的服装上所佩的袖章上，到处都可看到这卐字的标志，使你感到一种凛然的氛围，压在你前后左右。我来柏林，经过比京时，因问路认识一位热心的比国朋友。他听说我要到德国，很诚恳地告诉我，说话千万谨慎。到柏林后，遇见许多本国朋友，说起德国事来，都把"老希"代替"希特拉"①，因"希特拉"的译音，德人听了也懂，尽管你说的中国话，只要听到你说希特拉这个名字，就不免怀疑你在议论德国的政治。未

---

①今译希特勒。——编者注。

到这里和刚到这里的我,就有了这些印象,怎叫我见了这红底白字的卐字形而不凛然肃然呢?

卐字旗下最倒霉的是犹太人。一个民族,自己不能建立国家,要想寄生在他人统治之下图苟全,本来是不容易的事。犹太民族亡了国这么些年,居然在欧洲各国繁殖滋生起来,算是历史上一个例外。尤其在德国,闻说过去占着异常优越的地位。商业上、金融上以剥盘经营出名的犹太人自然占着绝对优势,就是在文化上、学术上也占重要位置。过去大学里面的教授多数是犹太人,震惊一世的学术界泰斗爱因斯坦也是犹太人。欧战后的德国政治,几乎也在犹太人手里,当时掌握过政权的社会民主党就以犹太人为中心。这种反客为主的现象,听说最刺痛德国人的心,希特拉的发展也以反犹太为最有力的号召题目。现在政权在自命为亚里安真种的希特拉手里了,喧宾夺主的犹太人还有生存的余地吗?现在德国普通的法律,已经不适用于犹太人。亚里安种的德国人,过去与犹太人结婚的,不论男的、女的,均可无理由提出离婚。以后绝对禁止与他们结婚,甚至禁止发生性的关系。前不久通过一条法律,凡是四十岁以下的德国女子,不准在犹太人家里做工,因为怕与犹太人通奸,生出杂种来。一切政府机关,当然没有他们插脚的余地,就是一切附属机关或其他社会团体,也绝对不容他们存留,任事多年、经验丰富的技术人才也不是例外。记者有次请东方语言研究院中语教习曾先生,介绍到柏林图书馆东方部去找点材料,主其事的一位先生,我连找几种书,他竟不知道摆在何处。据曾先生说,过去是一位犹太人,所有中文书的目录都是他一手编的,一手写的,要任何书,立刻可以找出。今因他是犹太人,刚在一个月前把他辞退了,现在这一位才任事一月,还是代理云。

最制他们死命的是经济封锁。犹太人的富商大贾本来很多,他们有的是钱,德国人排挤他们,他们可以携带财产到外国去,一样享福,可是老希早看到了,他绝对禁止他们汇款出去。他们要到外国旅行,他也允许;他们移住外国,他也欢迎。只是出去时仅能携带足够一星期生活的钱,一星期不回来,就算国籍消灭。还有平时本无恒产、靠小买卖为生的商人或中小学的教员,他们既不能像富商大贾,锁着门在家吃现成的财产,也不能像大学教授,到美国或东欧各大学教书去。犹太人本是善生财,又是会享乐的民族,他们过的生活真舒服,他们享乐的程度,吾友许君说很像北京的旗人。

然而现在不容许他们享乐了。既没有职业,又没有社会地位,除了有余屋的,空出来租几十马克一同过活外,就只有出外充外国人的德语私人教员,一马克一小时,来回车费得去三十分尼以上。可惜此地没有黄包车,不然,安知不会有如北京的宗室贵胄拉街车的事出现?柏林一隅,因外国观瞻所系,虽然苦着,尚还相安无事。闻说外城的任何犹太人的家庭、商店,都要提防人家的袭击,任何犹太人外出都有遭受侮辱的危险。由来已久的老亡国人(不忍写奴字),千百年流离颠沛的境遇,已经训练出生存竞争的特殊技能,今日犹不免如此,最近的或未来的新亡国人,他们的命运恐怕万万赶不上犹太人吧!

犹太人以外，一切与拉基政策不相容的政治上、宗教上的敌人，不消说也陷于同一命运。现在的拉基是绝对独霸德意志了，最后一个异党——钢盔团，过去拉基曾得过他们许多帮助，希特拉上台也凭借该党首领兴登堡的汲引，现在也被一纸命令解散了。欧战以后的德国，政党派别异常复杂，这原是一个绝对专制的国家君权解体后不能免的现象。希特拉好容易握到政权，好容易把一切异己的党派排除净尽，现在总算唯我独尊、一帆风顺了。将复杂的问题发为简单，当然是它政权稳定的表现。不过德国的问题不是那么简单，德国民族笨而富于服从性，希特拉今能把握着他们这点民族优越感的心理，以恢复国权、纯化民族相号召，统治他们是很容易的，所不能解决的还是经济问题。德国是大战的元凶，国内经济因大战而衰败了不必说，大战结束，它不能像战胜国的法国，得到赔款来弥补战债，反而加上许多赔款的枷锁，其穷困可知。希特拉上台虽然把这枷锁粉碎了，然而自己又不得不拴上不能解脱的枷锁来。希特拉之所以能粉碎赔款的枷锁，乃至于撕毁凡尔赛条约，甚至于将来恢复威廉时代的疆土与国威，无非倚仗着有点实力准备，然而这准备是需要金钱的代价的。高调愈唱得高，实力的准备愈刻不容缓；实力准备愈充实，人民的负担愈加重，经济的衰败愈没法恢复；这是必然的结果。现在纵未到山穷水尽的时候，也已是罗掘俱穷，登记马克的办法应该就是他图穷匕见的表现。这种空虚的恐慌，反映到社会上的，到处可以看到，就在崭然新都的柏林，也随时可能发现。

夏洛屯堡一带的市街，哈南湖一带的住宅，未尝不巍乎焕乎，可是里面不知藏着多少深感食物不足的居民。牛油是德国人的主要佐食品，现在竟感到有钱无处买的痛苦。每经过售卖牛油的杂食铺，总看见成排的男女，手提菜网（德人喜以网代篮），鹄立铺外，等待着挨次购买一点牛油。购着的，第二天早餐时，黑得可怜的面包上固然可以抹上一层薄而发光的黄色东西，欣然色喜；购不着的，虽然站了一两小时，也只有嗒丧着脸，提网回家，等待明天。此外如鸡蛋、猪肉等类日常必需的食品，也常有告乏之虑。一般中年以上，尝过大战滋味的人，都有一点大战前夕，或竟是大战期中的感觉。因为前次大战时最使德国社会动摇，军心解体，不得不出于最后屈伏的原因，就是食物缺乏。所以有人说，德国目前食物如此缺乏，一半固因它没有现钱，不够买外国的农产品；一半正因政府鉴于第一次大战的失败，极力储藏可以经久的食料（如牛油之类），以备第二次大战。

总之，卐字旗领导下的德国民族已经跨上战神的头上，濒于破产的经济愈迫着他们向战争的途上前进，因为无可解决的经济问题，只有以战争来寻求解决的途径。

王光祈（1891—1936），中国现代音乐学奠基人。1918年毕业于中国大学。1919年与李大钊等发起成立少年中国学会，又在陈独秀等支持下组织北京工读互助团。1920年赴德国留学，1923年转学音乐，1927年入柏林大学音乐系深造，1932年任波恩大学东方学院中国文学讲师。1934年以《论中国古典歌剧》获波恩大学博士学位。1936年病逝于波恩。著有《欧洲音乐进化论》《东方民族之音乐》等。

西洋人与中国戏

王光祈

数年前余闻梅兰芳君有西行献艺之说，曾为文数千言，说明近代中国戏剧衰落，早已丧失世界艺术上之地位云云，以阻其行。此文系寄交沪上好友左舜生君，托其在报上发表。未几，接左君来信，略谓"梅氏西行之举，仅见之于报纸传闻；吾人不应据此无稽谣传，便将别人非难一顿"云云。因此，我那篇文章遂亦遁迹于左君纸筐之内，不复再与世人相见了。数月前，梅氏在美演习之时，友人姚从吾君尝告余曰：《柏林日报》星期副刊之上，曾有关于梅伶演剧之记载。该报并谓梅氏在美吸食鸦片，为美国政府所干涉云云。但此项副刊，余惜未尝觅得，不能知其详情。但余留德十年以来，既以研究中西音乐历史为职志，关于西洋人对中国戏剧之感想，却知道一二。兹特记述如下，以做近来国内恭贺梅博士声中之小小点缀。

一、西洋音乐家

我们如欲探知西洋人对于中国戏剧的批评,当然不应在一般贩夫走卒中求之。第一步是应该先问音乐家,尤其是应该询问研究"音乐历史""音乐美学""比较音乐学"等之"音乐学者",因此辈最能以客观态度评其美恶故也。近代西洋音乐学者因为研究远古音乐苦于材料缺乏之故,于是他们便将非洲、南洋等处的野蛮民族,当做他们上古祖宗看待。由这种未开化民族的音乐,以想象古代原始人类的音乐。此项野蛮民族音乐,其进化程度最低者,只有三四个音。无论调子有好长,篇数有好多,永远只将这三四个音翻来倒去,有如小孩子呱呱叫唤一样。至于我们中国近代乐器,其音域范围虽然不及现代西洋之广(譬如西洋钢琴之上即有八十余音),但至少亦有十余个音。故西洋人亦不敢大胆称呼我们为"野蛮民族",而名之曰"古代文化民族"。这"古代"二字颇有一点尖酸刻薄,似乎直将我们现在四万万个人都算做"行尸走肉"一类,已与"近代人类文化"无关一样!

柏林大学关于此项"野蛮民族"及"古代文化民族"之留音片子,搜罗极为宏富,其数已超过一万以外,其中一部分系各大学教授亲赴各洲野蛮民族巢穴,收音制造而成。现在领其事者,为柏林大学"比较音乐学"教授奥人 Hornbostel 君。此君乃系一位最为崇拜中国文化之人,常在讲堂上称《老子》为世界上最美之书,但彼每为学生开演中国戏剧留音片子之时,辄先向学生声明:"中国近代戏剧,叫唤得非常厉害,请诸君不要害怕!"(关于叫唤之原因著者当于下文说明。)更有一次余与该教授两个人在实验室中试演一张"全武行"的片子,大锣大鼓打得"不亦乐乎"。彼乃急用两手将耳蒙着,连呼"上帝"不已,并谓"彼辈奏乐之人,似将大锣大鼓等器装在一个箩筐之内,然后再将箩筐大摇一阵,以造成此种震耳乱响"云云。以一个研究"比较音乐学"数十年之人,对于中国戏剧犹有此种印象,其他欧人闻之,当然更是退避三舍,不敢承教!

诚然,近代西洋音乐家中,亦有醉心中国乐风者,但彼辈所赏识的,亦只限于中国箫谱、笛谱之类。至于二簧梆子,则从未有人惠顾。本来我们中国音乐,大概都是属于"叙情"(Lyric)一类,而最不适宜于"描演"(Dramatic),所以有时拿着一支洞箫,在月明花荫之下吹奏《梅花三弄》一曲,未尝不娓娓动听。至于大规模地描写全剧各种悲欢情感,则就中国现在音乐进化程度而论,尚未足以语此。因此,意大利歌剧名家Puccini 氏①所谱歌剧之中,曾有两剧涉及中、日材料,并于该两剧之中采用中、日音乐若干,但皆系剧中无关紧要之处,每到全剧紧要关头,描写悲欢热烈情感之时,则仍用西洋音乐。故中国音乐究竟能否用于"描演"一途,实为今后改造国乐之当头问题。其实不但中国音乐如此,即中国绘画、文学两种艺

---

① 即普契尼(Puccini Giacomao),是继威尔第之后意大利最伟大的歌剧作曲家,"真实主义"歌剧乐派的代表人物。——编者注。

术亦无不如此。不过中国文学之"描演"能力，较之中国绘画之"描演"能力，又较之中国音乐为多而已。然持与西洋绘画、文学之"描演"程度相较，则又望尘莫及也。

二、 西洋外交家

西洋人中之最不能了解中国艺术者，殆莫过于在华各国外交家以及各国新闻记者。盖彼辈脑筋中装满了侵略贪鄙的思想，安有所谓"艺术"？彼辈平时以华人为一种劣等民族，更安有所谓"中国艺术"？然而彼辈一到中国来，往往忽然变为《品花宝鉴》上之名士，强做解人者，亦自有其故。原来西洋"男风"之恋，虽亦时有所闻，但一经告发，则每被法庭处以数年牢狱重刑。我们知道，英国十九世纪大诗人王尔德（Wilde），即因对于美少年 Dorian Gray 实行同性恋爱，被人告发之故，立从第一流社会之中，一个筋斗栽到牢狱里去，为人所不齿！现在一般西洋外交家，在国内既不能明目张胆，畅其所欲，于是跑到中国来大捧旦角，自侪于风雅之林！此真所谓"醉翁之意不在酒也"，否则何以不捧刘鸿声、杨小楼、王长林，而专捧梅兰芳？

诚然，西洋在十七、十八世纪之时，意大利歌剧盛行全欧，其时伶人亦复以男扮女，且自去其"势"，一如吾国宦者所为，以便能唱高音。但是西洋人向来是有如《红楼梦》所谓："那宝玉是个丈八的灯台——照见人家，照不见自家的。"他们于最近一百年来，在正当剧场里，既早已不见此种"男妖"，因此对于中国男扮女装之事，遂不免认为我们东方的特有产物！本来，西洋人最瞧不起中国人之处，即在中国人无"男性"，并以华人所有一切懦弱无能、好施小诈情形，皆系一种"女性"的表现。

当余十年前初到德国之时，有一德国女子尝谓余曰："我常看见你们中国人，狡猾虽然有余，但均未具有男性；故其结果，终为外人所征服。"我当时闻言大怒，恨之入骨，而且此言竟出诸女子之口，我尤恨之入骨髓。其后余闻梅兰芳氏有到外国献艺之说，遂不觉通身发汗，只有日夜祷天祝地，我们梅老板那种媚态横生的情形，千万不要落到这位德国女子眼里，以证其言不虚——将来更要加倍揶揄中国！

十九年八月

王光祈（1891—1936），中国现代音乐学奠基人。1918年毕业于中国大学。1919年与李大钊等发起成立少年中国学会，又在陈独秀等支持下组织北京工读互助团。1920年赴德国留学，1923年转学音乐，1927年入柏林大学音乐系深造，1932年任波恩大学东方学院中国文学讲师。1934年以《论中国古典歌剧》获波恩大学博士学位。1936年病逝于波恩。著有《欧洲音乐进化论》《东方民族之音乐》等。

留学与博士

王光祈

近来国内社会，对于留学归国之博士、学士似乎甚为失望，于是大有"群起贱之"之势，此正与从前之"盲目崇拜"同一错误。

平心而论，博士头衔，虽彼此相同，而得之难易却迥然有别。譬如英国之"科学博士"，远较"哲学博士"为难；法国之"国家博士"，又远较"大学博士"为难。其在德国方面，二十三个普通大学之中，其考试宽严亦复各处不同：有著名易考博士之大学，有著名难考博士之大学；在各种学科之中，又有某种易考、某种难考之区别。在同种学科中，因个人经济情形否泰关系，亦有难考易考之分。（譬如经济情形充裕的，可以先期出几百马克，聘请主任教授之助教担任私人教习，该助教既随主任教授讲学多年，对于主任教授所重视之问题及该教授之习惯,均知之甚熟,故助教所讲均极扼要易记,最便于考试之用。此外,口试日期大都由大学书记支配。有钱的可以向书记孝敬数十马克,该书记便将口试日期分配在一二星期之内。譬如本星期考某门,下星期再考某门之类;在被考者方面,尚可于其间补行温习一二。倘若无钱为此,则该书记便将各科口试钟点往往排在一日之中,接二连三,考得头昏眼花,因此而落第者,亦不乏其人。"钱能通神",无论古今中外,皆然!)因此之故,若一味地、笼统地轻视博士,实使一般从艰难困苦中获得博士头衔之人十分冤枉。

余自信尚非《儒林外史》传中人物,但向来最喜欢人投考博士。余友朋之在德留学者,亦有十分七八曾应博士考试。盖德国大学系采"自由讲学主义",对于学生读书,向来不加督促。诚然,德国大学教授对于教学之热心,可谓诚恳已极。譬如我们主任音乐教授,屡向研究室之学生表示,倘遇科学困难问题,无论白日夜间,均可前往询彼云云,可谓尽力鼓励学生求学。但学生自己如不力求上进,则大学教授亦只好听之;肄业一二十年,亦无人过问。至于投考博士,则至少须看过若干书籍,须预备若干时日方可。余友朋之在德赴考者,考后,精神多大为疲惫,此虽对于身体不甚妥当,但由此亦可证明被考者之如何吃力,并非如现在国人所想象,德国博士恰似前清"军功",由保荐者在印就之空白内随意填上姓名可也。

余常见许多"名流学生",往往表示自己不屑一考博士,而在实际上，乃不欲多卖力气，以遂其颓唐惰气而已。世间"高调"之中，往往藏有不少"暮气"，此一例也。

吾国近日教育机关用人标准，常有以"外国大学毕业或考得博士"为标准之一者，此事在欧人视之，最属可笑。据余所知，德国人之在外国考得博士而归者，必自向本国教育部述明所以投考外国博士之理由；而且非俟部中核准之后，不得使用博士头衔，即或核准之后，亦须于博士之上冠以某国字样，如"法国博士""英国博士"之类，以免与本国博士相混。德人之重视本国名器为何如者！至于此项外国博士，如欲在本国做事者，则非经过德国文官考试不可；实与吾国留学人士，一得外国博士头衔，便成为本国大学之"当然教授"不同也。又德国学者如欲在大学担任教授，必须先向教育部提出一种讲演论文，以做毛遂自荐。此项论文，类皆对于某项学理具有特深研究。教育部审查此项论文，如认为合格，则准其担任大学教授，但讲演题目必须永远限定教授最初向教育部所提出之"自荐论文"范围内，不得超越。因教育部只承认该教授对于该问题有特深研究，至于其他问题，则未敢轻于相许故也。譬如音乐系中，则最初提出"比较音乐学"论文者，只许永远讲"比较音乐学"；最初提出"乐器学"论文者，只许永远讲"乐器学"之类。只有"正教授"，不受此项限制；凡关于音乐上之各种问题，彼皆可以随意提出演讲。至于"副教授"及"讲师"，则未享有此项权利，而且不若"正教授"之有一定薪水；故当德国大学"副教授"及"讲师"者，生活至为清寒，除"卖文章为活"或"讨有钱老婆"两法外，只能呈请"学术救济会"，每月津贴若干，以维持其清寒生活。德国大学中"正教授"数目至为有限，故此项"副教授"及"讲师"往往有终身不能脱离其"穷措大生活"者。但吾人却不宜因此误会，遂以为"副教授"及"讲师"之学问必不如"正教授"。盖现在西洋"学术分工"已到极为精深之境，"副教授"所精者，不必为"正教授"之所长。故在德国大学考博士，照章须由该科"正教授"考试，但学生之从事特殊问题研究者，类多从"副教授"讲习。迨论文草就，若"副教授"既已签名，认为完善，则"正教授"亦只好随之签名认为完善，极少刁难驳斥之举。

吾国留学生之归国充当大学教授者，只需呈验文凭即可；一若"洋大人既已为我们考过，当然绝对可靠，不必再考"也者。至于先期提出讲演论文，请求教育部审查之举，更是闻所未闻。（西洋方面，亦有不须提出讲演论文，即可担任大学教授者，但只限于极为有名之学者而已。）本来，吾国教育部向来纯系官僚所组成，此外又无其他学术团体之辅助。试问：虽欲考试，究竟何人能够主持？至于德国则不然。主持教育行政之人，多系"学者"出身，而"国家学会"等组织又能网罗全国硕学鸿儒，故遇事皆有可以咨询之处。换言之，有"投考"者，同时亦有"主考"者。而现在吾国方面，则只有"投考"者，无"主考"者。其结果当然不能不听一班"外国博士"横行无忌。

近来国内虽有"大学研究院"之设,但所网罗之真正硕学鸿儒,究有几人?国家不重视真正人才,只重视亲戚私党;社会不重视真实学术,只重视虚荣头衔。此所以吾国学术永远不能稍有起色也。就现在世界学术进步程度而论,吾国在最近四五十年内,殆难望与人并驾齐驱,故留学一举,在最近三四十年内实属必要。倘政府及社会方面,不从速奖励真正学者,以提倡讲学之风,并网罗硕学鸿儒,组织考试委员会,以检查归国留学生,则吾国学术,势将永远不能独立,势将永为白族之殖民地!而衰颓国运,亦难望其挽回!盖现在无论任何国家社会事业,皆以"学术为其基础";"学术"不发达,则一切皆不能发达。须知:做官赚钱一事,令郎、令媛或贵亲、尊友虽优为之,而学术事业则非其所长,非专门人才不能为功!犹忆前年上海中国银行经理张嘉璈氏在柏林时,曾谒德国国家银行总理夏赫提氏询其理财之道,该氏答曰:"吾行若遇有问题发生,即向专家叩询。此项专家对于该项问题内容,盖无不如数家珍,洞悉毫末。于是吾人乃得筹划应付之道。贵国可惜缺乏此类专家,故一切皆无从说起。"可怜一个四万万人口偌大的国家,充满了气焰不可一世之党徒、博士,竟寻不出几个专家出来!近来吾国金融被外人操纵,而全国对之竟束手无策!中国人才破产之现象,殆已昭然若揭,博士、学士虽多,实与国家社会无益!

总而言之,余为主张留学之人,尤其主张留学者均须投考外国考试(外国文官考试或博士考试),但吾国当局,必须对于一切得有外国头衔或未得外国头衔之归国留学生，组织一种专家委员会，加以严格检查，始准录用。而其根本问题，却在国家社会方面须极力提倡讲学之风；不以党见或私人关系，尽将全国学术机关握于一般不学无术者之手。庶几全国自爱之士、特出之才，不至望望然而去之。

二十年三月二日寄自柏林

余新恩（1908—1977），湖北武昌人。1936年北京协和医学院毕业，获医学博士学位，任协和医院外科住院医师，次年赴奥地利维也纳医科大学进修胸腔外科。1939年任英国伦敦胸腔专科医院外科助理医师。1940年回国，任上海圣约翰大学医学院外科学（胸腔）讲师。1945年后任中华医学会总干事、《中华医学杂志》总编辑兼发行人、《中华健康杂志》总编辑兼发行人。

维也纳割尸记

余新恩

近代科学的进步，有赖于尸体剖验所得到的新知识来补缺身前诊断不完善的地方，实匪浅显。简言之，某一种莫名的病亡，若不用尸体剖验详加以研究，则以后遇到同一情形时，仍是莫知所云，束手无策。因此，科学的进步是基于继续的研究，真所谓由死而知生，由生而知死。科学目前虽像已颇发达，尤其是医学，事实上距离完美的目标太远，因此仍由各方面相继的研究，努力合作，向前推动着。

维也纳的医学所以能占世界医坛上数一数二的地位，就是因为它有着无限的研究材料，尤其是尸体剖验，差不多有了法律似的规定，身亡后无不经过剖验的。这在欧美他国望尘莫及，在中国更是谈不到了。维也纳因占有如此丰满的材料，所以对于医学上常有极珍贵的发明及贡献。奥国本身无疑地出了不少卓著的人才，在医学史上永远留着芳名，其他欧美各国的特出人才，几无一不曾来到维也纳做过研究深造的工作。因此一提到维也纳去，除了游览外，大多数是被它的医学吸引去的。

一个冬天的上午，在电话中我同孔斯（Kunz）外科教授约好第二天下午四时在咖啡馆会商关于学习手术事。维也纳的咖啡馆有其特点，非常有趣，差不多没有人不去咖啡馆，至少每天是会去看报一次。至于什么约会、事商、交易等，也莫不以咖啡馆为最适当的地方。维也纳尸体材料的丰富已如上述，不但可供一切剖验之用，还有剩余者可为专研究外科或解剖学者练习之资。例如尸体须加剖验者是腹部和胸部，其头部就可供专习耳鼻喉科或眼科者练习之用。第二天同孔教授在咖啡馆会谈，我所要专研究者是胸腔外科，共需要十数小时，每小时的学习是若干奥国先令。这是私人教授，学费相当贵，若能找着几个同道一起学，学费可以分担，这样要合算得多，因为是论钟点不论人数。可惜我这一门，比较是最新较难的学科，学者寥寥无几人，那时找不到同志，只好咬紧牙关一人负担学费了。不但学费贵，而且材料也不易得，普通尸体的剖验，腹部、胸部总包括在内，除非某病同胸部完全没有关系，那么胸部才得保全，可作为我们练习的材料。这种材料不多，不是天天可以有的，因此须候机会的降临。

过了几天，当我回到寓所午饭时，房东太太告我今早孔教授的书记来过电话，约我当日下午五点半钟在维也纳医大的病理室相晤。我到早了五分钟，因为尚是第一次去那地方。进了大门，穿过园林，还经过了许多的建筑及曲折，才到了一座古雅的石屋里。里面相当伟大古老，好比石柱、石像等，一望而知是过百年的建筑。由中段的一个石梯下去，转到地下室，过道下的灯想来也是经过多年的风尘，灰暗不明。过道是相当宽长，两面有不少房间，都是门扉紧闭，鸦雀无声。我故意将脚步声放重，希望有人出来，可以问问应该在哪间室里等候孔教授，结果徒然。我独自慢慢地步行到东端的尽头，仍不见人影，只见有一扇门没有紧闭，露出一点微微的灯光。我想那该是工作室了。向门上敲了两下，仍无回声。乃伸首向缝内一张，只见尸体横陈，男女尽有，至少在十个以上，有的已经过剖验。正在此时，忽听到石梯上的脚步声响，知道孔教授到了，于是往石梯口迎上去。

"晚安，医生先生。"孔教授向我点首招呼。

"晚安，教授先生。"我报以一笑。

"你等了好久吗？"

"不！我也刚到。"

孔教授手里提着一个黑色的小皮包。我跟着他向西边尽端的一个门里走去。门关了，里面的电灯点亮得同白昼一样。这室很大，一眼就看见三个在解剖桌上的尸体。靠门首的两个已经有四个医生正在聚精会神地工作着，有的在锤骨骼，有的在缝肠胃。有一个尸体两眼炯炯发光，如同活人一样，我倒一惊，原来是个桌灯照到眼帘上发出来的反光所致。我们走到最里面的一个，一个助手迎过来，将孔教授的皮包接了过去，将里面几件特别的开刀器拿了出来，放在已预备好的器具桌上。我们把外衣脱了，套上白衣，带上橡皮手套。孔教授先拿了一支粉笔，在桌旁的黑板上将手术的方法讲述一番，然后就在尸体上实验。他先割着这半胸，然后我割着那半胸。因为都是当天死亡的病人，所以皮肤并不硬缩，同病人开刀一样，有时还有血流出来。为了将尸体左右放置移动，震动了腹中的气体，有时还鼓鼓作声。一小时很快地过去了，我们的手术也告一段落，将伤口缝好，更衣洗手，互道晚安而别。下次仍然要等候有了合适的尸体，然后再以电话通知，到指定的地方继续工作下去。有一两天因为尸体不大合适，大家还一同进到藏尸室里去挑选，每次用的都是当天的尸体。

或有人以此为残忍，事实上不知有多少西人来到中国以活人做他们的练习！最令人莫解的，有些病家尚引以为荣。自德奥合并后，我去到英伦，因为特殊的关系，也总算在活人身上施行过一些手术。有一次，一对曾在中国某地办过数十年教育的老夫妇，请我到他们伦敦乡下的别墅过周末。一晚在闲谈中，老妇人回想到她在中国数十年所做的事情，令她觉得非常愉快而极想念中国。只有一件事她颇引以为憾的，那就是她初到中国的时候，因为学校与医院很接近的关系，她无事时也常常去医院看看朋友。一天清晨，她到了医院，看见候诊室里坐了一个母亲带着一个活泼肥胖的男孩。不一会那医生（也是洋人）出来了，告诉她说，这小孩患的是疝肠气，须施手术，不过没有人给闷药，要她帮忙给一给；她起初一定不肯，因为她根本不会，后来经这医生再三敦促后，她终于答应了。结果呢，这活泼的小孩终于死在手术桌上了，那时她真不知怎样地告诉及安慰在室外期候着的小孩的母亲。我听了，怅然久之。我感谢她对我的诚实，但是这才是残忍，不过这也只是许多例子中之一例罢了！

余新恩（1908—1977），湖北武昌人。1936年北京协和医学院毕业，获医学博士学位，任协和医院外科住院医师，次年赴奥地利维也纳医科大学进修胸腔外科。1939年任英国伦敦胸腔专科医院外科助理医师。1940年回国，任上海圣约翰大学医学院外科学（胸腔）讲师。1945年后任中华医学会总干事、《中华医学杂志》总编辑兼发行人、《中华健康杂志》总编辑兼发行人。

大学肺痨疗养院

余新恩

在这篇首，我要向瑞士大学肺痨疗养院院长暨未来的国际大学疗养院院长福天恩博士（Dr. Louis C. Vauthier）致十二万分的歉意，因为他曾委托过我将这所疗养院介绍到国内知名之士及大学生，时尚在三年前，我在国外，为求新知识，东奔西走，从名师学业，因此忙忙碌碌，也无暇脱稿。加以这几年国内情形纷乱，在国外又得不到详实消息，也就无心介绍了。最近回到国内，看见各事业的突飞猛进，不禁有动于中，想到这所肺痨疗养院，专为大学生所设，在欧美各国尚属创举，目今我国事事新益求新，不落人后，大可介绍以为我们的借镜，因不揣文笔浅陋，借《西风》副刊一席地来特为介绍，也多少补偿点所欠之债。在这里，我要向福天恩博士致十二万分的敬意。

在瑞士的山清水秀、风景气候终年宜人之中，择取一个最幽静、最美丽、最温和的所在，作为肺痨病人休养之栖，这将是怎样的一个胜地呢？这就是亚尔卑斯山①中的一个最著名山头，名雷山（Leysin），而这名闻遐迩的瑞士大学肺痨疗养院（Sanatorium Universitaire）在焉。

雷山位据瑞士的西南区，是浮州（Canton de Vaud）高处的一个很老的村落，在八世纪就已存在，为着那时交通的不便，使它孤立在亚尔卑斯山脉中与他处隔绝。直到十九世纪，交通才始渐渐地活跃起来，加以1837年建筑的突然添置，令人们看到它已在逐渐地改进了。然而在起初，像这图画似的美景，也仅不过有少数旅行家来欣赏而已。直到最近，方被认为雪山中气候最宜之地，因而成为世界最负盛名的一个痨病疗养的所在了。

雷山高出海平面1250至1450米突，或4100至4700公尺，占有被遮蔽的地位方向及广大的边际，连同有一种特别温和及日光普照的气候。它靠住土坛（Toursid'Ai）同马容（Mayen）两个山头来挡住强烈的北风，而占有高处的一切利益。清洁的空气及冬日的阳光，是别处鲜有的，加以空气是例外的温和，这点对于日光治疗是极其重要而融洽的条件，因此疗养院都建设在这山上。它的斜坡上朝着南，对着般都屋斯（Vandoise）及发雷珊恩（Valaisanne）雪山以及伟大的白高峰（Mont Bianc）

---

①今译阿尔卑斯山（Montes Alps），欧洲中南部大山脉，覆盖了意大利北部、法国东南部、瑞士、列支敦士登、奥地利、德国南部及斯洛文尼亚。——编者注。

山脉，风景是极美丽而伟大的。当年平均温度是摄氏5.3度，不比日内瓦是9.5度，巴黎10.3度，伦敦9.8度。冬季则是-1.8度，春季+3.8度，夏季+12度，秋季+6.8度。冬季时，当那乌黑带雾的云天遮蔽了伦敦、巴黎及其他城市的上空，而独亚尔卑斯山高高耸出云际，享受着青天的美以及日光的暖和。在高处，有治疗作用的日光非常有力，加以白雪的反射更为有效。因此，病人在冬天，可以赤着身做滑雪游戏，继续着日光治疗，终年不辍，这也是它处鲜有的。空气的干爽，也为它处所不及，它的相对湿度（Relative Humidity）平均常年是65%，冬季53.5%，春季64.3%，夏季67.7%，秋季67%。平地的城市常年平均总在75%至80%之间。至于雷山的日晷（lnsolation），全年达到1840小时，巴黎则1745小时，伦敦1030小时。雷山上风的分配也是极端温顺的，为了北风的蔽免，所以风雨表上是很照常地继续下去的。那仅有的北风分配占12%，不过只是由晚上日落后到日初升的一瞬间，差不多每个季候全都如此。这微弱的风，只不过是为了改换局部的空气而已。

  雷山的交通如今自然是非常利便。坐着国际通车辛普浪线（Simplon）可直达山脚下，这就是艾葛尔站（Aigle），一天有好几次通车。由艾葛尔站转坐登山电车直上雷山，一小时可达。山顶分有三站，雷山镇（Leysin Village）、雷山飞垒（Leysin Feydey）及雷山浮斯茫（Leysin Versmont），每站相隔五分钟的路程，各疗养院及旅店商铺分据在这三站的附近。这条由艾葛尔站到雷山山顶的电车道是一个极大的工程，系1900年起由戚萨克斯（M. Ami Chessex）所修成的。

　　从欧洲各处来到雷山，火车不需多少时间。由柏林23小时可达，维也纳22小时可达，匈京22小时，比京15小时，西京33小时，荷京22小时，捷京25小时，米兰7小时，罗马23小时，伦敦19小时，巴黎11小时。山上什么都有，旅馆、饭店、邮政、电报、银行、商铺、照相馆、电影院等，无不齐备。

　　虽说是目今交通如此便利，但是一般旅瑞的游客仍鲜有到这山头上来，虽然这山头上也有滑雪的设备。如非有亲友们在这山上养病，特来探视，那么就是医界人士来此考察。有人说，来到这山上恐易传染着肺病，但这完全是无稽之谈，像在这样的强烈日光之下，痨菌在瞬刻间即被杀灭，这要比在人烟稠密的城市中，传染的机会还要少得多呢！我国人士来过此山者寥寥无几人，即是医界同志，来过的也殊鲜。我因专修这一门，特来到这山头做月余的考察，而尤感兴趣的就是这所"大学肺痨疗养院"和另一所"工作疗养院"。

　　讲起这里疗养院的建设，并没有久长的历史。在1886年，艾葛尔村里有一个著名医生贝善斯穆德（Dr. Bezencement）及他的同事舍瑞当（Dr. Z. Seeretan）及葛德（Dr. Gran drl）等，曾来细心观察此山的气象，得到了很好的收获。起初用着村里柯雷斯小姐（Miss Cullez）的一所老公寓（Pension），在贝善斯穆德医师管理之下，成立了一个小规模的病人疗养之所。后来由一位老牧师继续下去。这些曾给雷山留下一个很动人的纪念。这初次实验的成功，遂引起人们建设疗养院的起端，在

1890年建筑了第一所异常的肺病疗养院（Le Sanatorium Grand Hotel）。1895年又设立一所疗养院（La Societe Climaterique de Leysin），后因病人逐渐增加，原址不敷应用，乃和邻近一所旅馆打通连而为一，从1898年起改名为白高峰疗养院（Sanatorium du Mont Blanc），可容120个病人。从此以后，进展得很快，接下有Sanatorium de Chamossaire（1901年）及Le Sanatorium des Belvedere（1906年）等疗养院陆续成立。至今大小疗养院不下六七十所，病床总数约二三千，其规模之宏大，设备之完善，可以想见一斑。

此中有一所，是本文所要述说的，就是瑞士大学肺病疗养院，举办人及该院院长就是福天恩博士。为什么在肺病治疗过程中却又要把患痨病的大学生另外放置在一所专门的疗养院里去呢？若骤然地看来，好似多此一举，实在呢，福天恩博士真是功德无量呀！

要晓得，治疗一个有痨病的大学生，和治疗一个有痨病的常人是很不相同的。治疗一个大学生，不但是要治疗他的肉身部分，而最要的，还得顾到他的精神部分。试想一个大学生，正在勃勃有为之时，忽被这病魔所绊倒，不但是不能上进，而且将要做长期的休养，这将使他精神上受到如何的一个打击呢？不比一个普通人，没有多大的志望，看不到太远的将来，也不十分明了他的病情，因此他的思想是很简单的，糊糊涂涂地也能过去，这样，他的精神部分就不占太重要的地位了。一个大学生会顾虑他的目前，更顾虑到他的将来，时常是郁郁不乐的；

这将影响到他整个的健康，阻碍他身体病处早愈的机会。所以，若把他放在一个普通的病院里去，不去理会他精神的情况，这将使他沉埋在一个"无人知"的境界里，受着无限的苦痛。而且这一类病人，精神较常人特别过敏，他们所需要的精神方面的治疗及安慰，尤胜过于肉体者无数倍，因此得神经衰弱的自也不在少数。

福天恩博士第一个有鉴于此，于是把他一生的精力完全贯注在这个问题上，为不幸得痨病的大学生谋幸福。他要使他们在这较久而不得已的治疗途程中，仍不失去他们原有的志气、向前的精神，使他们的环境多少仍能与他们在校时一样，同时并不妨碍他们在肉体上所需要的休息及治疗。这样，病者最关切的学业在可能中继续下去，就是不能的话，也不致荒废了。不但如此，还要将大学中具有的特性——自由与团体生活，也能在疗养院中产生。这样使他们病愈后回到社会中，不但是一个身体健全者，也是一个完美的社交分子，而不致对于社会中的事业及责任畏缩不前。这在普遍一般隔离治疗途程中，是很易产生的一种现象：养成一种说不出的孤独习惯及似乎被社会所弃的心理。

于是这急不容缓需要，终于在1922年的10月间付诸实施，这所瑞士大学肺痨疗养院正式成立了。

原先的计划是预备开办一所国际大学肺痨疗养院，这样它的好处不只限于给瑞士大学生，而且也可以给世界各国大学生享受。早在1918年，福天恩博士第一次将他的意见及计划表呈于瑞士法文区的各大教授前。自此以后,将其全身精力贡献出来,以促其成。1920年,经渠请求,促成瑞士法文区的日内瓦、罗桑及诺旭铁各大学组织了一个筹备委员会,直至1922年3月,全以造成一所国际性的计划为目的。瑞士政府及其他机关都表赞同而愿援助。世界红十字会及世界学联会在1920年也都一致表决赞助。自然,这项消息在瑞士散布得尤为迅速。诺旭铁是第一个施行强迫纳税制的地方,每个大学生半年得缴费五瑞法郎。其他各瑞士大学都闻风而起,施行强迫税制。校中教授及职员,每年规定纳税二十瑞法郎。自此以往,所有瑞士各大学都加入,于是这瑞士法文区的临时组织取消,代以一个全国联合委员会,包含巴寿尔、便恩、日内瓦、罗桑、诺旭铁、朱利希等大学及专门学校和学联。为了那时国际上合作的困难及外汇的问题,这委员会不愿就此停顿这么一个有用的计划,遂表决先设立一所疗养院,暂时是为瑞士各大学的教职员及学生之用,不分国籍;若床位有余的话,其他外国学校的教职员及学生也是一样的欢迎。这样,这所瑞士大学肺痨疗养院就于1922年10月1日正式在雷山成立了。福天恩博士也就被委任为该院的院长。

这大学疗养院现有床位四十五,收费则凡是瑞士大学的学生及教授,可减至每天六个半瑞法郎,包括住院、饮食、治疗、医药、X光、侍役等一切费用;非瑞士大学学生,因未缴强迫税,每天收费是十二瑞法郎,这已较实在的费用还低。

将这些年岁相近的青年们聚在一起,就仍不失在大学时一样的风气和环境。一方面养着病，一方面仍继续着大学的生活及学业。能继续多少学业，完全是要看每个人的病情而定。这里有医生将详为检查及指导，代排成一定的生活程序，使生活方面不妨碍治疗方面，所以有的一天可以工作五六小时，有的一天只工作一二小时。工作的增加或减少并不能随意，都是要经过医生审慎处理的。这种经过审慎支配下的工作，不但是对于病人无损，而且实在是一服补药，是一服安神剂，并且给病者一个健康的人生观，免除他们变成败坏德性及神经衰弱者。虽然他们的处境或者是异常及不快，但是他们的趋势是企图遗忘这一切，而能感到更安定，减少敏感性，更多点人生的了解及感谢心。

虽然大学疗养院不能与一个平常大学具有同样的性质，不过它对于各个学生的学业是极其关切的。有的仍能在床上继续他们的学业，如写论文等，到时回到他们的大学去参加考试，因为瑞士各大学已认可他们在山上肄业及自修的学程的。许多著名的教授，不时被邀到山上来给学生们做学术上的演讲，或者给个人些指导。每个学生的功课，是在他们学校教授中选择一位专门担任。有的在山上学习外国语言，因病人当中不少各国人士穿插其间，交换的学习语言是很方便及普遍的。欢喜手工的，可以订书以及做些简易的木工。若病者是医学生，就可以在雷山各疗养院中获到临床实习的经验。

院中又有一间图书室，由学生们自己轮流管理，除了各种书籍外，还有一百六十余种各国文字的杂志、刊物，这些都是由各地赠阅的。有些院中所没有的书籍或参考书，还可以向各大学及医学会等处借阅。每个学生的床头上都装置了一副无线电收音耳机，随时可以放在耳边收听各地的新闻及音乐，也可以收听院中讲厅里的名人演讲，或音乐，或报告。此外还有电影机、幻灯、显微镜及科学研究的设备，为学生们实验之用。

当我步入病室去与他们接谈时，我看见有的正在翻书阅报，有的用着耳机静听，有的在做实验，有的在谈笑，由他们的表情上可以看出他们是满意的、快乐的。他们与我握手，谈笑自如，好像一见如故，这也正足表现他们不分国籍的精神，也表示他们并没有与社会隔离，丝毫不曾因病及需长期的休养而自暴自弃。个个都对我说："我在这里很快活。"（"I am happy here."）这也就多少达到了福天恩博士创办这疗养院的初衷了。

但是他的志望并不止于此，他并不满足，他仍要努力达到他原先固有的计划，目前只是个小实验，他仍要因这实验的成功而使他那更大的计划实现，这就是他日夜所计划的规模宏大的国际大学疗养院（The International University Sanatorium）。他不愿将这独得天赋之厚的疗养胜地只给瑞士学生们去独享，他愿各国的学生都能得此权利。他不愿把国籍分开，而愿把各地同病者相聚在一处，互相亲善了解，不再有国籍、种族的歧视及分别。即在现在这所大学疗养院里，这种观念已经休灭，曾收容过三十余不同的国籍的学生，经过一度熏陶后，莫不亲若兄弟姊妹了。

这个计划早已在日内瓦得到国联会学术合作部的拥护，在1927年成立了一个筹备会，由福天恩博士任总干事。不久就产生了一个基本委员会，由各国名流担任，正式在日内瓦成立，并负经济的责任。日内瓦大学教授兼国际学术研究院的院长拉巴特（Mr. William Rappard）被委任为会长，会计一职是由瑞士国家银行的副办华廷西（Mr. Schnyder de Wartensee）担任，医学方面是由日内瓦的亚斯干那奇（Askanazy）教授及便恩的格兰（F. de Quervain）教授负责主持。

这计划中的疗养院能容二百床位，创办费约需二十万英镑，包含一切的设备，像规模宏大的图书馆、大讲厅、课室及五间完备的实验室，足够为大学用的。院中将有两位博学多能、热心合作的长年住院教授，一位担任文科兼负图书馆之责，一位担任理科兼管理实验室。但这两位教授并不用来替代学生们学校里教授的职位，每个学生仍与其母校有直接的往来及联络，依照学校的课程及方法继续下去，并准备日后的考试。他母校的教授也仍继续指点他们的工作。此外，学生们自己也可以互相帮助，学习功课及语言。

再者，各国文理科有名的教授时常轮流地被邀请到山上来为学生们做短期的讲学，以及为专修者授课，平均整年都可有这样的一位教授在山上讲学。还有因雷山是靠近日内瓦，而国联会以及许多国际学术的组织也都成立在该处，所以每年由各国各地来的有名之士络绎于道。为了交通的方便，随时可以邀请上山，使学生们得有机会时与各国文化界、思想界的领袖及代表接触周旋，敬聆他们的宏论，这也是广见识、增进学业之一道也。

至于他们的治疗疾病方面，院中将有一位主任医师、一位助理医师及两位住院医师负责细心护理，与每个病人发生密切的关系。若患的是骨痨，则由在雷山的罗利安博士（Dr. Rollier），那闻名全球的日光治疗圣手负责诊治。此外尚有一位耳鼻喉科专任医师及一位牙医。

像这样一个最完备、最合乎各国大学生需要的疗养院，将是最理想不过的了。建筑地早已由雷山市当局慷慨捐赠。只惜乎开办费太大，加以各国政局的不宁，至今尚未动工。开办费需二十万英镑，床位二百，平均每个床单位值一千英镑，以后住院费每人一天合收九先令，包括医药、X光、手术、学费及实验等一切费用。这是非常便宜而合算的了。

虽然至今尚未成立，福天恩博士并不因此灰心，仍努力地在为它准备。世界政局一旦安定，它的成立是不难实现的。各国及各界人士都一致赞助这种组织，各国的报章、杂志也都有很好的介绍及批评。自然他们也非常同情我国目前困难的情形，不过也至希望我国能有一二病床的负担，庶能使将来我国留学生中不幸而患病者得有占据此一二床位之权利。其尤重要的，是要把各国青年聚在一堂，因病的媒介，使他们得多有工夫来做真实的认识，互相亲善了解，等到病愈后各回到各人的本国去，把在疗养院里所经验到的真正国际上的亲善观念推广到他的本国里去，奠下一个世界永久和平的基础。

我同福天恩博士暨他的书记昆拿特君（Mr. R. J. Quinault）交谈了许久。福博士年过半百，温厚笃学，非常和蔼而且热忱。昆君系英国大学生，也是在这所大学疗养院里治愈者之一，病愈后他仍留院任书记职。我们的交谈多半用着英文，有时也用法文及德文，因福天恩博士系瑞士法人区人，而这书记也能说着一口很正确的德文和法文。在欧洲，最怕听普通一般英国人说法文，或法国人说英文，就好像苏州人说宁波话，宁波人说苏州话一样。这位书记却能说着这样一口流利及正确的法文及德文，实出人意外。但是他之所以能说得如此正确，也就是当他在这疗养院养病时，向着法国及德国病人那里学来的。这又表示出一个国际疗养院的优点——学术上的继续能有进步，国际上的接触往来、亲善了解。

他们对我的谈话非常诚恳，希望我能将他们的计划及希望转达于国人。他们给我看的一些为这疗养院介绍的各国报章、杂志不下数百种，而此中我国则独付阙如。我个人，深感到像这类国际的组织，我国应当不落人后，义不容辞地予以实际上的赞助。不但是对于留学生中不幸在海外染病者，祖国尚能予以些许物质上的援助和精神上的安慰，也所以谋到这里更大的一层意义，这就是借着学生在国际上接触往来的机会，给予各国大学生一个很好的宣传及正当的认识，使他们晓得我们中国人不尽都是蓄辫子的、缠小脚的、洗衣服的、做小贩的、抽鸦片烟的；而我国的青年学生同各国的青年学生一样，有着同样的头脑、智慧、思想，要同来改进这世界上的偏见及误会，以争取国际真正的自由与和平。

我在这里，不该再陈述我个人的意见，我只不过负着文字上介绍这所瑞士大学肺痨疗养院及未来的国际大学疗养院的使命，也算是对福天恩博士对我的委托及热忱尽点力。

余新恩（1908—1977），湖北武昌人。1936年北京协和医学院毕业，获医学博士学位，任协和医院外科住院医师，次年赴奥地利维也纳医科大学进修胸腔外科。1939年任英国伦敦胸腔专科医院外科助理医师。1940年回国，任上海圣约翰大学医学院外科学（胸腔）讲师。1945年后任中华医学会总干事、《中华医学杂志》总编辑兼发行人、《中华健康杂志》总编辑兼发行人。

希特勒到维也纳

余新恩

自奥总理休枢尼格（Dr. Kurt von Schuschnigg）①在1938年的年首被招到贝溪特斯伽登镇（Berchtesgaden）②与希特勒会晤之后，奥国的情势已在急转直下。当时在维也纳，人民都具着一种迷惑的心理，他们的命运也不知将到如何的归宿。表面上还是同从前那样：政府穷，人民也穷，一切浮面的繁荣都仍操诸犹太人之手。像这样一个暮气沉沉的国家，虽在那极端困难之中，却尽力在做生命的挣扎，但是仍不能化险为夷，而已届寿终正寝、回生乏术的末日了。

---

①今译库尔特·舒斯尼格，奥地利政治家，1934年任奥地利第一共和国总理。——编者注。
②今译贝希特加登，位于德国东南部巴伐利亚州东南部的阿尔卑斯山脚下，距离奥地利萨尔茨堡20公里。——编者注。

果然事隔不久，人民这一团的疑云被那久经潜伏着的国社党势力打得个粉碎。奥总理回到维也纳后，头一件事要照办的就是容许奥国国社党首领殷嘉德氏（Dr. Arthur von Seyss-lnquart）执掌大权，高任内政部长；同时被拘禁多时的国社党员一概释放，这样分明地奥国已对德国屈服了，还有什么可说呢？

奥国人民从此再也不能像以往过着那样逍遥自在的生活了，一切都要带着点党化，而那党纪律、党秩序已开始在奥国一露头角了。

当年2月20号，那天是礼拜，下午三点钟希特勒在柏林演说；24号晚六点，奥总理在维也纳演说。事关奥国的存亡，这先后两领袖的演说可说是轰动了整个欧洲，留心时势的，当时莫不废寝忘餐去听播音。那两天在维也纳，情绪是紧张极了，早在演说开始的前一个钟头，只见家家铺子忙着闭门停业，只剩着咖啡馆门庭若市，许多人去那里听无线电。所有的电影院，到时都停止开映电影，人民可自由地坐在电影院里静听无线电。演说开始，除了到处听见无线电所转播出来的声响外，旁的声息全无。那时马路上已是行人绝迹，不过有好些大路上的电柱上临时装了无线电播音机，下面围立了不少听众。

这两次的演说，同时在巴黎、伦敦、纽约转播，所以当地的民众在同一个时候也可以听到，不过是德文的。但在演讲完后，立刻在各该地电台将演词翻成各该地的语言再播音一次，这样不懂德文的也可明了演词的内容了。

希特勒的演词是笼统的，对全世界而发，也包含中日的问题，所以并不单指奥国而言，不过他的主张自然是要把奥国也拉到轴心国里去。休枢尼格的演词可说是一篇报告，把奥国一年来的出产、贸易、收入以及进步的地方做一番数字上的比较，同时把奥国历年来的文化、史地上的光荣，再度申述一番。至于奥国的立场，他对于德国的合作表示欢迎，不过奥国本身的生存，他要尽力去奋斗保持的。

但是一向弱国是无外交的，奥国可以自由地去生存吗？在这无可奈何的情势中，为要引起世界的舆论，于是奥总理定下个表决于人民的办法，遂宣布定于3月13日举行全国公民投票来决定奥国的独立。于是一幕一幕的热闹把戏在维也纳见到了。

维也纳城一共划为廿一区，以第一区为中心点，围绕着这第一区划辟为第二、第三区，这样地排下去，成一蜘蛛网形。都市的繁华集中在这第一区，举凡政府机关、议会、市厅、大教堂、剧院、大商铺、大旅馆、大咖啡馆等莫不云聚在这里。离这区不远，在它的东北面就是多瑙河，有如伦敦的泰晤士河、巴黎的赛茵河①。在这第一区里，最热闹的是凯特勒街（Karntner Strasse），有如上海的南京路，是商业精华之所在，终日来往行人络绎不绝。可是有一点与上海不同，就是它没有电车或公共汽车来阻滞行人，因为维也纳的主要交通工具是电车，

---

①今译塞纳河（英文：Seine River；法文：La Seine），流经巴黎市中心，是法国的第二大河。——编者注。

而这电车只绕着这一区的圈边行驶，因此在区内的街道上是没有电车的。不过行人有时还是一样的受阻滞，这并不是因为街车，而是对对男女往往就立在热闹的街上接吻，我好几次逢到的又却是老头儿同老太太。

就在这热闹的街上，一天下午我去那边买东西，忽而听到远远人们的喊叫声，我初以为来了精神病患者吧！立住了脚，不一会就在我这边行人道上来了一队人群，领队的是个年轻体壮的男子，伸直了右臂，后面跟着的全是年轻男女，约有二十余人，领队的不时喊叫地问道："谁是我们的领袖？"后面的队众就同声地答道："阿道夫·希特勒。"这队走过去不久，在对街行人道上就看见临时也组织了一队人马，也有个领队，举起了右手，手与臂成九十度角形，也不时地叫喊。跟在他后面走的，除了青年男女之外，老年人加入的也有。有一个老太太更见热烈，雄壮壮地跟在后面，不时大声叫着："休枢尼格万岁！"路上的行人，有的不理会这事，有的站着旁观，有的看各人的情感加入任何一队跟在后面呐喊。不过两队并不在一个行人道上，所以并无冲突或直接吵闹之事发生，大家也并不带徽章或拿旗帜，所以巡警也无从干涉。我临时自己做了个评判，点一点人数，还是加入第一队的人比较多些。

这不过是纷乱骚动情形的开端，只是小规模的，不大有组织的一种临时情感的表现，谈不到真有什么利害关系。可是正因这种不大有效果的举动才激起一般民众，把他们由梦中叫醒来。不管每个人的立场是怎样，现在已是到了最后关头，奥国只有两条路可走，一是同德国打成一片，一是独自生存，再不能彷徨在歧路上。各人要为他的主见努力，不只是一点无关痛痒的表演，而是有组织的、大规模的、有效果的整个计划的实施，因此无形中就分成两派，也就各自努力准备在公民投票的那一天一决雌雄。

于是在这准备期中，都有了大规模的举动。在街上的呐喊不只是临时的场合了，而是有组织的数百人的大游行，还拿着旗帜，喊口号，声势浩大，这样就引起巡警的干涉，不许他们游行。但是巡警太少，阻挡不住如潮般冲涌过来的民众，结果虽被切成数段，各队依旧向着前进。这是亲德派的表演。

一天晚上正走在大街上，迎面来了一大队人马，在首的几个臂上围了国社党的旗徽，乘着自行车，后面跟着年轻男女数百，气势汹涛，不可遏止。当时有巡警上去拦阻，谁知能阻其一而不能阻其二，所以仍归无效。有一个路过的白发老人，拿着手杖，看了这种情势，不觉怒发冲冠，挥杖大骂，于是游行队中一个年轻男子急忙跑了过来同他交涉。

"我的上帝！你骂谁？"那青年责问老人。

"骂谁？我骂你们这群无知的小子，被人玩弄，你们知道什么是国家，你们尚不到年纪，你们还没有吃够奶⋯⋯"这老人举起杖来要打他。

"什么？我们不到年纪？你太老了，国家用不着你这废人，旧头脑，思想体力的落伍者！"

"我落伍？你知道我是谁？"

"你是谁?"

"我是谁？我做大事时你尚未出世呢！你知道你的祖宗流了多少血汗才造成今天我们的国家，你们简直不知耻，侮辱你们的祖上，侮辱你们的长辈，还说他们是落伍者？……"

这段对骂终不能继续下去，因有许多人来劝解，那少年也没工夫辩论，他还得继续去游行。

我也继续前进，走到路口，转到小路上去。

忽然飞也似的在我身侧闪过一辆货车，上面立着二十几个年轻男女，拿着旗帜，时时呼喊："休枢尼格万岁！"有的还吹喇叭，同时由车上抛下许多传单，好似飞着的雪片。

我对面跑来一个青年，手里拿着一大堆传单，看见我，就给我一张。

我那时本打算回家，为了这些奇怪的现象，令我没有目的地在街上走来走去。

我又转到了大街，逢巧又遇着那发传单的青年，他毫不思索地又给我一张。

这传单是一张"告母亲书"，原来这些青年尚在廿四岁以下，还没有公民投票的资格，他们唯一的办法就是请求他们的母亲要为着奥国独立而投票。他们写着很动人的字句：

"母亲！请你为你儿女的前途考虑，让他们能在独立的国家下生存。"

"母亲！你愿你的儿女做人奴隶吗？"

"母亲！请你不要让你的儿女失望呀！"

在那时，又听见天空中的轧轧声，一架飞机正绕空而飞着。机身有两盏鲜明的红灯，一个是奥国祖国阵线的标记，像中国的"田"字，一个成为两个字母形，就是 Ja（"是"）字，意思是在公民投票时，须表决的问题是"汝是否站立于独立的奥国方面者"，只需写一个"是"或"否"字，写"是"的表明赞成奥国独立，写"否"的表示不赞成。飞机的用意，也无非提醒人民写"是"字。这是祖国阵线的表演之一。

再者在行人道上，在咖啡馆的门首，许多都用黑漆画了个祖国阵线的标记。这些宣传说来也可怜，奥政府本身连这点宣传费都供不起，都是犹太人一手经办。犹太人自然极端不赞成德奥合并，果若实行，那么犹太人的生命、财产都要处于最不堪设想的境地了。

这些宣传相当地有效力，加以犹太居民很多，投票赞成写"是"字的似颇有操胜券之望。这可把国社党急坏了，于是希特勒等不到公开投票的日子，已将德兵开到奥国边境，炮火待发，就在3月11号那天下了最后通牒，强迫休枢尼格退位，以殷嘉德继任，并将公民投票展期举行。

我的房东是个老太太，那时她有着矛盾的心理。丈夫已故世，剩下两个儿子。长子已与一德女子成婚育子，在德国做事，可算是德国人了。幼子尚未成年，那年可由中学毕业，预备投考军官学校。这小儿子也就是在汽车上的呐喊者之一。她若投票写"否"字，那她的小儿子一定要同她脱离关系。她若写"是"字，假使结果"是"多于"否"的话，德国难道就此罢休吗？必定要大兴干戈，这样一来，她两个儿子就要决生死于疆场，自相残杀。她那时的情绪非常不安，历年来的偏头痛又发作了，我还得给她医治。

3月11号那天下午五点钟光景，忽然由无线电中发出一个熟悉而悲哀的声调，这就是休枢尼格对人民最后一次的演说。词句很简单，语气沉重而凄惨。意讲："余因希特勒以武器侵入奥国所威迫，不得不辞职以避贤路。余今秉承总统之命告知奥国人民，吾人已屈服于武力矣。在此严重一小时，吾人仍不惜任何代价，避免日耳曼人之流血；故已下令全军，如德军攻入，不可予以抵抗。余今与奥国人民告别矣。愿抒至诚，赠以日耳曼之金言曰：上帝保佑奥地利亚。"

只这几句悲痛的话，再也没有声响了，大家再想要听他说些什么已是不可能的了。他说话时已失去了自由，已被监禁了。

这样突然的变化及结局使许多奥国人民面面相觑，啼笑皆非。犹太人呢？不用说，他们是没有料到这一着的，现在什么都完了。

这只是一小部分人的情形。另一个角落里，正在那里兴高采烈，狂了似的在高唱得胜之歌。

当天晚上快八点钟的时候，本打算去法国旅馆（Hotel de France）参加成立不久的中奥联欢会，而且我已约好奥国友人在那里会晤。谁知走到街上，情形已完全变了。国社党的旗帜触目皆是，到处在飞扬，街上是人声鼎沸，正在举行数千人的大游行，途为之塞。成群的游行者臂上围着党徽，手里拿着旗帜，时刻在呐喊"胜利万岁"（Sieg Heil）的口号，声势浩荡，交通因之完全停顿。同时有特号晚报叫卖。当时紧张的情形使我不胜感慨，不料我所站立的奥国领土，一刻工夫已经变成德国的地界了。

虽则奥国的灭亡与我毫不相干，但是亲眼看到这千万的奥国民众不以亡国为悲哀而反以"胜利万岁"来自豪，实令人黯然叹息。真所谓"哀莫大于心死"，奥国是无可救药的了。

我不愿再看这些不知"亡国恨"的民众，怅然地回到寓所。房东太太及她的小儿子哭丧着脸，令我几乎流下同情之泪。她儿子那天近晚时尚穿着童子军装在街上走，结果被国社党人打了一顿，皮破血流，因为在希特勒青年团的旗帜下是根本不容童子军这种组织存在的。他连忙逃脱躲在家里，等我回来给他裹伤。那晚我们都早早地上床，窗外的疯狂恐怕一夜都没有停止。

第二天房东的儿子不敢出门。我走在街上，到处都看到国社党的旗帜满天飞扬。游行者，坐汽车呐喊者，时刻地遇着。各书铺都把休枢尼格的著作抽去，代以希特勒的《我的奋斗》一书。各商铺的玻璃窗中连肉铺在内，陈列着希特勒的肖像，四周还满置鲜花。几个要紧的路口也陈列着大张的希氏肖像，堆满了鲜花，两旁有国社党员把守，路过民众，无不脱帽，或举右臂致敬。

我走进公园坐在椅上小憩。听见园外一个小孩在兜售希特勒肖像明信片。听他起头叫着说：

"我们领袖的照片。"

"每张十个格罗新。"

以后他说得多了,不知不觉地用着简单的词句道:"我们的领袖",等了一会继续道:

"十个格罗新。"

继而连着道:

"我们的领袖,只十个格罗新。"

路过的行人还争着买,好便宜呀!

晚上十一二点钟的光景,我们正在四楼预备就寝,忽听见下面商铺的窗门开着的响声。这使我们很奇怪,铺子不早已关了门吗?乃探首下望,果然这些铺子,犹太铺子,尤其是衣衫店、汽车脚踏车店,都被国社党员拿着枪强迫开门,不一会汽车开出屋外,车上满载衣物飞驰而去。

翌晨进到这些铺子里,只见货物零乱,数量缺乏。女店员们呢?红肿着眼,好似在丧期中。

街上多了许多新的汽车、机器脚踏车,国社党人坐着巡游。店东的儿子被叫去学校训话,回来时手里抱着一大包新的衣袜,买起来倒很不便宜呢!他现在已是希特勒青年团的团员了,得穿起白衣黑裤来去参加游行。由新衣衫及袜上的招牌上看,就是下面衣衫铺里的出品。

3月13号德兵已入维也纳城,那天是星期日,德军在街上大游行。德军所经过的街道都是人山人海。我在午前就跑到议会的附近,只见路上等候着的民众途为之塞,议会门首的石像上也都站满了人，沿路的树上像鸟似的立了许多人。那天天气非常好而温暖，所以比较热，时见鹄立的群众中的人晕厥，这又忙坏了救护队。

德国的坦克车队、马炮队及步兵师团，一列一列地在街上游行，同时数百架飞机在天空助威，有时排成卐式。游行过的地方，民众必摇旗呐喊，"胜利万岁"之声不绝于耳，有时喊着"一个民族，一个国家，一个领袖"的口号。

这时德军真是光荣。服装的整齐、步伐的纯熟、器械的完备，莫不令奥国人民惊呆咋舌，钦佩不已。军官们坐在小汽车上，时而起立举起右手答谢民众的欢呼。那天一直游行到午后四点才告完毕，我就在完毕后才能吃到一餐午饭。

德军在维也纳城内，受到人民热烈的欢迎。常在街上看到年轻女子献花，与德军握手。有时忽然有走在我前面的几个奥国女子止住了脚，摇手呐喊，再一看，原来街上有一辆汽车载着几个德国军人飞驰而过。

3月14号下午五点三刻，希特勒由奥国的林兹，也就是希特勒的诞生地，来到维也纳。维也纳方面在事前得讯，筹备盛大的欢迎。抵京后并没有游街，即到帝国旅社稍息。那时民众莫不以一睹元首风采为荣，所以早就伫立在街头等候。结果等了数小时也没有看着。那天希特勒应着围立在旅馆外千万民众热烈的欢呼，始在露台上做了一次简单的演说。

15日上午十时，希特勒乘汽车到英雄广场，向维也纳市民发表演说。我也挤在人群中。希特勒演讲的声调是很粗暴的，时而急促的，但是他很能抓住人心，每说不到几句，听众必欢呼不绝。那天他不过是宣告奥地利也就是他的祖国加入德意志帝国罢了。

16日希特勒凯旋回国，沿路有盛大欢送。

这是欢乐的一方面，悲哀的对照呢？前总理休枢尼格被软禁在比尔维地尔邸，不能自由行动。与他同在位的好些个人都不甘为德国奴隶因而自戕。在那三天内，维也纳境内自杀的总在一千人以上。被国社党逮捕的近二千人。

犹太人受到的凌虐自然无所不在，尤其他们出钱帮助政府做公民投票大规模的宣传，国社党人是恨之入骨。常见到年轻的犹太女子，被迫着跪在街上洗去地上所涂着的祖国阵线的标记，国社党人就旁观讥笑。犹太人在维也纳约有二十万人，一旦处在最严酷的反犹环境中，实在可悲。他们的商店被劫的在90%以上，其余的也处在营业不能、出境不许的状态中；钱财也禁止汇出或带出去；各机关里的犹太籍人全部开除；学校里的学生都得重新登记；家谱得查到三代以上，若有犹太人的血统，就禁止入学。犹太人自杀者自不在少数。

渐渐地，奥国的币制也取消了，都改用马克。进到铺子里，或在街上遇着朋友，或在电话里说完了话，再也不说"早安""晚安""再见""上帝祝福"等口头语了，却都以"希特勒万岁"代替一切。

奥国是奉天主教的国家，教堂也遭受压迫，教徒遭受侮辱。有个大教堂还演了一幕武剧。

说起犹太人所处的悲境，自要表些同情，不过犹太人的聪明、自私、贪图也是不可抹杀的事实。就如小小的一个学校里吧，讲堂里的第一排最好的座位，几全被犹太学生所抢占，奥国学生倒只能坐在后面。其他自不待言，例如奥国的市场、金融，也是犹太人的资产，为其所操纵。

事变后，犹太人的商业被迫停顿，出境又发生问题，钱币是绝对不能汇出或带出境外。可是希特勒的聪明尚不及犹太人，犹太人的大批钱财还是一样地溜了出去。所用的方法有的是托留奥的非德奥籍人给想法汇了出去，当然要给点好处；有的是与人转账，因为旅德奥的外国人，钱都是由国外汇来，这样汇来的是登记马克，要比在德境内换现的多一倍。好比拿一英镑钱在德境内只能换到十二马克，若由伦敦汇一英镑钱来德国，就能到德国的国家银行拿到二十四马克，因此旅客的钱多半是由伦敦汇来的。犹太人就利用这种方法，在德国当地把马克给外国人，自然给的较多，每镑约给三十马克左右；旅客们就不必由伦敦把钱汇来，只需在伦敦把这笔款子给转在犹太人的账下就得了。这样，犹太人在德境内的钱无形中就汇出去了。不过这些都是犯法的，都是秘密私自地在获得好处。

有一个犹籍医生没有办法出境，他找到我们的公使馆来请求帮忙。他说就当他是我们使馆的御医，这样他可随同使馆人员一同出境。这种要求，在我们使馆方面因国际体面的关系自然是要拒绝的，谁知在还未回他话前，他却要求说，他现在经济很困难，他即算是我国的御医，自要取薪的。这真是荒唐之极,要人救他的命,还要人给他钱,可说是一个贪图最好的例子。

事变后在维也纳街上,顿增加了不少汽车,插起中国的国旗来,许多犹太人入了中国籍了。

公民投票展期到4月10日举行。木已成舟,在德国统治下投票,谁还能赞成奥国独立呢?

德奥合并,奥国人起初以为至荣,因能享受同等待遇。事实上,重要的职务已渐渐地都落入德人之手,奥国人不过是居在次等及被使唤的地位。盲从的民众始醒悟过来,但已太晚了。

一个奥国国社党的友人在事后同我说:

"老实地同你说吧,我们全奥国人未尝不都主张独立,实在是自己没有能力。上次战后因了圣日耳曼条约的规定,土地仅剩了旧有的28%,和25%的人口,而所剩的土地又是最枯瘠的山地,耕种不宜。并且奥国是缺乏工业的国家,因此经济上都得仰诸他国。现在各国所能给予的帮助,经济上,政治上,又是微乎其微。我人早已是人家刀下之肉,不亡于德,必亡于意,与其亡于意,还不如归并于德来得体面些,到底是同文同种呀!"

是的,德国是胜利了,奥国是灭亡了。这不仅是一奥国的问题,而已使全欧呈不安状态。无疑地,它已敲起二次世界大战的警钟了。

何曼德（1927— ），干扰素研究先驱，国际知名感染症专家。早年在西南联大、清华大学读书，曾在哈佛大学、斯坦福大学主修政治学。1950年转入斯坦福大学医学院就读；1952年回哈佛大学就读于医学院，1954年毕业。后到匹兹堡大学任教，1965年任教授，1974年创设感染症与微生物系并任系主任。1992年名列美国名医榜。著有《我的教育、我的医学之路》。其父为有"中国的辛德勒"之誉的民国资深外交官何凤山。

维也纳的童年生活

何曼德

大约是1937年6月，我在土京安戈拉①当时唯一的公园内游戏，那时刚只十岁，正在玩得入趣的时候，忽然听见乘凉的周先生和姚先生叫我，告诉我一个消息，说父亲调奥京维也纳任事，在土京住了二年的我听到这个消息，不禁喜欢得跳跃起来。

我很匆促地准备起程，似乎离开得越早越好，在短短的一周之内，我们已经坐上驰安戈拉及伊斯坦堡②间的快车，到了历史悠久而欧风浓厚的伊斯坦堡。在旅馆中为耽搁几天，便搭上

---

①即土耳其首都安卡拉（Ankara），位于小亚细亚安那托利亚高原的中北部。——编者注。
②今译伊斯坦布尔（Istanbul），土耳其最大的城市和港口，也是土耳其的文化、经济和金融中心。——编者注。

了巴尔干快车,向目的地前进了。这一次旅行完全在火车上,火车虽远不如轮船舒适,却也减少了海洋上渺茫的感觉,同时可以随意浏览沿途的景致。这一点在欧洲尤为重要,因为一日的行程中,往往越过数国的国界,假若不趁此下车,领略各国迥然相异的风光,岂不可惜?所以此行的结果至少是巴尔干各国首都的大概,给了我一相当的印象。保京索菲亚①是一个异常幽静而不甚洁净的欧式都市,南斯拉夫首都贝尔格拉达②比较进步,而匈京布达佩斯却是第一流的胜地,风景优美,街道整齐,建筑壮丽,不愧为东欧之巴黎。自此以往,不过一夜即抵维京,由土至此恰行一周。

维也纳市区很大,全市分为二十二区(Bezirk),每区之广,略等于我国一二等县城,其中以第一区为最繁荣,有一条马路环绕着它,此即维城最出名的绕圈路(Bing Strasse)。绕圈路非常特别,中间有很阔的汽车及电车道,左右是人行道,但是人行道之侧又有二汽车道,旁边又是人行道,路面非常宽阔。人行道上树木参差,宜于散步。市区附近几尽为高山丛林,名胜古迹,增人留恋。

我们初到维城,住在一个宾馆里,它是一种供长期住宿的旅馆,伙食也比较正式的旅馆便宜,我们从寓所的窗口可以望到城内最繁荣的区域,秀美的圣斯蒂汶礼堂屹立其间,周围都

---

①即保加利亚首都索菲亚(Sofia),保加利亚最大的城市。——编者注。
②即原南斯拉夫首都贝尔格莱德(Beograd),现塞尔维亚首都和最大城市。——编者注。

是商店，虽然没有纽约的繁华，却也有相当规模。每隔几条街，总有一个在历史上或文化艺术上著名的建筑，形成一种古雅的风味。维城之足以自豪以及所以号称为欧洲名城之一者，其原因或亦在此。

生活比较安定以后，我们便移到公寓中，这是欧美都市内的普通住宅。建筑往往有五六层高，其中可能有几十家住户。每一家的用具伙食各自照料，房东仅供给一个守门的传达与自动的升降机。我们的住宅在第三区，远无第一区的喧杂。市民公园及溜冰场、球场都近在咫尺，中国公使馆也在溜冰场对面的贝多芬广场。市民公园是在维城著名公园之一，除了绿树鲜花外，还有一个小潭，潭里有鸭鹅，附近有许多鸽子，黄昏时候，总有许多人抛面包、花生给这些禽鸟。它们也因为常常与人接近，毫无畏缩之态。花园里还有一很大的儿童游戏场，除了常见的秋千、滑板外，还有沙潭。

我初到维也纳时，一句德语也不会讲。父亲替我请了一位女教师，上午教我读课本，下午带我到各处散步，以直接的方法指物授名。有一次她带我去公园里散步，刚巧遇到她的男友，就把我放在一边，走开去了。那时在公园里游嬉的小孩很多，其中有一个不断地捉弄我，故意向我挑战，于是我就和他扭打起来。恶战一场，不分胜负。等到女教师闻声赶来，那个小孩的眼眶已经被我打得青紫，我的嘴角也红肿了一块。回到家里父亲看到我红肿的嘴角，就责备女教师没有好好照顾好我，同时大骂我的懦弱，被人欺侮而无力还击，逼我到公园去找他再来一次决战。但我到公园的时候那小孩已经走了，只得走回来向父亲嚅嚅地说，我也曾予对方以重击的，他听了才哼了一声不再说什么了。

　　写到这里，不禁回忆到七岁的时候，从上海赴土耳其的途中，和一个同年的意大利小孩在那船的甲板上角力的情形：我屡次被他摔倒，简直没有勇气再应战了。有一次父亲也在甲板上闲眺，那小孩又回来挑战，我畏缩地不敢走前去。父亲问我为什么怕他，我说他气力大，父亲就把我拉在身边，轻轻地向我说："要不受人欺侮，一定要有自卫的力量。失败并不是一桩可耻的事，但是失败以后不想振作才是真正可耻的事。"他又告诉我一些角力的诀窍，鼓励我再去挑战，结果居然把那个意大利小孩按倒在地上。那小孩向来以为自己是个胜利者，这次不过偶然大意才被我按倒的，我一松手，他又翻身起来，向我攻击，但是终于又被我摔倒了。从这次以后，他始承认我比他强，不但不敢再和我角力，并且我们已是打成很好的朋友。

　　那年秋季我进了一个小学。奥国的学制与德国相似，小学四年中学八年。那时我初进外国学校，非常害羞惧怕，其他同学当然更以诧异的好奇心注意着他们的东方同学，有时故意捉弄我，也只好在苦闷中忍受，但是相处得久了，大家便忘记了国别的隔阂。奥国小学的课程与我国相似，但是我们学校内还读英文与拉丁文，在中学则加修希腊文。

　　奥国人是极热心于宗教的，学校里都有宗教课。人民多数是旧教徒，但是也有不少的新教徒及犹太人。我们平日的体育在附近的室内体育场操练。小学生都是走读的,我们上午八时上课,随身携带一点点心,预备在十一时充饥,下午一时即放学。

　　课余运动机会很多。平常终日除了上公园玩耍外,冬天还到附近的溜冰场溜冰。场上设备有冷气管,在温度尚未达到零度时也可以使用。到了朔风凛冽的十二月,场上更是非常拥挤,场内有音乐配合,增加游人的兴趣。奥国人对于雪上游戏非常喜欢,一则因为冬天雪多,二则附近群山矗立,地形宜于滑雪,所以维城的赛马林(Sammaring)与瑞士的冬季游息地齐名。夏天的运动更是丰富,城内有一个很美丽的游泳池,名为蒂那池(Diana Bad),全部以大理石筑成。一共有二个池,一个较浅,专供游戏之用,有时还能制造波浪,在遥隔海岸的维城也能享受海岸游泳之趣。还有人造雨,在游泳时感到雨滴,也别有意味。还有另外一个池较深,专供跳水之用。此外还有淋浴及室内运动场以及茶馆。游泳池全年开放,冬天内部有暖气御寒,夏天我们有时坐汽车到城郊的巴东(Bdaen)游水,该地有一温泉,附近有松林,风景极其宜人。

　　不论溽暑严寒,维城的人嗜好旅行。这当然是由于城郊的景色幽美,同时也因为日耳曼民族寓运动于娱乐的天性。我记得我参加的童子军,在12月举行远足,在雪片纷飞的早晨,每人都穿上好几件羊毛以及短外套,背囊〔有一种背囊(Rucksack)专供远足旅行之用〕里面装着一些面包、香肠、乳酪等食品。我们一行十个人从城内坐电车到末站,下车以后便从公路插入小径。领队带了一幅地图,完全靠这幅地图率领我们到目的地——某高山的小茶馆。我们在雪高逾胫的小路上一步一步地前进,湿气透入每人的皮靴,两脚冻得发痛。虽然当时并没有乐趣,但是没有人发怨,在谈笑中不断地前进。走了四小时,才达到山顶。这时候每人买一杯热牛奶,由背囊取出自己的食物,狼吞虎咽地吃掉了,然后坐着闲谈,俯瞰维城。到了下午大家整理背囊,兴尽而归。这样的旅行不但是童子军如此,无数青年、中年、老年人也同样喜爱。冬天还有一些擅长猎兽的到郊外去打鹿、打兔子,这些射兽只准在冬季打,因为春、夏、秋三季是他们繁殖的时候。

我们家里吃饭的菜是奥国女工做的。维也纳菜是驰名的,比起清淡而无味的普鲁士菜要来得丰富有味,虽然中国人吃起来,都视之为寡味的外国菜,而当地居民却以此自豪。

维也纳人民生活在过去,尤其是中年的人,不但不满现实,而且不愿意接受现实。我们与一位哈不斯堡(Habsburg)王室贵族相识,她家里虽然还是很华丽地装饰着,她的起居饮食却与常人无异,有时甚至于感到金钱匮乏的威胁。我们屡次与她相见的时候,她不谈一切政治社会,对一般太太们好谈的衣料、家事也无多兴趣,谈话中心却是过去哈不斯堡王朝光荣的历史与今日的惨亡,是她片刻不能忘记的,我们只能给以同情。

维也纳人喜欢回想往昔,而对人非常和蔼诚恳,很易接近。往往坐在公园里,便可以交一个朋友。我们在维也纳的好朋友是两位年长姐妹,叫作不勒斯堡及波保太太,她们在城郊有房子。当我们要离开维城的前一月,波保太太请我到她家里住了三个星期,每日与我谈话,除了尽量介绍德国著名的作家,并且教我欣赏他们的作品外,还用她渊博的学识(她是维也纳大学的博士)引起我对科学的兴趣。她还使我每天做很长远足,将附近的街道绘成地图,如是三星期不但很快乐地度过了,而且得到许多崭新的知识与兴趣。当我每次回忆维也纳时,这几星期的生活,总能代表维也纳人的和蔼与诚恳。

1938年4月德奥合并,一般的居民紧张了两周,但是反抗的势力不很强大。当初德军源源入境时,以机器车队为先锋。有一天我上学的时候,遇到这样的一位兵士,他用普鲁士音调很客气地向我问路,我答了他以后,心中不知道这些军队是征服了奥国,还是使久别者复会?最有趣味的是合并前夕,纳粹派与反合并的奥首相多斯尼(Schuschnigg)[①]派在街上相对呐喊咒骂,但是合并后,多斯尼相被迫辞职,当夜拥护他的也跟着喊:"希特勒万岁!"这种怪状可以象征一般人民对政治的漠不关心。维也纳景色依然,不过市场上的钱币改变了,机关上的国旗换了,而犹太人逐渐感到纳粹党的压抑。我们以战云弥漫,渐渐感觉离别的到临了。我们的生活也有了微变,公使馆无形中取消了,父亲的事务也更忙碌了。

翌年,开始实行食物定量分配,我们因受优待虽未感到任

[①]在本书《希特勒到维也纳》一文中译为"休枢尼格",两位作者的翻译略有不同。——编者注。

何营养不足，但是市场上的脂肪食品骤减，牛奶都是提出了脂肪的"瘦奶"，街道每日看见军队，所有学校已纳粹化。父亲替我请了一位老女士教我。由我每日到她家里去，路上时常看见拿稻草及泥土烂布做的丘吉尔像，过路的"希特勒青年"或SA队一定向他掷几块石头。可爱的维也纳至少在表面已变成纳粹的城市以及"东藩省"（Ostmark）的省会！

1939年9月，大家所等待的战争爆发。人民除纷纷谈论胜负外，也无特别反对或赞成的表示，我们的许多朋友都恐惧着应征的号令。但是1939年的战事并无别的变化。我们过了圣诞节、新年以后，整理行李到了中立的意大利，乘船赴美。维也纳值得依恋的地方，在纳粹羁绊及战云的笼罩下，已经隐潜了。我相信将来奥民获得自由以后，维也纳还是如往昔的可爱。

何曼德（1927— ），干扰素研究先驱，国际知名感染症专家。早年在西南联大、清华大学读书，曾在哈佛大学、斯坦福大学主修政治学。1950年转入斯坦福大学医学院就读；1952年回哈佛大学就读于医学院，1954年毕业。后到匹兹堡大学任教，1965年任教授，1974年创设感染症与微生物系并任系主任。1992年名列美国名医榜。著有《我的教育、我的医学之路》。其父为有"中国的辛德勒"之誉的民国资深外交官何凤山。

闲话留学生

何曼德

旅居欧美的中国学生固可算是华侨一部分，唯因多年来积习所致，自成一派，不喜与"唐人街"或"东伦敦"之中国人相提并论，但在外国人的心目中，学生与华侨同为中国人，其代表我国的文化与特性并无二致。

中国青年学子，自"带辫留学"以来，已经有近百年的历史。留学生的开山老祖为已故驻美大使馆顾问容揆的父亲容闳。容闳系澳门人，字纯甫，肄业香港摩理逊学校（Morrison School）后，随美人布朗（Rev. R. Brown）赴美入曼深公学（Manson Academy），后毕业于耶鲁大学返国，学中国文字，曾国藩极倚重之。1872年中国派第一批学生三十三人赴美，即容闳主张，以后伍廷芳、唐绍仪、严复等或则留美或则留英，接踵而至。他们大多都带着辫子，穿着长袍，大模大样地出国。

容闳更带去一个厨子、一个随从,招呼一切。外国人见了他们,咸表诧异。有一次带着大辫的伍廷芳一个人坐在美国的火车里,旁边坐两位美国中年妇女,对他不断地打量。经过相当长久的争论,甲妇禁不住地问伍廷芳曰:"我们二人为你争论了好久,始终不能断定你到底是一个女子,还是一个男子。"伍氏从容地答道:"我是一个女子的男子(Ladie's Man)。"

在外国旅行原为一种娱乐,并不是如我们所想象的"在家千日好,出外一时难"。而因风土人情迥异,没有经验的人初出国门,当然发生一些不需要的麻烦,小而言之就是点菜也成问题。原来吃饭,以为只要有钱何愁饭不到口,有钱留学亦有钱买饭。然而初出国的学生,一上轮船,就有认识事实的机会。菜单上的名字一下有数十行,很多是法文名字,任顾客随心选择。有一位中国学生坐着法国船到美国去,到了饭厅中一看菜单,就心慌意乱,手足不知所措,不知道点什么菜。于是情急智生,以为照菜单的次序点,总不会错的,而结果侍者拿来的都是各种不同样的汤,因为点多了不好再点,只得带了一肚皮的水马马虎虎离席。

留学生吃外国菜久了,免不了想念家乡的口味。于是到了外国后,头一件事情就决心找中国饭馆。美国现今最流行的中国"杂碎"(Chor Suey)外人无不知晓,闻系逊清李鸿章至美时之发明。杂碎的味道虽不高明,而久饥之下嚼之亦不太坏。最妙者饭馆的老板一经熟识后,可以要求他做几样广东菜。倘能说得几句广东话,则价廉而又物美,于是该菜馆遂成了中国学生聚集的大本营。

"民以食为天",吃饭的问题得到了解决,这是何等可欣慰的事。不过利之所在，弊亦随之。其中最大的弊病，就是容易使留学生整天混在一起，除了上课的时间同外国人一块儿听课以外，简直没有其他接触的机会。下课铃一摇，就直奔中国饭馆。于是中国饭馆不唯成了"民生问题"解决中心，亦且变为共同娱乐与讨论问题的场所。结果有人讥讽很多学生留几年学回来，英文没有进步，倒学会一口漂亮的广东话。这虽不免言之过火，然而这种习惯之有碍学业可想而知。

学外国话确有若干困难。外国的方言繁多，颇费识别。即以英语而论，有美国的英语和英国的英语。前者之中复有若干类别，如新英格兰与乔治亚的土音即有差异，所以中国学生一到美国就发生听讲的困难。加以中国的文字方法和欧美的相差太多，偶一不慎，易闹笑话。有一次一位中国学生去请他的教授到他家里吃饭。美教授推辞再三，以示客气。该学生即坚决请求称："教授先生！我今天特别买了一只鸡，我杀了自己。"他的意思原是"我自己杀的"，而因为忘一个宾词，形成了"我杀了自己"的误会。当然，大多留学生在出国以前，文字已有相当的根底，而出国以后又能学好了回来。其中天赋较高喜欢与外国人来往的，不但学会了上等的语句，亦且学会了市井的俗话。有些故意卖弄聪明的，满口俚语较其本国人尤甚。此种成就虽不足以为训，而较诸满口广东话的成就，似乎又高一筹。

留学海外时，中国朋友固属需要，而远涉重洋的目的，尚须学习当地的风土人情。然而这不是在饭馆中或讲堂上可以得到的，必须打进外国人的社会与家庭中方可。此外，中国学生一到了外国，无形中就变成了代表中国的人物，所以举止动静都将反映到外国人对中国的观感。若能与之做适当的交接，可由谈话娱乐之中使其对中国做深层的认识。然而事实上，留学生读死书的太多，活跃的太少，且有以为与外人交接为浪费时间者，这种错误的观念应当纠正。又留学生参加交谊团体，如 N. F. 或 P. L.，都是中国学生的团体。而对国际社团的国联协会、扶翰社等发生兴趣者，为数不多，于是外人每有一种印象为我留学生喜自筑"长城"，与外界不相闻问，因之辄谓东方民族有"故步自封"之怪癖。

交接外人，应晓得所以交接之道。最怕的是年轻学生，身莅欧美之后，环境空气为之一变，每以旧有的心理应付与揣测新见的事件。譬之在茶会、晚宴或舞会中，男女挽手同行，为极平常的事，而学生中往往有受宠若惊、作茧自缚者，结果不免庸人自扰，大讨没趣，甚至有因此患神经病者，可不戒哉。

外国人生性好奇，喜欢询问和讨论各种问题，我国学生必须有耐心地对答，不要烦躁，在讨论问题时，亦须实事求是，不必过于夸张。某教育家在赴美考察期间，对美国某团体讲中国问题，该教育家曾称："中国此次战后，将要求列强裁军，俾中国不致再受帝国主义的侵略。"其大言不惭，与实际无补，反与邦交有害。还有一点要注意的，是恶习惯的应当铲除，如随地吐痰，这是人人皆知而应避免的；又所用的手帕要天天洗换，不应使之变成灰黑污秽。此外，当人面前挖鼻孔，最是讨厌而不礼貌的事体，其余在人前高谈阔论、喝汤吃菜时的唧唧作声以及饭后打饱嗝等，均所深忌，宜痛改之。

凌其翰（1907—1992），笔名寄寒，外交家和法学家。上海市人。早年就读于上海震旦大学，1927年赴比利时留学，后获布鲁塞尔大学法学博士学位。1931年回国后，曾任《申报》国际评论员、上海东吴大学教授等职。1933年起进入国民政府外交部，历任驻比利时公使馆二等秘书、临时代办、礼宾司司长、驻法国公使等职。著有《我的外交官生涯》。

在比利时住了七个月

凌其翰

一、 留比因缘

我动身的时候，本想在法国巴黎听讲的，后来抵法，看到了巴黎的繁华与夫生活的昂贵，不胜踌躇，因为一方面舍不得离开这样完备的最高学府，他方面，经济的支绌又使我不能在此久居。后来多方打听，听说比国的生活较贱，最高学府亦有三四，其中功课完备、最有精神的当推鲁文的公教大学①。我不是教徒，但六年来所受的教育确完全得诸教会学校。只要学术精神尽有可取的地方，于我的信仰上是没什么妨碍的，而况鲁文学府在全比首

---

① 即天主教鲁汶大学，是比利时最大的大学，也是世界有名的大学之一。——编者注。

屈一指，国立学府反瞠乎其后，其所授课程学位均经国家批准，与国立无异。还有一个特点，就是鲁文学府有五百年的历史，是欧洲最老的学府，欧洲的学风是很古朴的，要浸润西方古朴的学风，也就应赴鲁听讲。于是我就决定变计，在巴黎游息了足有一个星期多，就转道至鲁了（鲁即比国鲁文之短称）。

二、 学府环境

西方学府，有设在繁华的都市中者，四方学子，万流并容，而讲师、教授亦多世界的名宿，但其短处则在繁华的都市每易诱动学子到不规则生活之一途，以致一部《留西外史》也写不尽许多留学生的堕落。亦有设在穷乡僻壤者，则校之所在自成市区，学子生活，一举一动，多与学府有关，居民对于学府亦有密切之感情，于是学府的精神就激荡而成异样的光彩。第一个例子就是巴黎大学，而第二个例子要算是鲁文大学了。鲁文是一个城区，靠近比京勃鲁塞①，火车半小时可达，与上海到吴淞相若，居民只有五万，而学子则有五千，占居民十分之一，城区范围恐还不及上海南市城厢之大，较大的建筑物林立各处，除了教堂以外，可算是学府所有了。

三、 衣食住

学府除自己备有少数宿舍外，学生大半寄居民家。比国人

---

①即比利时首都布鲁塞尔，比利时最大的城市和欧盟的主要行政机构所在地。——编者注。

口稠密，为世界冠，地狭人稠，所以居民住宅，地盘甚为经济，大都前后两上两下二三层的小洋房，后面还有一个长方形的小花园。因为居民都是小家庭，所以十之七八有余屋出租。鲁文是静僻的城区，所以租屋的主顾大半是学生，而屋主拣择主顾亦有非学生不欢之慨，因为学生的生活最简单、最纯洁，与人同居是一点没有妨碍的。所以居民有余屋出租，必通知大学秘书处，学生就可到秘书处询问租屋的住址。学生的"住"的问题就这样解决了。

鲁文全市有许多学生饭店和专门招待学生饭食的民家。饭店大的可容一二百人，民家包饭亦可容二三十人，学生也有住于民家而食于民家的，但大都住、食是分开的。学生早餐则在居停寓中，午饭、晚餐则在包饭之民家，已成为此地的惯例。四五千学生食住的安插，无形中有条不紊，也一些不觉得拥挤。学生午饭后每多在咖啡馆中闲坐休息，下流者则玩纸牌，上流者则打弹子，但用功者多过门不入，鲜有光顾。全城咖啡馆数不可胜计，有许多下流咖啡馆，学校贴有禁条，不准学生混入。间有小咖啡馆僻处行人不注目之地，内容陈设幽雅僻静，专供学生闲坐读报或进点心饮料者。学生的"食"的问题就这样解决了。

鲁文全城有许多裁缝铺和衣料店，光顾的学生占其多数，其他如专售衣服、零饰等物者亦所在皆是，这是学生的"衣"的问题之解决。

四、娱 乐

鲁文全城有影戏院六家，内有三家供中等居民与学生的游览，余三家则多工人之足迹，尚有正在建筑中的大剧场一所。城之近郊有体育场二，足球场、网球场、自由车竞赛场，应有尽有；尚有游泳池一所，规模一似上海虹口天通庵之游泳池，星期六日可以男女同泳。至于大规模之跳舞场则未之见，亦有小跳舞场数家及咖啡馆附设舞场者，大多数学校均贴有禁条。除此以外，环城有林木成荫的大道，近郊林场亦所在皆是，春夏间，绿荫道上，落花满地红；近郊林场，则疏林枫影，又是一景，可供学生散步游息，亦有手不释卷且行且读者。学生之游息场所大概如是。

五、图书馆

学府各科各院的实验室、藏书室、标本室、工场等，是不可胜计的。除此以外，尚有一大图书馆，正在建筑完成中，一部分已开放，将来全部开放，可容读者千人，其规模较东方图书馆至少大四倍，藏古籍至富，大战时被德人所毁，此乃重建者，鲁文图书馆之宏大也是学府最大的特点。

六、生活概况

欧洲生活程度，英国最贵，次若瑞士、荷兰、德国等，再次则为法、比。近来法国生活亦日趋昂贵，巴黎学生普通费用每月须千二百方（合华币约八十元），绝非穷措大学生所堪维持；比国生活较贱，其大原因为比币汇价便宜，华币一元可换比法郎十六有零，较法币便宜三分之一强，而其生活程度亦较法国为低。鲁文为僻静之大学区域，消耗之机会更少。吾人在此寄住民家，租书房、卧室各一，平均每月租金约一百五十方左右（合华币约十元），有服役费在内者，亦有另计者。服役之责大都女主人自任，自铺床、折衣、擦皮鞋以至洒扫、供应茶水等，皆女主人亲自为之，不必有所吩咐，其周到体贴，国内从未之见。

早餐每次二方五十生的左右（约合华币一角四分），牛乳、咖啡尽量取饮，食有奶油面包三四份，间有炒蛋一方或火腿一片者。午餐、晚餐包于学生饭店或民家，每月自三百方至四百方不等，午餐有一汤一菜一水果或布丁，汤多蔬制，菜以肉为主要品，如牛排、猪排、肉丸、腊肠等，和以生菜或菜酱、菜花等蔬菜之类。星期五有鱼类，听自选择。粮食除面包外以番薯为主要品。水果有橘子、生梨等。布丁种类最多。晚餐甚简，可就牛排、猪排、火腿、油炒蛋、火腿炒蛋、冷烂鱼等拣一种，除面包外，以油煎番薯条为主要食品，此物和以食盐，味甚香醇可口。星期日午餐多咖啡一杯，其情形大概如是。

洗衣费颇贵，大约每月须费十五方至二十方。理发视考究与否，价至不一，剪发每次三方，刮胡（此间无修面）每次二方，烫发、润油等另计。通常只需剪发费三方已够，刮胡等可自为之。洗浴有公共浴室，每次纳费三方。每月生活费统计连零用约七百方已足，约合华币四十余元而已。每年连学费、买书等平均约六百五十元。

七、我的生活

我初来鲁文，第一件事是办入学手续，第二件事是找寻住宿。幸在环城林道之附近一小家庭中租得卧房、书室各一，屋虽小，陈设殊幽雅简洁。书室中有书桌、安乐椅、小圆台各一，靠背椅三、书橱一，已容有我自置重要书籍满架，约二百余册，都是欧西法政学的名著；室中并有小火炉一，冬天每日烤火诵读，每月费煤约二十方左右；壁炉之架上有长镜一，架上置花瓶等小东西二三件，墙壁糊以五彩之花纸，甚美丽，地为花砖砌成，上铺地毯一大方。书室之布置大概如是。卧室中有柚木床、衣橱、洗面台等各一，几椅三件，小方台面巾架各一，陈设殊完备；卧室中有长窗二，对窗则田野在望，树荫参差，教堂尖顶忽隐忽现，如此点缀，亦殊悦目。

我每日晨起早餐后即往校听讲，下午则散步二小时，诵读名著三小时，间或写作二三小时。星期六上午则洗浴理发，下午写信，晚间或往观电影，或访友闲谈。星期日每做郊外游，日常生活无形中已成为规律。我不喜在咖啡馆中消耗光阴，间或往进点心等，亦非常事。每日至少购报纸二份，报铺最大者在城中，玻璃窗中报纸琳琅满目，有重要新闻或评论，则以红线铅笔圈出，借以引起行人注意。比国报纸不足观，故我所购者均为法国报纸，每日必购《巴黎晨报》一份，有时购《时报》《人道报》《小巴黎人报》等。我每日阅报时间至少亦须费半小时，遇有可贵之文字材料则必剪存之，因为阅报也是读书的一种旁助。每星期四及星期日国内由西比利亚转来的邮件可以递到，故每值星期四或星期日我起身最早，晨八时即得捧读国内亲友信札与国内报纸。我已有《时事新报》《民国日报》《国闻周报》等。我最喜读《时事新报》，以其编制程度，渐可与欧报相伯仲，其评论尤为道地，畏垒、沧波的论文，我每高声朗读，颇饶兴趣。

我的日常生活大抵如此。生活安定，有生以来未尝有。唯远离故乡，依旧无"此间乐不思蜀"之慨：故乡虽在烽火连天中，其可爱也如故，"思乡病"（Home Sick）是没法医治的，晚间睡眠中做梦回家，也不知有多少次了。我来此仅七个月，身体非常康健，体重较国内至少增加十分之二，国内做的衣都嫌狭小，只得重置，所费甚多。但是有一件小毛病，就是每月须发肚痛两三次，痛时，肚肠几乎绞断，有时倒在床上，痛极而号，连呼"亲娘"，屋主见状必设法多方服侍，周到体贴，私心很为宽慰。大约致痛的原因是饮冷水太多，吾人在国内不惯饮冷水；其次比国的气候变幻莫测，忽雨忽晴，忽冷忽温，在这百花怒放的五月中还是寒气逼人，大有烤火之必要。

八、 观察一斑

比利时适夹在德、法两大国之间，德意志的日耳曼文化和法兰西的拉丁文化是迥然不同的。在两大文化激荡之下而生存的比国，从1830年脱离荷兰正式独立以来，还不及百年，而其文物制度，处处表现出日耳曼和拉丁文化融会结晶的精神。在政制方面，处处都有英格鲁萨克森①郑重沉着"士君子"（Gentleman）的风度；在社会方面，扶老携幼，救孤济独，以及劳资合作事业比任何国家都来得发达，七百五十万人民中，有七十五万人民得到职业上家庭津贴的，所以一般人民的生活都可以说站在水平线上。因为政治清明，社会有序，人民也抱有知足、安闲、和善的性格；因为生存在两大国间，还是一致鼓勇生存，所以人民的勤朴也是难能可贵的。

比人分芬兰梦与华龙两族，语言、性格迥然不同。芬族所操的语言近荷德语，华族则操法语，至今宪法上还载有语言自由的专条，就是这个原因。芬族性情冷僻而诚挚，大类日耳曼风度；华族性情热烈而浮嚣，颇似法兰西人之性格。而芬族之刻苦勤俭多过于华族，华族之风采令色则胜于芬族。在法制方面几乎完全承受拿破仑法典的势力所支配，但在实际政治方面又处处表现出英格鲁萨克森之民治精神。比人痛恨英人之专横，独酷爱英之政制，弃其短而取其长，这是比国政治的特色。

在人民的信仰方面，比人大都是天主教徒，旧教的风尚影响到社会的生活是很深刻的。鲁文既是公教学府的区域，当然宗教的味道特别浓厚。欧洲人宗教和道德是看做一件事的，所以调查吾们没有教籍民族、没有深刻的宗教信仰的中国人，加以十分的惊讶。

---

①即盎格鲁—撒克逊（Anglo-Saxon）。——编者注。

鲁文居民五万中多数是中等阶级。他们的生活大半都很严肃而有序。在家庭生活，夫妇间相敬如宾，子女有规则的亲爱，到处都可以发现。男主人出外办公，主妇必送至门外；子女上学堂念书，必和父母做甜蜜的接吻，接着母亲慈祥地说："乖些，我的心肝！"于是子女才跳跃而上学堂去。主人归来了，铃声是有记号的，时刻是几乎一定的，主妇笑容可掬地问主人饥饱冷暖，为主人宽衣，殷勤服侍，从不懈怠的。子女归家了，如果今天在学堂里功课做得不好或受教师责罚，就立刻拒绝接吻，儿童不得和父母接吻是一件很严重的责罚啊！到了星期日晨间，全家老小同赴教堂，上午十一时许归家，主人则安闲地吸雪茄或斗烟，主妇则忙着烹饪。星期日的午餐最迟，约在一二时左右，餐罢如果天气晴朗，则夫妇子女同出到郊外散步，或进咖啡馆稍坐，或去观电影。

鲁文居民游散相聚的地点，因为天气节期的关系，可以预料定的。平时主妇主持家政，勤俭异常，从上午十时到下午二三时，送面包的马车来了，送报的狗车（此地有大狗拉的车）来了，送牛乳的车来了，送啤酒的重车也来了，主妇的应付是很忙的。星期一、三、五有露天市场，鱼市、肉市、菜市、花市、禽畜市、杂物市，都分设在城中各处广场。星期五的市场最热闹，主妇们都拢着皮袋或藤筐，向市场去搜觅日用物品和粮食。小贩中多乡下的老婆婆和乡下姑娘，头上裹了白布，肩上披着荷包式的绒绳围巾（数年前上海颇流行），脚上穿的是笨大的木鞋或是软底布鞋，手挽着筐儿，兜售鸡蛋，其神气和卖鸡蛋的浦东妇人竟一般无二。杂货市中，也有指手画脚，叫卖货物，看众围着看热闹，其情景和上海邑庙的小贩也是相仿的。

欧俗3月间有嘉年华会，除了戴面具、化装，整天在路上狂舞狂歌以外，还有结队游行，和中国的出会相仿。广场则设露天游艺场。此外从4月中一直到7月和8月，每月城区各乡都有轮流的乡会，每次均到一星期，鲁文的士女在晴朗佳日，每于晚间往看热闹。其一种民俗共乐的风气和兴味，处处可以证明此地国泰民安的升平气象。吾自从到鲁文来，从没有听见过有作奸犯科者，窃盗扒弄是一件很稀罕的事情，社会的太平已经到了几乎道不拾遗、夜不闭户的地步，这种景象实使我发生无穷的感触。

人说东方人的生活是精神的，西方人的生活是物质的，东方人尚虚伪讲礼貌，西方人持直无礼，但是我在这七个月中所发现的西方生活是精神的，西方人尤其是中等阶级，一言一动都有等节，谈吐应酬彬彬有礼，其风度是久经磨炼成的，治事的勤俭、刻苦、专心、死钻（俗语打碎沙锅问到底），其结果才造成灿烂的征服自然的科学文明，西方人的长幼有序、上下有体统、服从和团结，都是社会文明的基础。我敢说一句，征服自然的文明才是真正的精神文明，被自然所屈服的生活，才是卑鄙的野蛮物质生活，这是我七个月工夫留比观察所得的结论，将来一年、两年或三年以后，再看这结论有否变更吧。

五月十八日稿于比国鲁文

凌其翰（1907—1992），笔名寄寒，外交家和法学家。上海市人。早年就读于上海震旦大学，1927年赴比利时留学，后获布鲁塞尔大学法学博士学位。1931年回国后，曾任《申报》国际评论员、上海东吴大学教授等职。1933年起进入国民政府外交部，历任驻比利时公使馆二等秘书、临时代办、礼宾司司长、驻法国公使等职。著有《我的外交官生涯》。

留学生中的流落生

凌其翰

"出洋"已经成了普遍的潮流，留学生在社会上已不啻自成一特殊阶级。洋翰林毁誉不一，留学生对于改造社会之功罪亦难断定；但数十年来出洋潮流已经几次变更了方向，从留日而到留美，再从留美而到留欧，就这空间的划分，可以看出留学史上时间的段落。此中关系不必细说，但现今出洋的潮头确有向西走的趋势了。最近中央大学对于遣派留学的决议有两点是值得吾们注意：（一）此后遣派留学注重实用科学；（二）留学所在地则注重法、比。第一点不必说，是应吾国目前的要求。第二点则不但指定了出洋应须向西走，还进一步确定了法、比，而比国生活程度又较法国便宜三分之一，预料大仅松江一府的小比国，将受浩浩荡荡的中国留学生所"侵略"了。即就记者所在地而论，刚来时同学仅十余，仅半年即增至三十余人，今则已增至七八十人。在街上行走，常常有机会可遇见中国学生，而且在一家咖啡馆中，几乎完全被中国学生所占，在那里呼幺喝六。（痛心！）留比同学在数量上的增加是着实可惊了，从光明的一面看来，留学生是智识阶级的曙光，是建设新中国的领袖；但从黑暗的一面看来，留学生每多贪吃懒做，将西洋的嫖赌吃这全副本领学完了，回到中国做体面的高等流氓。此间好坏之分，只不过相隔一线。

本来记者所在地是静居读书最好不过的地方，但若不知利用环境也可一样地堕落。据予观察，此间中国学生的学风也几乎可与巴黎相伯仲，而且生活较低，更可以恣意行乐。吾国社会上的公评，有留欧学生在质量上不及留美之说，记者未尝涉足新大陆，故不知底细，但是大陆学风之坏，实在是无可讳言的。记者所在地这样静穆的地方，而终日沉迷于咖啡馆呼幺喝六、嗜赌若命者，几占同学全数之半，夫复何言！但吾以为与其在消极方面来诅咒堕落的留学生活，毋宁在积极方面提出几点来，请有志留学的青年和负责培植子弟的父兄都加以郑重的注意。

一、时　期

这个所谓时期不是拿年龄来定的，是从意志和能力两方面来说的。假若意志游移，能力不足，最好不必劳驾，即本人有此大志，父兄亦当绝对设法阻止，因为意志游移和能力不足是定做高等流氓的主要条件。据予所见，因此下场者已不一而足，甚至留落异国，衣食不周，且有以诈骗求乞，度半流氓和准乞丐的生活。据予所见，如此下场者，已有两个人，一个代表年纪很轻的，一个代表年纪很大的，这两个留学生确已变成了流落生。据予详细考查，确是意志游移和能力不足的结果。所以留学的时期，一定要以意志和能力为客观的测断，在年龄上当然也有相当关系，最好是在国内大学毕业，确有深造的意志和能力的才合留学的条件，否则刚从中学毕业的，为郑重起见，做父兄的可绝对地阻止其出洋。

二、基　础

基础可分两点，一点是对于留学国之语言文字，一点是对于所择学科之基本知识。据予调查，留欧同学学风之腐败，基础不足是重要原因之一。负笈来欧者，对于留学国语言文字大都没有根底，且有一字不识的，不若留美的都能来几句"洋泾浜"。因为国内学校对于外国语多重英文，而对于法文和德文，除了几个特殊学校（如震旦、同济之类）以外，都不加注意的。来欧的同学且多有一种成见，以为吾们懂了英文，再读法文是易如反掌的，殊不知开始补习，就立刻觉得生疏麻烦，因为补习一国语言，如小儿学话，是一件非常枯燥无味的事。大多数人都以为研究一国语言，能身涉其境，必收事半功倍之效，殊不知身入其境后，有耳若聋，有口若哑，明知有学者名师天天在那里设讲而无从享受，好容易乘长风破万里浪，远客异国，还要以一部分的金钱和时间来做学习语言的准备，结果反为事倍功半，而且半路出家，往后入学将更感痛苦。因为大陆学制，讲学均用口授，不用书本，必须备有个人速记或劄记的能力，然后可以凭教授讲述，益以名著，加以参考钩稽、切磋琢磨的工夫。

一般同学受了不谙语言的痛苦，上焉者虽精神沮丧，尚知悬梁刺股，下焉者则不甘为语言的奴隶，于是流连潦倒，沉迷于咖啡馆，度呼么喝六的生涯了。不谙语言竟可为堕落的根源，岂是吾人初料所及？因此予以十二万分的诚意，希望有志来法、比的青年，至少对于所在国语言具有听、读、写三种能力，否则为郑重起见，切勿轻易离国。次对于所择学科的基本知识也应当加以注意，譬如习工科者，必须于数理的基本知识有十分充厚的基础，习医科者对于自然科学有相当的根底，习法科者对于哲学、历史以及社会科学的常识均有根底，然后来此入学则万无一失。

华人聪明倍西人，西友都这样对吾说过，如果吾们对于留学国语言文字和学科的基本知识都有充厚的基础，那么以吾人聪明的智力，加以切磋的工夫，不但在洋科举的角逐上处处可得胜利，即在学问上，吾人所得而经验的亦多较西方普通学生为高。因为在精神上，吾人的志气实较西方学生来得超越，吾人为学的责任也较彼辈负重，彼辈在社会上以教育普及，且生活程度高，几乎每个人都以毕业文凭为择业谋生的梯阶。所以吾人有了基础，则插足学府，奋发有为，处处感有无上的乐趣；没有基础，则垂头丧气，甘于堕落。毫厘之错，失诸千里，可不慎哉？！

三、经　济

在民生问题尚未彻底解决之前，不论在东方或西方，能涉足大学学府，享弦歌不绝之乐者，也只有这班资产阶级的子弟，即西语所谓"布尔日涯齐"（Bourgeoisie）是也。而况吾们万里负笈涉足异国的学生，除了官费生以外，更非资产阶级莫办了。在中国当今教育破产、人不能学的时期，整千整万的有志青年莫不叹无学的痛苦，而有力留学外国者则反自甘暴弃，不事学问，唯知游荡，这种不平的现象，看了谁不痛心！但金钱势力方在作祟的时候，又属无可奈何。国内著名某大学某君读了记者上次所发表的记事，大为振奋，特驰书询予留比种种情形，有家中赤贫如洗，但志愿勤工俭学，准备做工五年，读书五年之说。吾读了非常惊讶，立刻答书，晓以利害，期期以为不可。

古哲有言，天将降大任于斯人也，必先苦其心志，劳其筋骨……增益其所不能；时贤吴稚晖先生亦欲青年成为手脑双全的人才。但到西方来做工，是欲和物质文明社会中的平民阶级抢面包，简直是不可能的事。勤工俭学之说肇于大战中，时以缺乏壮丁，不得不偏劳大批华工，战后各国自身常有失业问题发生，自顾不暇，焉能容纳异国工人？手无缚鸡之力的中国书生更说不上了，而况以汗血换来的工钱，只足以换面包而无从积蓄，否则东方学生能来西方实行工读主义，则西方工人亦能日事积蓄，个个以血汗为代价进而为资产阶级，劳资问题亦无从产生了！所以即能勤工，亦只得一饱，而况借勤工以俭学则更是梦想。勤工俭学主义在事实上早已失败,此间尚有当年实行勤工俭学主义的老将,大都留欧在十年以上,可以琐述苦况而不能高谈学问,能稍有成就者,好比沙里淘金,寥无几人。奉劝有志留学的青年,对于勤工俭学主张应坚决放弃,如果在经济上并不冒险,则在可能范围内,自当奉行俭学,以稍轻父兄的负担,则与勤工俭学一说又当别论了。

友人某君为予国内同窗老友,家贫如洗,在国内求学,不但无资缴学费,且一日三餐亦时虞不继。有时竟以大饼和开水度饥,其苦况有如此者。去岁曾服务国民军中,职位已至少校以上,唯志在留学,故将一年积蓄所得,买舟放洋,居然负笈来欧了。讵料初抵马赛埠,未抵巴黎时,囊中已空无一物,幸同舟有慷慨者解囊济若干,始抵巴黎,即驰书向予呼吁。予与彼为患难之交,且事前曾劝其切勿操切,故来书中颇有悔意,但此时欲予在生活费中移出一部分以助彼,实属不可能的事,出门读书人大都困难,不得已而移借少数款项,偶一为之尚可,若担任长期之救济,是强人所不能为而为之,未免难堪。现在某君流落巴黎,日向各方呼吁求助,苦况不堪形容,以其意志、能力和智识而论,确为可以深造之才,而今为孔方所制,留学未成,而流落已久了。奉劝有志留学的青年,当以某君为殷鉴,切勿蹈此覆辙。为父兄者须再三考量,须子弟确有志气学力,而经济上确有充分准备以培植子弟者,然后可以允许子弟出国,箪食瓢饮本非常人所能,营养不足而欲望充分之学养亦一难事,而况游于天涯,潦倒不堪时更向谁诉苦?肚子荒和知识荒相斗,应付亦当有缓急之分。读者若有以"资本家"或没出息骂予者，予亦唯有承听无怒，盖此皆出自肺腑之言，骨鲠在喉，非吐不快者也。

还有一事须望有志留学的青年和其父兄们加以注意的，就是此间的生活程度，继长增高，是流动的而非固定的。譬如归国的老同学所述的生活程度和现时就大不相同。记者上次在本刊上所述留比的生活程度与现时也已发现很大的差别，半年前和半年后生活程度已有百分二十之差，如去夏包饭每月金币三百法郎，今夏即涨至三百六十法郎，年前以一百五十法郎左右可租得书室、卧室各一，今则以此数只能租得卧室一间，生活飞涨，其可惊类此。以上数端，皆为吾人在此老生常谈，拉杂写来，以告国内之为父兄及青年者。

十八年四月十二日，草于比国鲁城

林无双（1926—2003），林语堂次女，三姐妹中唯一继承父亲"神定气闲，从容不迫"的文风和"林家的艺术家的气质和不可救药的乐观"精神的人。本名玉如，后改名无双，再改为太乙。1943年第一部英文小说《战潮》出版，被誉为"小妞儿版的《战争与和平》"。1944年从美国陶尔顿中学毕业，到耶鲁大学教中文。1952年主编文艺月刊《天风》。1965年出任《读者文摘》中文版总编辑。著有多部小说，多以英文撰写。

外国人问我的话

林无双

在未来欧、美时，我以为这世界两大洲对中国必定知道得很清楚了。其实现在看来，真真好笑。头一件就是他们把中国人与日本人并在一起，相提并论，而且把中国人只当另一星球的异人。这自然是指普通人而言。一定有无数的人不相信，但请听下去，这是实事，是从我的美国同学亲耳听来的：

第一，中国人吃鳄鱼吧？

第二，中国人吃鸟窠，就在树上拿下来这么吃吗？

第三，中国人吃饭，用两只鼓槌就这样——放在两手一上一下的吃吗？

第四，中国人也会伤风吗？

第五，中国也有椅子坐吗？

第六，中国人坐起来大家都把脚做个"八"字形吧？

第七，中国人吃饭有桌子吗？

第八，你为何不吸鸦片？岂不是每个中国人都吸大烟吗？

第九，你的眼睛为什么不是倒竖起来？（此问最多。）

第十，中国有车吗？

第十一，你怎样没有小脚？

第十二，你怎么没有一条拖到脚跟的小辫子？

第十三，你们就这样穿睡衣（Pajamas）在街上走吗？

第十四，中国现在还有皇帝吗？（一个二十岁的法国教员这样问我。）

第十五，你们又为何不戴瓜皮小帽？

第十六，中国商人岂不是个个诚实正直？

你们且看，问这种无头无脑的话，就是最笨的中国人也说不出口。由此可见"洋鬼子"对中国知识之幼稚。我所讲的都是普通十余岁至二十岁的人。但照此看来，平常（特别是美国人）的成人，大约眼光知识也不过如此耳。

当然也有晓得中国文化的人。现在把这洋人对于中国的知识态度分为几种：

第一，崇拜而极端佩服中国的。

第二，冷笑中国的。

第三，不知不懂中国，而认为与天下世界了无关系的。

第四，仅知道那些问题所指的中国人之特色的。

第五，爱中国的和同情中国的，而自知愚昧，想要多认识中国的。

第六,也有的以为中国是充满了凶手、暗杀、鸦片、绑票,这多半是侦探小说及画报的影响。

所以如果我国这回打了胜仗,能使那些冷笑者,不认识中国者,问蠢问者,一齐改变态度,对中国表示尊敬了。

[《吾家》(*Our Family*)]

附　录

敬告留学生诸君[*]

梁启超[**]

某顿首，上书于最敬最爱之中国将来主人翁留学生诸君阁下：

某闻人各有天职，天职不尽，则人格消亡。今日所急欲提问于诸君者，则诸君天职何在之一问题是也。人之天职本平等也，然彼社会之推崇愈高者，则其天职亦愈高；受国民之期望愈重者，则其天职亦愈重，是报施之道应然，不得以寻常人为比例而自诿者也。今之中国岌岌矣！朝廷有欲维新者，则相咨嗟焦虑，曰噫无人才；民间有欲救国者，则相与咨嗟焦虑，曰噫无人才。今靡论所谓维新救国者，其果出于真心与否，乃若无人才则良信也。既无现在之人才，固不得不望诸将来人才，则相与矫首企踵，且祝且祷曰，庶几学生乎，庶几学生乎。此

---

[*] 本文作于光绪二十八年（1903 年），后收入《饮冰室合集》。

[**] 梁启超（1873—1929），字卓如，号任公、饮冰室主人。广东新会人。20世纪初中国新旧交替时代著名政治活动家、启蒙思想家、教育家、史学家和文学家，戊戌变法领袖之一，民国初年清华大学国学院四大导师之一。梁启超学术研究涉猎广泛，在哲学、文学、史学、经学、法学、伦理学、宗教学等领域均有建树，以史学研究成就最大，被公认为中国近代史上百科全书式的人物；其著作后被合编为《饮冰室合集》。

今日举国有志之士所万口一喙,亮亦诸君所熟闻也。

夫以前后一二年之间,而诸君之被推崇受期望也,忽达于此高度之点,是一国最高最重之天职,忽落于诸君头上之明证也。诸君中自知此天职者固多,其未知之者当亦不乏。若其未知也,则某欲诸君自审焉,自认焉。若其已知也,则某有欲提出之第二问题,即诸君之天职为何等之天职是也。某窃以为我国今日之学生,其天职与他国之学生则有异矣,何也?彼他国者,沐浴先辈之泽,既已得有巩固之国势,善良之政府,为后辈者,但能尽国民分子之责任,循守先业,罔使或坠,因于时势,为天然秩序之进步,斯亦足矣。我国不然,虽有国家,而国家之性质不具,则如无国家。虽有政府,而政府之义务不完,则如无政府。故他国之学生,所求者学而已,中国则于学之外,更有事焉。不然,则学虽成,安所用之?譬之治生然,彼则借祖父之业,有土地,有社会,有资本,为子弟者但期练习此商务才足矣。我则钱不名一,地无立锥,虽读尽斯密·亚丹①、约翰·弥勒②之书,毋亦英雄无用武地耶?谓余不信,请罄其说。

今诸君所学者,政治也,法律也,经济也,武备也,此其最著者也。试思生息于专制政体之下,而公等挟持所谓议会制度、责任内阁制度、地方自治制度等,种种文明之政治将焉用之?以数千年无法律之国,仅以主权者之意为法理,主权者之

---

①今译亚当·斯密(Adam Smith)。——编者注。
②今译约翰·密尔(John Mill)。——编者注。

口为法文,权利义务,不解为何物,而公等挟持浩如烟海之民法、刑法、商法、民刑事诉讼法,将焉用之?全国利权,既全归他族之手,此后益刲割馈遗而未有已,官吏猛于虎狼,工商贱于蝼蚁,而公等挟持所谓经济学、经济政策,将焉用之?朝野上下以媚外为唯一之手段,其养兵也,不过防家贼耳,居今日之中国而为军人,舍屠戮同胞外,更无他可以自效,而公等以军国民自命,挟持此等爱国敌忾之尚武精神,将焉用之?自余诸学,莫不皆然。由是观之,诸君学成之后,其果有用耶?其果无用耶?同一不龟手之药,或以霸,或不免于洴澼絖。吾见夫今日中国之社会,君亦洴澼絖诸君焉耳。苟不欲尔者,则除是枉其学以求合,殆非诸君意也,于是乎不龟手之药,乃瓠落而无所容。某窃尝为诸君计矣。诸君于求学之外,不可不更求可以施演所学之舞台。旧舞台而可用也,则请诸君思所以利用其旧者;旧舞台而不可用也,则请诸君思所以筑造其新者。一言蔽之,则毋曰吾积所学以求当道者之用我,而必求吾有可以自用之之道而已。此实诸君今日独一无二之天职,而欧美日本之学徒所不必有事也。乃诸君或有仅以闭户自精,不问时势,为学者唯一之本旨,是吾所未解一也。

某以为诸君之在他日,非有学校外之学问,不足以为用于中国。其在今日,非求学问之程度倍蓰于欧美日本人,不足以为用于中国。他日之事且勿论,今日之事,问果能有倍蓰于人者乎?靡论倍蓰也,平等焉且无有矣。靡论平等也,半之焉且无有矣。夫诸君今日于学初发轫也,吾又安敢以他人数十年之学力，遽责望于新学之青年。然立夫今日以指将来，度卒业之后，能倍蓰之乎？能平等之乎？能半之乎？是不可不自审而自策厉也。仅平等之，犹不足以为用，乃诸君中或有学未半他人，而沾沾然有自满之色，是吾所未解又一也。

诸君其勿妄自菲薄，猥与本国内地老朽之徒校短长也。彼老朽者，靡特诸君今日之学足以傲之，虽撷拾一二报纸之牙慧，亦可以为腐鼠之吓焉矣。诸君自思，其受社会之推崇期望者，视彼辈何如，类乃以仅胜于彼而自豪也，闭户以居，雄长婢仆，勇士其羞之矣。今诸君立于世界竞争线集注之国，又处存亡绝续间不容发之时，其魄力非敢与千数百年贤哲挑战，不足以开将来。其学术非能与十数国大政治家抗衡，不足以图自立。岂乃争甲乙于一二学究，卖名声于区区乡曲也。某闻实过于名者安，名过于实者危，成就过于希望者荣，希望过于成就者辱。此某所日夜自悚惧，而深愿与诸君共之者也。

诸君之被推崇受期望，既已如彼矣，他日卒业归国，则我国民之秀者，其必列炬以烛之，张乐以迓之，举其生平所痛苦所愿望，而一以求解释于诸君。诸君中之真成就者，吾知其必有以应也，而不然者，虚有其表，撷拾一二口头禅语傲内地人以所不知，内地人宁能测焉，则从而神明之。彼以久假不归，忘其本来，侈然号于众曰，吾之学自海外来也。愈被崇拜则愈满盈，愈满盈则愈恣肆，甚者则弁髦道德，立身行己，处处授人以可议之地，及数月数年以后，与彼真成就者相形愈绌，破绽尽露，则后此之非笑，有数倍于前此之名誉者矣。

损一人之名誉,犹可言也,或者不察,乃曰吾畴昔所崇拜所期望之留学生,乃亦如是而已,而使一团体之声价为之顿减焉,则是障碍我国进步之前途,岂浅尠也。某愿诸君于今日而先图所以自处也,抑犹有欲陈者,内地人之崇拜诸君期望诸君也,重个人乎,重团体耳,何以知其然也。畴昔未尝无学生,畴昔之学生未尝无英秀者,而顾不见重,则今之所以重,重此葱葱郁郁千数百人有加无已之团体明也。既以是见重,则诸君所以自重者宜如何,于此点三致意焉。殆无俟旁观之词费也,而至今未能于精神上结一完全巩固之法团,此吾所以不解又一也。今形式上之团则既有之矣,虽然团之所恃以结集,非形式而精神也。夫人之地位各不同,人之经历各不同,人之希望各不同,以千数百之人,而欲使有同一之精神,吾固信其难也。虽然有链而结之者一物焉,则诸君皆带有同一之天职是也。天职既同,则所以求尽此天职者,其手段虽千差万别,而精神皆可以一贯。故某以为今日诸君所急者,在认定此天职,讲明此天职而已。苟不自知其天职,或知矣,而甘自放弃焉,虽形式上日日结集,犹之无益也。今诸君中或主温和,或主激烈,或慕为学者而孳孳伏案,或慕为政治家而汲汲运动,凡此皆可以为尽我天职、达我目的之一手段一法门也。

　　人之性质各不同,人之境遇各不同。我之所能,他人未必能。我之所宜,他人未必宜。而凡一团体之所以有力,必恃其中种种色色之人莫不皆有,各尽其才,各极其用,所谓同归而殊途,一致而百虑,善之大者也。但求同归,但求一致,不必以途之殊虑之百为病也。而诸君或以手段之差别而互相非焉,此吾所不解又一也。嘻!

吾知之矣，其相非者，以为必如我所持之主义，所由之手段，乃可尽其天职，而他则为天职之蟊贼也。以某计之，诸君所以尽此天职者，必非可以一途而满足。大黄芒硝，时亦疗病矣。间谍药引，时亦需人矣。竹头木屑，时且为用矣。而何必自隘以自水火也。故苟以他人为未解此天职也，则苦口而强聒之，热心而发明之，诸君之责也。从而怒之，从而排之，吾未见其有利也。凡欲就大业者莫急于合群，此诸君所同认矣。然合群之道，有学识者易，无学识者难；同一职业者易，不同一职业者难；同一目的者易，不同一目的者难。诸君同在学界，同为青年，同居一地，同一天职，其学识之程度，亦当不甚相远，此而不合群，则更无望于他群之能合矣。外人之诮我中国也，曰滩边乱石，曰一盘散沙，某深望诸君一雪此言，组织一严格、完备、坚固之团体，以为国民倡也。某闻意大利人之能逐梅特涅也，曰由学生。意大利人之能退法军也，曰由学生。俄罗斯人之能组织民党也，曰由学生。今日全地球千五百兆人中，多个人之权力最大者，宜莫如俄皇矣，俄皇他无所畏，而唯畏学生。畏者何？畏其团体也。故虽谓学生团体，为世界无上之威权可也。

诸君之天职不可不尽也既若彼，其势力之可以利用也又若此，此而自放弃焉，以伍于寻常人，某不得不为诸君惜也。抑某闻之，天下唯尽义务者为能享权利，诸君毋曰，吾党千数百人中，其能提挈是而扩张是者，不知几何，是一人无足重轻焉。群者众人之积也，一人放弃其义务，则群之力量减其一，十人放弃其义务，则群之力量减其十，如是则其群终为人弱而已。某见夫内地志士，畴昔属望于学生团体最殷者，今则渐呈失望之色有焉矣。某敢信诸君必非辜天下之望者，然其望之也愈益切，则其责之也愈益严；责之也愈益严，则其失望也愈益易。某愿诸君为采舆论为监史，而因以自课也。某所欲为诸君忠告者，殆尽于此矣。虽然犹有重要之一言，某以为中国今日不徒无才智之为患，而无道德之为患。朝廷所以日言维新而不能新者，曰唯无道德故。民间所以日言救国而不能救者，曰唯无道德故。今日诸君之天职，不徒在立国家政治之基础而已，而又当立社会道德之基础，诸君此之不任，而更望诸谁人也？任之之道奈何曰其在他日，立法设教，著书演说，种种手段，吾且不必预言。其在今日，则先求诸君之行谊品格，可以为国民道德之标准，使内地人闻之，以为真挚勇敢、厚重慈爱者，海外之学风也，从而效之；毋以为轻佻凉薄、骄慢放浪者，海外之学风也，从而效之。由前之说，则海外学风将为一世功；由后之说，则海外学风将为一世罪。呜呼！三十年前之海外学风，其毒中国也至矣。彼辈已一误，某祝诸君毋再误也。若夫有借留学为终南捷径，语言文字，一八股也，讲堂功课，一苞苴也，卒业证书，一保举单也。若是者，非徒污辱学生之资格而已，且污辱国民之资格，莫此为甚也。亡中国之罪魁，舍彼辈莫属矣。某祝诸君中无此等人，苟其有之，则某之言非为彼辈设也。

凡兹所陈，谅诸君所熟知，顾不避骈枝而缕缕有所云者，昔吴王常使人呼其侧曰，夫差，而忘越人之杀尔父乎？则应曰不敢忘。南泉大师常使人呼其侧曰，主人翁常惺惺否？则应曰常惺惺。盖晨钟遒铎，固有发人深省者焉。窃附斯义，聒诸君之耳而进一言，傥愿闻之，某顿首。